放《ほう》課《か》後《ご》のジュラシック

赤《あか》い爪《つめ》の秘《ひ》密《みつ》

森《もり》晶《あき》麿《まろ》／著
田《た》中《なか》寛《ひろ》崇《たか》／イラスト

PHP
ジュニアノベル

プロローグ

うららかな日曜《にちよう》の午後《ごご》に、中野《なかの》セントラルパークの芝生《しばふ》に横《よこ》たわって見上《みあ》げる青空《あおぞら》はサイコーだ。でも、その青空《あおぞら》を背景《はいけい》に眺《なが》める樹羅野《じゅらの》白亜《はくあ》の横顔《よこがお》はもっとサイコー。翼野《つばさの》雄一《ゆういち》はそう思《おも》った。

「もうほんと、言葉《ことば》もないくらい。白亜《はくあ》ちゃん……好《す》き、です……」

こんな気持《きも》ちを抱《いだ》くのは、幼稚園《ようちえん》の頃《ころ》に恐竜《きょうりゅう》図鑑《ずかん》を見《み》たとき以来《いらい》だ。雄一《ゆういち》は、同《おな》じクラスの白《はく》亜《あ》に恋《こい》している。といっても、いま眺《なが》めている横顔《よこがお》は本物《ほんもの》じゃない。学校《がっこう》で販売《はんばい》されていた林間《りんかん》学校《がっこう》のときの写真《しゃしん》をこっそり注文《ちゅうもん》して手《て》に入《い》れたものだ。

「何時間《なんじかん》見《み》てても飽《あ》きないもんね、この写真《しゃしん》。不思議《ふしぎ》だ……マジ神秘《しんぴ》……」

そんなことを一人《ひとり》でぶつぶつと言《い》いながら、ふとその写真《しゃしん》の背後《はいご》に広《ひろ》がる青空《あおぞら》にふたたび目《め》が留《と》まった。何《なに》かが浮《う》いているのが見《み》えたのだ。最初《さいしょ》は鯉《こい》のぼりが風《かぜ》に飛《と》ばされてきたのかと思《おも》った。でも季節《きせつ》がちがう。今《いま》は三月《さんがつ》だ。もう一度《いちど》しっかりと空《そら》を見《み》た。

ウソだろ……。

雄一《ゆういち》が見《み》ているのは、ヘビよりもワニよりも巨大《きょだい》で、羽《はね》をもった長《なが》い長《なが》い生《い》き物《もの》だった。

そいつは、羽《はね》の使《つか》い方《かた》がわからないみたいに、奇妙《きみょう》で下手《へた》くそな飛行《ひこう》を続《つづ》けていた。

雄一《ゆういち》にはすぐにわかった。あれは、クラスの男子《だんし》たちが目撃《もくげき》したと騒《さわ》いでいるドラゴンだ、と。

第《だい》一章《いっしょう》　はじめに恐竜《きょうりゅう》あり

1

トオルさんの話《はなし》によれば、この世界《せかい》にははじめに恐竜《きょうりゅう》がいたらしい。恐竜《きょうりゅう》は地上《ちじょう》の王《おう》となり、さまざまな土地《とち》でその土地《とち》に適応《てきおう》する形《かたち》で進化《しんか》をとげた。どの場所《ばしょ》でも強《つよ》い者《もの》が弱《よわ》い者《もの》を食《た》べ、血《ち》と肉《にく》に変《か》えては次《つぎ》の弱《よわ》い者《もの》を探《さが》した。

「まあ、そういう意味《いみ》じゃ、人間《にんげん》より先《さき》に人間《にんげん》みたいなことをしてたわけだね」

トオルさんはそう言《い》ってクールに笑《わら》いながら、ハイスピードで部屋《へや》の隅々《すみずみ》まで掃除機《そうじき》をかけた。

次《つぎ》に、わざわいがあった――とトオルさんは、今度《こんど》は窓拭《まどふ》きをしながら、眉間《みけん》に皺《しわ》を寄《よ》せて話《はな》した。「わざわい」というのは、何《なに》か良《よ》くないこと。それが何《なん》なのかは、トオルさんにもわからないらしいが、いろんなことが言《い》われている。隕石《いんせき》が落《お》ちたとか、火山《かざん》が噴火《ふんか》したとか、海《うみ》が酸《さん》性化《せいか》したとか、やたら寒《さむ》くなったとか、ほかにもいろいろ……。

「たしかなことはね、白亜《はくあ》ちゃん、まあ何《なん》だかんだあって恐竜《きょうりゅう》は表舞台《おもてぶたい》から姿《すがた》を消《け》し、さらにそこから何《なん》だかんだあった後《あと》に人類《じんるい》が主役《しゅやく》ヅラをする世界《せかい》が幕《まく》を開《あ》けたってことさ」

トオルさんは「恐竜《きょうりゅう》が絶滅《ぜつめつ》した」という言《い》い方《かた》は避《さ》けて、「表舞台《おもてぶたい》から姿《すがた》を消《け》した」と言《い》う。それを聞《き》くたびにわたしは、まるで舞台《ぶたい》の裏《うら》があるみたいじゃないの、と思《おも》う。もちろん、そんなことをトオルさんは考《かんが》えていないだろうけれど。

かくして恐竜《きょうりゅう》サバイバル時代《じだい》は終《お》わって、霊長類《れいちょうるい》が出現《しゅつげん》し、人類《じんるい》が食物連鎖《しょくもつれんさ》の頂点《ちょうてん》に立《た》つこの世界《せかい》ができあがった。人類《じんるい》はすごい。飛行機《ひこうき》にテレビに、コンピューターまで作《つく》りだして、いよいよ今度《こんど》はＡＩ（人工知能《じんこうちのう》）だというのだから、いったいどこまですごくなる気《き》なんだろう。子《こ》どものわたしでも、そのすごさには舌《した》を巻《ま》く。まあ、わたしの舌《した》は短《みじか》いんだけど。

〈人類《じんるい》すごい〉はたしかにそう。ええすごいですとも、と思《おも》う。問題《もんだい》はこの退屈《たいくつ》な日常《にちじょう》だ。世界《せかい》のどこかでは今日《きょう》も戦争《せんそう》が起《お》こっていて、この国《くに》だって例外《れいがい》じゃないらしいってことは何《なん》となく頭《あたま》ではわかってはいるんだけれど、いまこの瞬間《しゅんかん》がすっごく平和《へいわ》なせいか、あくびが止《と》まらない。平和《へいわ》は素敵《すてき》なものだと思《おも》うけれど、退屈《たいくつ》は返上《へんじょう》したい。

わたしは樹羅野白亜《じゅらのはくあ》。十一歳《じゅういっさい》。全校《ぜんこう》の女子《じょし》の中《なか》でいちばん背《せ》が高《たか》いことを少《すこ》し気《き》にしているだけの、どこにでもいる小学五年女子《しょうがくごねんじょし》だ。

住《す》まいは、中野駅《なかのえき》から徒歩十分《とほじっぷん》、中野通《なかのどお》りと早稲田通《わせだどお》りの交差点《こうさてん》を左折《させつ》してちょっと行《い》った先《さき》の住宅街《じゅうたくがい》。歩《ある》いてすぐのところに「中野《なかの》ブロードウェイ」があるのはひそかに自慢《じまん》。ここはサブカルチャーの聖地《せいち》とか言《い》われているけれど、わたしの印象《いんしょう》では屋根裏《やねうら》にしまわれた古《ふる》びた玩具箱《おもちゃばこ》を漁《あさ》っている感《かん》じ。とくに用《よう》がなくても、行《い》くと何《なん》となく楽《たの》しい。

わたしの通《かよ》う中野《なかの》区立《くりつ》ひかり小学校《しょうがっこう》は春休《はるやす》み目前《もくぜん》。春休《はるやす》みが終《お》わったら、いよいよ六年生《ろくねんせい》。来年《らいねん》には中学《ちゅうがく》に上《あ》がるらしいけれど、中学《ちゅうがく》に上《あ》がったってワクワクドキドキの日常《にちじょう》が待《ま》っていないことはだいたい想像《そうぞう》がつくよね。今《いま》までどおり授業中《じゅぎょうちゅう》の眠気《ねむけ》との戦《たたか》いは続《つづ》くだろうし、そのうえ部活動《ぶかつどう》まで始《はじ》まって忙《いそが》しくなるだろうし、親《おや》は「受験勉強《じゅけんべんきょう》」の四文字《よんもじ》もちらつかせてくるはず。

男子《だんし》はどうかな？　今《いま》よりもうちょいオトナになってくれればいいけど、まあ期待《きたい》はできない。どうにも彼《かれ》らは子《こ》どもっぽいのよね。

男子《だんし》たちは、いつだってウンチだとかオッパイだとか、一日中叫《いちにちじゅうさけ》んでいればそれでご機嫌《きげん》なんだから。きっと中学生《ちゅうがくせい》になったら悪化《あっか》するな。退屈《たいくつ》なうえに厄介《やっかい》ごとだけ増《ふ》えそう。やれやれ。

わたしはこういうとき、現実《げんじつ》から逃《に》げたくて『ジュラシック・パーク』のＤＶＤを観《み》てしまう。一九九三年《ねん》に公開《こうかい》されたスティーヴン・スピルバーグの大《だい》ヒット映画《えいが》。こう書《か》くと、恐竜大《きょうりゅうだい》好《す》き少女《しょうじょ》みたいだけれど、全然《ぜんぜん》ちがう。逆《ぎゃく》だ。わたしは、恐竜《きょうりゅう》が、きらいなのだ。きらいだけど、いや、きらいだから、観《み》てしまう。自分《じぶん》が恐竜《きょうりゅう》のいる世界《せかい》にいたら、と考《かんが》えると、ゾッとして足《あし》がすくんで鳥肌《とりはだ》が立《た》ってくる。以来《いらい》、『ロストワールド／ジュラシック・パーク』、『ジュラシック・パークⅢ』、『ジュラシック・ワールド』にいたるまで、全作観《ぜんさくみ》ている。

『ジュラシック・ワールド』は映画館《えいがかん》で観《み》た。パパは、「おまえと恐竜映画《きょうりゅうえいが》を映画館《えいがかん》で観《み》る日《ひ》がくるなんて夢《ゆめ》のようだ」と言《い》っていた。パパは恐竜少年《きょうりゅうしょうねん》だったらしくて、『ジュラシック・パーク』からぜんぶ映画館《えいがかん》で観《み》てきたらしい。

で、わたしも小《ちい》さい頃《ころ》からパパに恐竜映画《きょうりゅうえいが》を観《み》せられて育《そだ》ったもんだから、パパは誤解《ごかい》している。仕方《しかた》ないよね。恐竜《きょうりゅう》ぎらいというわりに、わたしはあまりにもたくさんの恐竜映画《きょうりゅうえいが》を観《み》まくり、恐竜図鑑《きょうりゅうずかん》や恐竜《きょうりゅう》のフィギュアを買《か》いまくってきたんだもの。これで恐竜《きょうりゅう》がきらいだなんて話《はな》しても、理解《りかい》されるわけがない。だから我《わ》が家《や》のなかでは結局《けっきょく》わたしは「恐竜少女《きょうりゅうしょうじょ》」で通《とお》っている。

2

そんなわけで、わたしはその日《ひ》の午後《ごご》も恐竜映画《きょうりゅうえいが》を観《み》ていた。

三月《さんがつ》も半《なか》ばを過《す》ぎた、何《なに》も予定《よてい》のない日曜日《にちようび》だった。三日後《みっかご》には六年生《ろくねんせい》の卒業式《そつぎょうしき》があってその数日後《すうじつご》には春休《はるやす》みになる。完全《かんぜん》に気分《きぶん》は一足先《ひとあしさき》に春休《はるやす》みモード。

本当《ほんとう》は、区立図書館《くりつとしょかん》に本《ほん》を借《か》りに行《い》こうかなとも思《おも》った。あそこの図書館司書《としょかんししょ》の零楠《れいなん》さんという人《ひと》がたいへんかっこいいのだ。色素《しきそ》の薄《うす》い顔《かお》に縁《ふち》なし眼鏡《めがね》をかけていつもキーボードを叩《たた》いていて、こちらに気《き》づくと、低音《ていおん》ボイスで「何《なに》かお探《さが》しですか」なんて聞《き》いてくれる。

けれど、あいにくこの日《ひ》は外《そと》に行《い》く気力《きりょく》がなかった。それで自宅映画鑑賞《じたくえいがかんしょう》だ。

居間《いま》にある大型《おおがた》テレビで観《み》る恐竜映画《きょうりゅうえいが》は大迫力《だいはくりょく》だ。『ジュラシック・パーク』のティラノサウルス登場《とうじょう》シーンでは、毎回《まいかい》わかっているはずなのに鳥肌《とりはだ》が立《た》つ。恐竜映画《きょうりゅうえいが》だけは、大画面《だいがめん》にかぎるな、といつも思《おも》う。

わたしは氷《こおり》のたっぷり入《はい》ったグラスにコーラを注《そそ》ぎ入《い》れ、ポテトチップスを皿《さら》いっぱいに出《だ》して、映画館気分《えいがかんきぶん》で居間《いま》のソファに陣取《じんど》った。

セットしたのは、『失《うしな》われた世界《せかい》』という古《ふる》い恐竜映画《きょうりゅうえいが》のDVD。原作《げんさく》はコナン・ドイル。アマゾンの奥地《おくち》に、ひそかにまだ恐竜《きょうりゅう》たちの世界《せかい》が残《のこ》っているってお話《はなし》。古《ふる》い映画《えいが》だからさすがに迫力《はくりょく》には欠《か》けるところもあるけど、まだCGの技術《ぎじゅつ》がない時代《じだい》にトカゲやワニを恐竜《きょうりゅう》に似《に》せるべく、背《せ》びれなどをつけて撮影《さつえい》したというその光景《こうけい》を想像《そうぞう》すると、なんだかゾクゾクする。

でも観始《みはじ》めて十五分《じゅうごふん》で一時停止《いちじていし》ボタンを押《お》す。さすがに十回《じっかい》も観《み》ている映画《えいが》だとなかなか気分《きぶん》が乗《の》らないこともある。腰《こし》を上《あ》げて、DVDの棚《たな》を物色《ぶっしょく》しはじめた。

ほかの恐竜映画《きょうりゅうえいが》にしようかな。『恐竜伝説《きょうりゅうでんせつ》ベイビー』のタイトルが目《め》に留《と》まる。悪《わる》くないんだけれど……スピルバーグが恐竜映画《きょうりゅうえいが》なんか作《つく》らなければ、どの恐竜映画《きょうりゅうえいが》も許《ゆる》せたのにな、という感《かん》じだ。

考《かんが》えてみれば不思議《ふしぎ》なことに、いまだに『ジュラシック・パーク』レベルの恐竜映画《きょうりゅうえいが》ってないのよね。誰《だれ》も興味《きょうみ》がないのか、作《つく》ろうとしても難《むずか》しいのか。

お、『トレマーズ』いいなあ。怖《こわ》いし。ちょっとケビン・ベーコンが若《わか》くてかっこいいし。でも恐竜《きょうりゅう》じゃないよね、厳密《げんみつ》には。『アナコンダ』はいい出来《でき》だけど、ヘビだしね。やっぱり、恐《きょう》竜《りゅう》の何《なん》とも言《い》えない怖《こわ》さって、この世《よ》にすでにいないけど、かつてこの世界《せかい》を牛耳《ぎゅうじ》っていたっていう「伝説《でんせつ》の親分感《おやぶんかん》」が理由《りゆう》だと思《おも》う。その「親分《おやぶん》」が今《いま》はもういないはずなのに、よみがえっちゃったってところにヤバさを感《かん》じちゃうのだ。

「また観《み》てるのかい、恐竜映画《きょうりゅうえいが》」

気《き》がつくと、背後《はいご》にある食卓《しょくたく》の椅子《いす》にトオルさんが座《すわ》っていた。トオルさんはいつも気配《けはい》を消《け》して現《あらわ》れる。忍者《にんじゃ》みたい。トオルさんは背《せ》が高《たか》くて、ほっそりしていて、いつも姿勢《しせい》がいい。そして、いつ見《み》ても、コーヒーを飲《の》んでいる。よっぽどコーヒーが好《す》きなのね。

いま起《お》きてきたところなのか、ちょっぴり眠《ねむ》たそうだ。もう午後二時《ごごにじ》だけれど、夜中《よなか》に働《はたら》いているらしいトオルさんにとっては朝《あさ》みたいなものだ。目覚《めざ》めたばかりなのにニット帽《ぼう》にサングラスを着用《ちゃくよう》しているのも、いつものこと。

「んん、でもどれも何回《なんかい》も観《み》ちゃって、飽《あ》きちゃったかな……」

トオルさんには気兼《きが》ねせずに何《なん》でも話《はな》せる。何《なに》しろ、物心《ものごころ》ついたときには家《いえ》にいた人《ひと》だから。

「『ウォーキング with《ウィズ》 ダイナソー』は？」

トオルさんは立《た》ち上《あ》がって長《なが》い腕《うで》を伸《の》ばし、棚《たな》のいちばん上《うえ》に置《お》いてあるＤＶＤを取《と》り出《だ》して
わたしの目《め》の前《まえ》に持《も》ってくる。

「ナンセンスの極《きわ》みよ。恐竜《きょうりゅう》がしゃべるのよ？　そんな恐竜《きょうりゅう》、怖《こわ》くもなんともない」

わたしの答《こた》えの何《なに》が面白《おもしろ》かったのか、トオルさんは大笑《おおわら》いしながらＤＶＤをもとの棚《たな》に戻《もど》した。

「そうか、しゃべる恐竜《きょうりゅう》は怖《こわ》くないか。そいつはいい。白亜《はくあ》ちゃんは、怖《こわ》いから恐竜映画《きょうりゅうえいが》を観《み》て

るのかい？」

「そうよ。怖《こわ》いから観《み》ちゃうの」

「観《み》なけりゃいいのに」

「退屈《たいくつ》なのよ。平和主義《へいわしゅぎ》だけど、退屈《たいくつ》は死《し》ぬほどきらい」

トオルさんはまた笑《わら》った。

「白亜《はくあ》ちゃん、平和《へいわ》はクールな進化《しんか》だぜ？」

「クール？　ぜんぜんそうは思《おも》わないけど」

平和《へいわ》がクールなものなら、退屈《たいくつ》だけはスイッチをオフにしておいてもらいたいものだ。

「君《きみ》にはまだわからないだろうが、恐竜《きょうりゅう》の時代《じだい》、大型哺乳類《おおがたほにゅうるい》の時代《じだい》、人類《じんるい》の時代《じだい》と、いずれにわたっても戦《たたか》いはつねにあったんだ。もしも、君《きみ》の半径五十《はんけいごじゅう》メートル以内《いない》が十年以上《じゅうねんいじょう》戦《たたか》いもなく過《す》ぎているとしたら、それだけで奇跡《きせき》に近《ちか》い進化《しんか》なんだ。戦《たたか》わずに暮《く》らせるというのは、人類以外《じんるいいがい》の生《い》き物《もの》は経験《けいけん》したことがないはずだ。大半《たいはん》の生《い》き物《もの》は死《し》ぬまでに最低《さいてい》でも指《ゆび》で数《かぞ》えられるくらいの戦《たたか》いを経験《けいけん》する。白亜《はくあ》ちゃん、君《きみ》は戦《たたか》いを経験《けいけん》したことがある？」

「……ないけど」

「じゃあ、進化《しんか》だ」

「そんな退屈《たいくつ》な進化《しんか》、いらない」

わたしの言葉《ことば》に、トオルさんは笑《わら》ったけれど、どこか悲《かな》しそうでもあった。

「殺《ころ》されるような目《め》に遭《あ》ったことがないからそんなことを言《い》うのさ。一度《いちど》でもそういう目《め》に遭《あ》ったら、人《ひと》は誰《だれ》だって退屈《たいくつ》のありがたさを実感《じっかん》するさ」

「なるほど。つまり、トオルさんは退屈《たいくつ》を愛《あい》しているのね？」

「もちろん。もしも退屈《たいくつ》がそのへんに落《お》ちてるなら、お金《かね》を出《だ》してでも買《か》うね。手元《てもと》にないから」

「……ふうん」

それって裏《うら》を返《かえ》せば、トオルさんの日常《にちじょう》は退屈《たいくつ》どころじゃないってこと？　そういえば、トオルさんってどこか影《かげ》があって、昼《ひる》と夜《よる》とで別《べつ》の顔《かお》を持《も》っていそうな雰囲気《ふんいき》があるのよね。想像《そうぞう》に過《す》ぎないけれど、トオルさんは人《ひと》に言《い》えないような、危険《きけん》な仕事《しごと》をしているんじゃないだろうか。

表向《おもてむ》き、トオルさんの職業《しょくぎょう》は私立探偵《しりつたんてい》。でも、本当《ほんとう》はスパイとか、スナイパーとか、大泥棒《おおどろぼう》とか、殺《ころ》し屋《や》なんてこともあるんじゃないか、なんてわたしは日々《ひび》考《かんが》えている。

ムーミン谷《だに》の旅人《たびびと》、スナフキンがちょっと似《に》ているかな。優《やさ》しさを冷凍庫《れいとうこ》でちょっと固《かた》めてクールにした感《かん》じとでも言《い》えばいいのか。とにかく影《かげ》のある男《おとこ》ということで、わたしのなかでは小《しょう》学校《がっこう》に上《あ》がるか上《あ》がらないかの頃《ころ》から結婚《けっこん》したい男《おとこ》ナンバーワンなのだ。

おかげでそれ以来《いらい》、同級生《どうきゅうせい》の男子《だんし》にまったく興味《きょうみ》がなくなってしまった。パパはそんなわたしを「マセガキ」と呼《よ》ぶけれど、べつにマセてはいない。正常《せいじょう》な判断《はんだん》。こっちに興味《きょうみ》があるからって、いちいちからかってくる男子《だんし》と、遠《とお》くを見《み》つめて進化《しんか》について語《かた》りつつ、素早《すばや》く窓拭《まどふ》き掃除《そうじ》をする男《おとこ》のどっちに魅《ひ》かれるって、ふつうに考《かん》えればそりゃ後者《こうしゃ》に決《き》まっているんだから。

男《おとこ》の子《こ》はわかっていない。いつになったらわかるんだろ？　中学生《ちゅうがくせい》になってもわからないなら、絶望的《ぜつぼうてき》じゃないの？　この世《よ》に生《う》まれて十年《じゅうねん》以上《いじょう》経《た》ってるのに、女心《おんなごころ》がわからないなんて。

まあそれはいいわ。トオルさんはわたしの家《いえ》に居候《いそうろう》しているんだもの。わたしは毎日《まいにち》でも理《り》想《そう》の男性《だんせい》をじっと眺《なが》めていられる恵《めぐ》まれた環境《かんきょう》にいるわけで、いちいち同級生男子《どうきゅうせいだんし》のからかいに眉《まゆ》をひそめる必要《ひつよう》もない。

でも問題《もんだい》がひとつ。トオルさんはわたしのことなんか眼中《がんちゅう》にないってことだ。

「まあそんなわけだから、俺《おれ》は平和《へいわ》な恐竜映画《きょうりゅうえいが》を推薦《すいせん》しておこう。はいこれ」

「え……」

トオルさんがわたしに手渡《てわた》したのは、平和《へいわ》すぎる恐竜映画《きょうりゅうえいが》、『ＲＥＸ《レックス》　恐竜物語《きょうりゅうものがたり》』だった。わたしはにっこり笑《わら》ってそれを棚《たな》に戻《もど》した。

3

「白亜《はくあ》、そろそろ好《す》きな男《おとこ》の子《こ》とかできないのか？」

夕食《ゆうしょく》の席《せき》で、パパが尋《たず》ねてきた。パパは小説《しょうせつ》家《か》。ファンタジー、ミステリー、ホラー、何《なん》でも書《か》く。ふだんは書斎《しょさい》に籠《こ》もりっきりだけれど、夕飯《ゆうはん》のときだけはこうして食卓《しょくたく》に現《あらわ》れる。いつも寝《ね》ぼけ眼《まなこ》で、三秒《さんびょう》置《お》きにずり落《お》ちそうな眼鏡《めがね》を指《ゆび》で押《お》し上《あ》げている。ふだんは自分《じぶん》の書《か》いている原稿《げんこう》が行《い》き詰《づ》まっただとか、編集者《へんしゅうしゃ》の設定《せってい》した締《し》め切《き》りがキツいとか、そういう愚痴《ぐち》をママに言《い》っていて、わたしには恐竜《きょうりゅう》の話題《わだい》しか振《ふ》らないものだから、いまの質問《しつもん》はたいへん珍《めずら》しい。

トオルさんがチラッとパパの顔《かお》を見上《みあ》げてからコーヒーを啜《すす》った。

「唐突《とうとつ》ですね、薫《かおる》さんは」

樹羅野薫《じゅらのかおる》。パパの名《な》でありペンネームでもある。そして、パパより十歳《じっさい》は若《わか》いであろうトオルさんは、自分《じぶん》の仕事《しごと》のほかに、この樹羅野薫《じゅらのかおる》のために物語《ものがたり》のプロットに矛盾《むじゅん》がないかチェックする作業《さぎょう》も請《う》け負《お》っていた。プロットというのは、小説《しょうせつ》を書《か》くための設計図《せっけいず》みたいなものらしい。

二人《ふたり》はビジネスパートナーであり、飲《の》み仲間《なかま》でもあるのだ。

「唐突《とうとつ》ってことはないよ。今度《こんど》は六年生《ろくねんせい》になるわけだし、色恋《いろこい》に目覚《めざ》めてもおかしくない」

トオルさんはそれ以上《いじょう》は何《なに》も言《い》わずに、ふふっと口元《くちもと》に笑《え》みを浮《う》かべた。

「いないし」

とわたしは短《みじか》く答《こた》える。わたしの不機嫌《ふきげん》な態度《たいど》に驚《おどろ》いたのか、ママが慌《あわ》てだした。

「もうパパったら、そういうのはデリケートな話題《わだい》なんだから、食卓《しょくたく》で聞《き》くようなことじゃないわよ。で、白亜《はくあ》、好《す》きな人《ひと》いるの？」

パパをたしなめてくれたんじゃないのか。何《なん》だかんだ言《い》って二人《ふたり》はグルだから油断《ゆだん》できない。ママに内緒《ないしょ》と言《い》っても翌日《よくじつ》にはママが事情通《じじょうつう》な顔《かお》をしていることもあるし、その逆《ぎゃく》もある。

「いないよ。うちの男子《だんし》ガキっぽいもん」

「あなたもまだガキじゃないの」

ママはいやなことを言《い》う。そしてぜんぜん言葉《ことば》の定義《ていぎ》をわかっていない。

「レベルがちがうって。男子《だんし》のガキっぽさは異常《いじょう》。だって、ドラゴンを見《み》た、とか言《い》ってるのよ？　もう低次元《ていじげん》にも程《ほど》があるわ」

すると、なぜかトオルさんがその言葉《ことば》に反応《はんのう》した。

「ドラゴン？　ドラゴンを見《み》るのが低次元《ていじげん》なのかい？」

「え、だって存在《そんざい》しないし」

「薫《かおる》さんの小説《しょうせつ》には出《で》てくるよ」

パパがそうだそうだというふうにうなずいた。パパのデビュー作《さく》にして、現在《げんざい》まで続編《ぞくへん》が刊行《かんこう》されている人気《にんき》シリーズに『竜《りゅう》とルベウス』というファンタジー小説《しょうせつ》がある。

規則《きそく》だらけでいつも白《しろ》い服《ふく》ばかり着《き》せられるお城《しろ》の暮《く》らしに嫌気《いやけ》が差《さ》した王女《おうじょ》ルベウスは、ある日森《ひもり》で傷《きず》ついたドラゴンを助《たす》けて友《とも》だちになり、旅《たび》に出《で》て自分《じぶん》のカラーを取《と》り戻《もど》す、というストーリー。

「パパの小説《しょうせつ》は大人《おとな》なラブロマンスなんだぞ。なあ、ママ」

「いやですよ、あなた」

ママが頬《ほお》を染《そ》めたのは、パパが『竜《りゅう》とルベウス』を書《か》いたのがママにプロポーズするためだったから。パパはドラゴンとルベウスの関係《かんけい》に当時《とうじ》のママと自分《じぶん》を重《かさ》ねて書《か》いたんだって。聞《き》いてるこっちが恥《は》ずかしいわ。

「でも、あれはしょせん小説《しょうせつ》でしょ？　リアルの世界《せかい》でドラゴンを見《み》るわけないし。やっぱガキよ」

「たしかにあれは小説《しょうせつ》だけど……」

それ以上《いじょう》トオルさんは何《なに》も言《い》わなかった。わたしは、ありもしないものという意味《いみ》で、「小《ちい》さいおじさんを見《み》た」も「ドラゴンを見《み》た」も同列《どうれつ》に考《かんが》えていたけれど、トオルさんはそう思《おも》っていないみたいだ。

「じゃあ聞《き》くけど、トオルさんはドラゴンを見《み》たことがあるの？」

恋愛《れんあい》の話題《わだい》から離《はな》れたくて、わたしはトオルさんに尋《たず》ねた。トオルさんは「ふむ」と言《い》って手《て》元《もと》の皿《さら》のハンバーグを箸《はし》で一口《ひとくち》サイズに切《き》り分《わ》けた。同《おな》じ食卓《しょくたく》にいても、トオルさんには毎度《まいど》わたしたち家族《かぞく》とはべつのメニューが用意《ようい》されている。豆腐《とうふ》とかグルテンを使《つか》ったハンバーグだ。ほかのものを出《だ》してるのは見《み》たことがない。栄養《えいよう》が偏《かたよ》るんじゃないかとわたしが一度《いちど》心配《しんぱい》したら、ママに「大丈夫《だいじょうぶ》よ、ママが栄養《えいよう》はちゃんと管理《かんり》しているから」と言《い》われた。あのハンバーグのなかに必要《ひつよう》な栄養《えいよう》が入《はい》っている、と。だとしても、毎日同《まいにちおな》じって飽《あ》きないの？

「見《み》たことないよ」トオルさんは口《くち》に入《い》れたグルテンハンバーグを飲《の》み込《こ》むと、アイスコーヒーでそれを流《なが》し込《こ》む。「でも見《み》たいと思《おも》ったことならあるし、本当《ほんとう》に見《み》られたのなら、うらやましい」

トオルさんの言葉《ことば》に、パパが深《ふか》くうなずいた。

「日本《にほん》にはむかしから竜神《りゅうじん》さまがいるし、恐竜《きょうりゅう》って言葉《ことば》にも竜《りゅう》が入《はい》っているからドラゴンみたいなもんだ。それに見《み》たという人《ひと》には見《み》えたんだから、馬鹿《ばか》にするのはよくない」

「そんなこと言《い》ったら何《なん》だってそうじゃん。幽霊《ゆうれい》を見《み》たと思《おも》った人《ひと》にとっては幽霊《ゆうれい》はいた的《てき》な」

子《こ》どもの頃《ころ》、幽霊《ゆうれい》を怖《こわ》がるわたしに「幽霊《ゆうれい》なんかいないよ」と教《おし》えてくれたのはパパなのに。

「そうだよ。見《み》た人《ひと》にとってはいたんだな。でもいないと思《おも》えば消《き》える」とパパ。

「んん、おかしい。ムジュンしてる、ムジュン」

わたしが仏頂面《ぶっちょうづら》をしていると、トオルさんが割《わ》って入《はい》った。

「この世《よ》のものは、あまねくいると思《おも》ったらいる。だから、ドラゴンを見《み》たという子《こ》には実際《じっさい》に見《み》えたんだろうね。もしまたそういう噂話《うわさばなし》を聞《き》いたら教《おし》えてくれよ。俺《おれ》も見《み》てみたい」

トオルさんにこうまで言《い》われては、それ以上男子《いじょうだんし》を馬鹿《ばか》にもできず、わたしは黙《だま》ってしまった。

あーあ、つまらない。それもこれもパパがヘンな話題《わだい》を振《ふ》ったせいなのに。

4

話題《わだい》はそれからパパの仕事《しごと》の話《はなし》に移《うつ》った。パパの話《はなし》は長《なが》いうえに現実感《げんじつかん》が薄《うす》いのが難点《なんてん》。いつも「東京《とうきょう》でどんな魔法《まほう》が使《つか》えたら便利《べんり》か」とか「警察《けいさつ》に気《き》づかれずに犯罪《はんざい》を成立《せいりつ》させるには」とか、普通《ふつう》の人《ひと》が聞《き》いたら唖然《あぜん》とする話題《わだい》ばかり。どれもわたしには関係《かんけい》がない。

トオルさんはパパの話《はなし》にあいづちを打《う》ちながらも、何《なに》やら考《かんが》え事《ごと》をするみたいに指《ゆび》の爪《つめ》をトントンとテーブルで小気味《こきみ》よく叩《たた》いた。これはべつのことを考《かんが》えているときの癖《くせ》。

そのとき、ふとトオルさんがサングラスを外《はず》し、窓《まど》のほうを見《み》やった。トオルさんがサングラスを外《はず》すのは夜《よる》になってから。目《め》が弱《よわ》いって本人《ほんにん》は主張《しゅちょう》している。

トオルさんの目《め》は切《き》れ長《なが》で、わたしはその感情《かんじょう》のない目《め》がかなり好《す》き。いま、トオルさんの目《め》は大《おお》きく見開《みひら》かれていた。見開《みひら》くと通常《つうじょう》の二倍《にばい》ほど大《おお》きくなり、黒目《くろめ》が縦《たて》に細《ほそ》くなったような感《かん》じになる。気《き》のせいとは思《おも》うんだけれど。

なんてことを考《かんが》えていたら——あれ？　トオルさんが席《せき》から消《き》えている。そんな馬鹿《ばか》な、と辺《あた》りを見回《みまわ》すと、いつの間《ま》にかトオルさんは窓辺《まどべ》に移動《いどう》していた。そして、窓《まど》に張《は》り付《つ》いている蛾《が》をそっとつまみ上《あ》げると、窓《まど》を開《あ》けて蛾《が》を放《ほう》って逃《に》がしてやった。

「ママさん、食後《しょくご》の栄養剤《えいようざい》、いただけますか？」

「……あ、そうね。取《と》ってくるわね」

立《た》ち上《あ》がりかけたママを手《て》で制《せい》してパパが立《た》ち上《あ》がり、栄養剤《えいようざい》を取《と》りに二階《にかい》へ上《あ》がっていった。

栄養剤《えいようざい》があるのは、二階《にかい》のわたしの部屋《へや》の隣《となり》の食品庫《しょくひんこ》。そこにはお酒《さけ》や長期保存《ちょうきほぞん》用《よう》のインスタントラーメンのほかに、ゼリー飲料《いんりょう》、そしてトオルさんの栄養剤《えいようざい》が置《お》かれている。

だけどトオルさんが食後《しょくご》の栄養剤《えいようざい》を求《もと》めるとは珍《めずら》しい。いつもはグルテンハンバーグだけのトオルさんだけれど、ときどきそれだけじゃ足《た》りないことがあるらしくて、そういうとき、パパが栄養剤《えいようざい》を食品庫《しょくひんこ》から出《だ》してくる。ふつうに食事《しょくじ》をすればいいのに、とわたしが以前《いぜん》パパに言《い》ったら、「トオルさんはね、からだが弱《よわ》いんだ」と教《おし》えてくれた。

でもわたしはそれは違《ちが》うと思《おも》っている。からだが弱《よわ》い人《ひと》が、いまみたいな素早《すばや》い動《うご》きができるわけないもの。パパが栄養剤《えいようざい》を持《も》ってくると、トオルさんはそれをゴクリと飲《の》んでようやく落《お》ち着《つ》いた顔《かお》になった。まるで蛾《が》を捕《と》らえたせいでからだが栄養《えいよう》を必要《ひつよう》としたみたいに。

ひと心地《ごこち》つくと、トオルさんはわたしに尋《たず》ねた。

「今日《きょう》はいい休日《きゅうじつ》になったかい？」

「イマイチ」

トオルさんは笑《わら》った。もう目《め》はいつものサイズに戻《もど》っている。

「白亜《はくあ》ちゃん、東京《とうきょう》という街《まち》は、平凡《へいぼん》でつまらないように見《み》える。でも本当《ほんとう》はいろんなことが目《め》にも留《と》まらないスピードで進《すす》んでる。つまらないと思《おも》うかどうかは、白亜《はくあ》ちゃん次第《しだい》なんだよ」

「わたし、次第《しだい》……？」

「そう。なにしろ、君《きみ》の頭《あたま》にはたっぷり脳《のう》みそが詰《つ》まっている。そうだろ？　これだけの容量《ようりょう》があって世界《せかい》を楽《たの》しめないとしたら、それは白亜《はくあ》ちゃんに問題《もんだい》があるのさ」

「そんなこと言《い》われても……」

「俺《おれ》が白亜《はくあ》ちゃんに初《はじ》めて会《あ》ったのは、君《きみ》が幼稚園生《ようちえんせい》の頃《ころ》だったね」

ある日《ひ》、怪我《けが》をした男《おとこ》の人《ひと》が家《いえ》の居間《いま》に横《よこ》たわっていた。

パパはスプーンで何《なに》か柔《やわ》らかそうな食《た》べ物《もの》を彼《かれ》に与《あた》えていた。わたしに気《き》が付《つ》くと、その人《ひと》は一瞬《いっしゅん》目《め》を大《おお》きく見開《みひら》き、奇妙《きみょう》な甲高《かんだか》い声《こえ》を上《あ》げた。

――大丈夫《だいじょうぶ》だよ、トオルさん。あの子《こ》は僕《ぼく》の娘《むすめ》だ。

――む、す、め……。

まるで言《い》われたことの意味《いみ》がわからないみたいにして、男《おとこ》の人《ひと》はきょとんとした顔《かお》をしていた。わたしはなぜかその顔《かお》が気《き》に入《い》って、にこにこしながら近《ちか》づいていき、膝《ひざ》のうえに乗《の》った。

すると、その人《ひと》はようやく緊張《きんちょう》を解《と》いて、わたしの頭《あたま》を撫《な》でた。

——白亜《はくあ》、トオルさんはこれから僕《ぼく》たちと一緒《いっしょ》に暮《く》らすことになると思《おも》うよ。

パパはにっこり微笑《ほほえ》んだ。わたしを安心《あんしん》させるための笑《わら》い方《かた》だった。でも、そんな笑顔《えがお》がなくても、わたしはひと目見《めみ》たときからトオルさんを気《き》に入《い》っていた。

あの、生《う》まれたときからたった一人《ひとり》で何《なに》もかもを決《き》めて生《い》きてきたような孤独《こどく》な表情《ひょうじょう》。

その眼差《まなざ》しは冷《つめ》たくも、まっすぐにわたしの心《こころ》に到達《とうたつ》した。

「あのときね、俺《おれ》は思《おも》ったよ。こんなキラキラした目《め》の子《こ》がこの地球上《ちきゅうじょう》にいるなら、まだまだこの世界《せかい》も捨《す》てたもんじゃないってね」

「えっ……」

思《おも》わず頬《ほお》が赤《あか》くなった。トオルさんはいつものように、わたしの頭《あたま》をポンポンとかるく叩《たた》く。

「だからもうそんなつまらなそうな顔《かお》をしちゃだめだ」

「うん……」

キラキラした目《め》——か。

たしかにあの頃《ころ》、わたしの世界《せかい》に「つまらない」なんて感情《かんじょう》はなかった気《き》がする。

戻《もど》れるだろうか。あの頃《ころ》みたいな感覚《かんかく》に。

5

「わたし次第《しだい》、ねえ……」

自室《じしつ》に戻《もど》っても、トオルさんに言《い》われた言葉《ことば》がずっと胸《むね》に残《のこ》っていた。

でも最近《さいきん》、とにかくつまらないのよね。しじゅうつまらないと感《かん》じるし、実際《じっさい》に口《くち》に出《だ》しても言《い》ってしまう。それが自分《じぶん》の心《こころ》ひとつだと言《い》われても、じゃあどうすればいいの？　退屈《たいくつ》の壊《こわ》し方《かた》なんて学校《がっこう》で習《なら》っていないし……。

担任《たんにん》のクボっちは、いじめも見《み》て見《み》ぬふり。登校拒否《とうこうきょひ》の子《こ》も放《ほう》っておくし、勉強頑張《べんきょうがんば》ったからってそれほど褒《ほ》めるわけでもなし、たまに言《い》うギャグはいまひとつ冴《さ》えない。つまり、担任《たんにん》に面《おも》白《しろ》さを求《もと》めるのは無理《むり》。

クラスメイトはどう？　これも代《か》わり映《ば》えしない。女子《じょし》は女子《じょし》でやたら寄《よ》り固《かた》まって、アイドルとか好《す》きな男子《だんし》の話《はなし》とか、あとは化粧《けしょう》の仕方《しかた》についてや新《あたら》しい髪型《かみがた》、近《ちか》くにオープンしたファストフード店《てん》やプリクラの新機種《しんきしゅ》の話《はなし》などなど、まあようするにどうでもいいことばかりしゃべっている。総《そう》じてくだらない。

男子《だんし》はもうさっきから言《い》っているとおりガキっぽいし下品《げひん》でお話《はなし》にならない。くだらなさでは女子《じょし》に負《ま》けず劣《おと》らずだ。そんなわけで、どちらにも期待《きたい》できないわたしがいる。

じゃあわたし自身《じしん》は？　これがまったくもって無趣味《むしゅみ》。習《なら》い事《ごと》はどれも長続《ながつづ》きしなかったし、唯一《ゆいいつ》の取《と》り柄《え》といえば勉強《べんきょう》がクラスで三本《さんぼん》の指《ゆび》に入《はい》るくらい。でも、べつに勉強《べんきょう》が楽《たの》しいわけじゃない。やりたいことなんか何《なに》もない。テレビゲームも好《す》きじゃないし、インターネット検索《けんさく》もそれほど楽《たの》しめない。知識探求意欲《ちしきたんきゅういよく》というのがそもそも低《ひく》いのね、たぶん。だから結局《けっきょく》、恐竜《きょうりゅう》が趣味《しゅみ》、という不本意《ふほんい》な結果《けっか》になってしまう。

いまこうして部屋《へや》でだらりと過《す》ごしているときも、わたしは恐竜《きょうりゅう》の図鑑《ずかん》をぺらぺらと眺《なが》めている。わたしがまだ五《ご》、六歳《ろくさい》だった頃《ころ》は、恐竜《きょうりゅう》といったら爬虫類《はちゅうるい》の祖先《そせん》という印象《いんしょう》が強《つよ》かったけれど、研究《けんきゅう》の成果《せいか》によるものか、最近発売《さいきんはつばい》された図鑑《ずかん》の恐竜《きょうりゅう》はどれも鳥《とり》みたいに毛《け》が生《は》えている。それが本当《ほんとう》の姿《すがた》と言《い》われれば、そうなんだろうな、と思《おも》うんだけれど、なかなか実感《じっかん》がわかない。

まあ『ジュラシック・ワールド』はいまだに爬虫類《はちゅうるい》の祖先《そせん》としての恐竜《きょうりゅう》で世界観《せかいかん》を作《つく》り上《あ》げてるし、わたしも信《しん》じたい世界《せかい》を信《しん》じればいいのかもしれない。こうして眺《なが》めていると、だんだん自分《じぶん》が恐竜《きょうりゅう》をきらいなのか好《す》きなのか、わからなくなるときがある。恐竜《きょうりゅう》は怖《こわ》い。でも、怖《こわ》いからこそ、すごくドキドキする。

それこそ、つまらない日常《にちじょう》に恐竜《きょうりゅう》でも現《あらわ》れてハラハラドキドキの冒険《ぼうけん》でも始《はじ》まれば退屈《たいくつ》から抜《ぬ》け出《だ》せるのに、なんて、パパのファンタジー小説《しょうせつ》でも出《で》てこないような馬鹿《ばか》げたことはよく考《かんが》える。まあ実際《じっさい》ありえないけどね。

ハラハラドキドキの冒険《ぼうけん》なんて夢《ゆめ》のまた夢《ゆめ》……夢《ゆめ》の……ん？

「そうよ、そうだわ」

そうなのよ。とても当《あ》たり前《まえ》の話《はなし》。

わたしに欠《か》けているのは——。

「……冒険《ぼうけん》すればいいわけね」

単純《たんじゅん》なことではないか。なんでこんな単純《たんじゅん》なことをわたしは思《おも》いつかなかったのだろう。

そんなに退屈《たいくつ》なら、謎《なぞ》を見《み》つけに行《い》けばいいだけじゃないか。面倒《めんどう》くさいとか動《うご》きたくないとか、何《なん》だかんだと理由《りゆう》をつけては「つまらない」に収《おさ》まっていたかったのは自分自身《じぶんじしん》。たしかにトオルさんの言《い》っていたとおりかもしれない。

わたしは明日《あした》の計画《けいかく》を立《た》てることにした。明日《あした》の授業《じゅぎょう》が終《お》わるのは午後四時《ごごよじ》。そこから探偵《たんてい》でもやってみよう。

探偵《たんてい》か。トオルさんみたい。でも探偵《たんてい》って具体的《ぐたいてき》に何《なに》をやるの？　わたしはトオルさんが探偵《たんてい》の仕事《しごと》をしている姿《すがた》を、じつは一度《いちど》も見《み》たことがない。昼間《ひるま》のトオルさんは、ソファで寝《ね》そべっているか、パパが書《か》いた小説《しょうせつ》のプロットをチェックしているかのどちらかだ。

トオルさんがよく、「薫《かおる》さんのプロットはずぼらでアラが多《おお》いんですよね」と言《い》っているのを聞《き》く。言《い》われたパパは冷《ひ》や汗《あせ》をかきながらアハハと笑《わら》って「編集《へんしゅう》より厳《きび》しいんだよなぁ、トオルさんは」などと言《い》っている。トオルさんは注意力《ちゅういりょく》がすごい。探偵《たんてい》が何《なに》をするものかはよくわからないけれど、とにかく人一倍《ひといちばい》注意力《ちゅういりょく》がなくちゃならないのだろう。

そういえば、部屋《へや》のなかもいつもきれいに掃除《そうじ》してくれるし、窓《まど》に虫《むし》がいたりすると、いつも誰《だれ》よりも早《はや》く見《み》つけて飛《と》んでいく。ああいう瞬発力《しゅんぱつりょく》もきっと重要《じゅうよう》なのね。

一度《いちど》だけ、探偵《たんてい》という職業《しょくぎょう》にちょっとばかり興味《きょうみ》をもって「わたし手伝《てつだ》いたい」と言《い》ったこともあった。でも、トオルさんは「子《こ》どもに手伝《てつだ》わせるわけにはいかないな」と言《い》うばかり。子《こ》どもには手伝《てつだ》わせられないような危険《きけん》なこともするのが探偵《たんてい》なのね、きっと。

「注意力《ちゅういりょく》と瞬発力《しゅんぱつりょく》が必要《ひつよう》で、なおかつ子《こ》どもには手伝《てつだ》わせられない危険《きけん》な職業《しょくぎょう》、か……」

ますます退屈《たいくつ》を駆除《くじょ》するのに向《む》いている職業《しょくぎょう》な気《き》がしてきた。トオルさんはわたしに手伝《てつだ》わせないと言《い》ったけれど、わたしが自分《じぶん》で探偵《たんてい》をやる分《ぶん》には構《かま》わないよね？

問題《もんだい》は、わたしにはよくテレビで見《み》るような「依頼人《いらいにん》」もいないし、そのへんに事件《じけん》が転《ころ》がっているわけでもない、ということ。

まあ、この際《さい》ぜいたくは言《い》っていられない。

小《ちい》さな謎《なぞ》でもいいから、身近《みぢか》なところから謎《なぞ》を集《あつ》めてみよう。それをひとつひとつ解決《かいけつ》していく。これだけでもだいぶ日常《にちじょう》は変《か》わるんじゃない？　何《なに》ごとも、為《な》せば成《な》るっていうもの。

第《だい》二《に》章《しょう》　赤《あか》いつけ爪《づめ》の謎《なぞ》

1

翌日《よくじつ》の放課後《ほうかご》、さっそくわたしは学校《がっこう》に残《のこ》った。ふだんなら家《いえ》が近《ちか》い美代《みよ》ちゃんとクラスの男子《だんし》の愚痴《ぐち》なんかを言《い》い合《あ》いながら帰宅《きたく》するけれど、美代《みよ》ちゃんには先《さき》に帰《かえ》っといてと伝《つた》えた。

「どうしたの？　居残《いのこ》り……じゃないよね？」

「まさか」

わたしがそんな間抜《まぬ》けな目《め》に遭《あ》うわけがない。わたしはくわしくは話《はな》さずに、美代《みよ》ちゃんと別《わか》れ、音楽室《おんがくしつ》に向《む》かった。音楽室《おんがくしつ》といえば怪談《かいだん》の定番《ていばん》だし何《なに》か事件《じけん》らしいことがあるかも、と思《おも》ったからだった。

でも、これが完全《かんぜん》に当《あ》てが外《はず》れた。十分《じっぷん》待《ま》っても、二十分《にじっぷん》待《ま》っても、何《なに》も起《お》こらない。モーツァルトもベートーベンも、目《め》がきょろきょろすることもなければ、笑《わら》いかけてくることもない。勝手《かって》にピアノが鳴《な》り出《だ》すことも、ＣＤが回《まわ》り出《だ》すこともない。その手《て》の怪談《かいだん》はやっぱり誰《だれ》かがウソを言《い》って広《ひろ》まるんだろうな。

そもそも謎《なぞ》って何《なに》？　どういうのが謎《なぞ》なの？

そこから考《かんが》えなきゃならないのか。

たとえば、いつもあるはずのものがないとか、いつもはそこにないものがあったりとか、あとは何《なに》かが壊《こわ》れていたり、そういうちょっとした日常《にちじょう》とのズレだ。もちろん、もっと大事件《だいじけん》だったらそれこそ大歓迎《だいかんげい》だけれど、そういうことはたぶん起《お》こらない。

だから、とにかくごく小《ちい》さな事件《じけん》よ。アリの穴《あな》から堤《つつみ》も崩《くず》れるというけれど、ほんの小《ちい》さな日《にち》常《じょう》の謎《なぞ》から、少《すこ》しずつ日常《にちじょう》が溶《と》けていったりするかもしれない。

よし、では気《き》を取《と》り直《なお》して、お次《つぎ》は理科室《りかしつ》。

理科室《りかしつ》には、嘉納先生《かのうせんせい》がいた。うちの学校《がっこう》では、基本《きほん》は担任《たんにん》が授業《じゅぎょう》を受《う》けもつけれど、理科《りか》や家庭科《かていか》みたいな専門科目《せんもんかもく》だけは教科担任制《きょうかたんにんせい》が導入《どうにゅう》されている。だから我《わ》がクラスの理科《りか》はこの人《ひと》が担当《たんとう》。

通称《つうしょう》、イノセン。カノウというより異能《いのう》だから〈イノウ〉先生《せんせい》、略《りゃく》してイノセン。男子《だんし》たちの尊敬《そんけい》の念《ねん》が込《こ》められている。でもわたしはあんまり好《す》きじゃない。たしかに科学《かがく》への愛《あい》はすごいし、授業《じゅぎょう》の教《おし》え方《かた》も丁寧《ていねい》でわかりやすいけれど、実験《じっけん》が楽《たの》しくて、ついでに教師《きょうし》をやっているって感《かん》じなのがどうも……。それがいいと男子《だんし》なんかは言《い》うんだけど、わたしはそこまで理科《りか》にのめり込《こ》めないから、ちょっと苦手《にがて》。

「あ、イノセン……こんにちは」

「どうしたの？　君《きみ》はええと、たしか、今度六年生《こんどろくねんせい》の樹羅野白亜《じゅらのはくあ》さん……。お父《とう》さんの新作《しんさく》はまだかな？」

イノセンもパパが作家《さっか》だって知《し》ってるのか。そりゃそうよね。校長《こうちょう》が全体集会《ぜんたいしゅうかい》で「中《なか》には樹羅《じゅら》野《の》さんのお父《とう》さんみたいな自由《じゆう》な仕事《しごと》に就《つ》く人《ひと》もいますが、あまり夢《ゆめ》を見《み》ないように」なんてことを言《い》ったりしたから、学校中《がっこうじゅう》にパパのことが知《し》れ渡《わた》ってしまったんだもの。

「まだもう少《すこ》しかかりそう……かな」

書斎《しょさい》から唸《うな》り声《ごえ》が聞《き》こえるから、きっとまだまだかかるだろう。

「そうか。一読者《いちどくしゃ》として楽《たの》しみにしていますと伝《つた》えてね。ところで、もう下校時間《げこうじかん》は過《す》ぎてるのに、何《なに》をしてるのかな？」

イノセンこそ何《なに》をしているのだろう。ずいぶんいい香《かお》りがする。彼《かれ》はいま、ビーカーをアルコールランプで炙《あぶ》って沸騰《ふっとう》させているところだった。

「いやぁ、なんとなくぶらぶらと。イノセンは何《なに》してたの？」

「ん？　コーヒー作《つく》ってる。タンポポコーヒー」

「あ、シーズンだ」

「そう、シーズン」

そっか、この匂《にお》いはあの悪名高《あくめいたか》きタンポポコーヒーの匂《にお》いだった。

この時期《じき》になると、毎年《まいとし》のようにイノセンはタンポポコーヒーを作《つく》っている。男子生徒《だんしせいと》はそれを飲《の》むのが好《す》きみたい。味《あじ》は「ビミョー」とみんな口《くち》をそろえて言《い》う。まあ、物珍《ものめずら》しいし、何《なん》となく楽《たの》しいというのはわからないではないんだけれど。わたしは飲《の》んだことないが、匂《にお》いだけは悪《わる》くないと思《おも》う。

「どう？　飲《の》む？」

「え、遠慮《えんりょ》しときます……」

「あそう。まあ、あんまり説教臭《せっきょうくさ》いことは言《い》いたくないけど、早《はや》く帰《かえ》ったほうがいいよ。夕暮《ゆうぐ》れ時《どき》はいろいろ危険《きけん》なことが多《おお》い。ここ中野区《なかのく》は東京《とうきょう》の中《なか》じゃ比較的治安《ひかくてきちあん》のいい街《まち》だけどね、それでも昼《ひる》と夜《よる》ではべつの顔《かお》になる。四時下校《よじげこう》にしてるのは、そういう時間《じかん》になる前《まえ》に生徒《せいと》たちを帰《かえ》したいからなんだよ」

イノセンが教師《きょうし》っぽいことを言《い》うと、何《なん》となくウソくさいと思《おも》ってしまうのは、わたしの問題《もんだい》かイノセンの問題《もんだい》か。まあ、視線《しせん》がタンポポコーヒーのビーカーに注《そそ》がれているせいかな。しょせん他人《ひと》ごとと思《おも》ってる感《かん》じが伝《つた》わってくるのだ。

「説教《せっきょう》されなくてもそろそろ帰《かえ》るよ。ただこう……何《なに》か面白《おもしろ》いことないかなぁ、とか思《おも》ってさ」

「面白《おもしろ》いことはね、理科《りか》の教科書《きょうかしょ》に書《か》いてあるから。まずは家《いえ》でじっくり読《よ》み返《かえ》すといいよ。そこから君《きみ》の世界《せかい》は大《おお》きく広《ひろ》がるはずだ」

ああまた始《はじ》まった。この脱線《だっせん》が苦手《にがて》なのだ。

「了解《りょうかい》、失礼《しつれい》しましたー！」

わたしは理科室《りかしつ》を飛《と》び出《だ》した。さわらぬ神《かみ》に何《なん》とやらだ。

そそくさと出《で》て、さてお次《つぎ》は――。図書室《としょしつ》か、体育館《たいいくかん》か、と迷《まよ》ったけれど、ちょっとゆっくり考《かんが》えるためにも校舎《こうしゃ》の外《そと》に出《で》て散歩《さんぽ》でもするか、と考《かんが》え直《なお》した。日中《にっちゅう》は春風《はるかぜ》がずいぶん吹《ふ》き荒《あ》れていたけれど、それも落《お》ち着《つ》いて、だいぶぶらつくのにいい気候《きこう》になってきた。

もういよいよ春休《はるやす》みだ。春休《はるやす》みが終《お》わると、今度《こんど》は六年生《ろくねんせい》……一年後《いちねんご》には卒業《そつぎょう》かぁ。そんなことを考《かんが》えて校庭《こうてい》をぶらぶらと歩《ある》いていたら、ふと梅《うめ》の木《き》に目《め》が留《と》まった。

この学校《がっこう》の梅《うめ》の木《き》は、ときどきカメラマンの人《ひと》が写真《しゃしん》を撮《と》りにきたりするくらいちょっと風変《ふうが》わりな恰好《かっこう》をしている。木《き》の幹《みき》が、まっすぐ生《は》えずにぐんにゃりと横《よこ》に曲《ま》がっていて、さらに地《じ》面《めん》に接《せっ》した枝《えだ》から根《ね》が生《は》えて、まるで昼寝《ひるね》から起《お》きたばかりの竜《りゅう》みたいに見《み》えるのだ。こういうの〈臥竜梅《がりょうばい》〉っていうらしい。根《ね》っこの部分《ぶぶん》がちょうど竜《りゅう》の足《あし》で、横《よこ》に曲《ま》がっている幹《みき》の部分《ぶぶん》が竜《りゅう》の背《せ》。

男子《だんし》なんか、しょっちゅう勇者《ゆうしゃ》ごっことか言《い》ってこの梅《うめ》の木《き》にまたがったりしている。でもアイツらはこの木《き》のことを桜《さくら》だと思《おも》っているみたい。ちょっと間抜《まぬ》けだよね。

わたしは自慢《じまん》じゃないけれど、梅《うめ》の花《はな》と桃《もも》の花《はな》の区別《くべつ》がちゃんとつく。当《あ》たり前《まえ》だと言《い》われそうだけれど、桜《さくら》はわかっても、梅《うめ》の花《はな》と桃《もも》の花《はな》をごっちゃにしている人《ひと》は案外多《あんがいおお》いのだ。

桃《もも》の花《はな》がひとつの枝《えだ》にいくつも生《な》るのに対《たい》して、梅《うめ》の花《はな》はひと節《ふし》にひとつと決《き》まっている。そうそう、こんなふうに……とそのかたちを目《め》で追《お》ううちに、おや、と思《おも》った。

「なに、あれ……」

梅《うめ》の木《き》の、〈竜《りゅう》の後《うし》ろ足《あし》〉に当《あ》たる根《ね》っこの部分《ぶぶん》に、ちょこんと赤《あか》いハイヒールが一組《ひとくみ》置《お》いてあるのが目《め》に入《はい》った。

なんでこんなところにハイヒールが？

それも、きちんとそろえて置《お》いてある。

わたしはしゃがみ込《こ》んで、そのハイヒールを手《て》に取《と》ってみた。そのサイズは二十三《にじゅうさん》・五《ご》。子《こ》どもにとってはだいぶ大《おお》きいけど、大人《おとな》の女《おんな》の人《ひと》からしたら平均的《へいきんてき》なサイズなんじゃない？

ちなみに——わたしは二十四《にじゅうよん》センチ。

この歳《とし》にしてはだいぶ大《おお》きい。ちょっと気《き》にしている。

まあそれはべつにいいんだけれど、それよりこんなところにハイヒールを脱《ぬ》ぎ捨《す》てたのは誰《だれ》？　裏《うら》に名前《なまえ》とか書《か》いてあったり——？

「なんて、あるわけないか」

半笑《はんわら》いでハイヒールを逆《さか》さにした。すると、中《なか》から何《なに》かが落《お》ちてきた。

赤《あか》い小《ち》さなものが、ぱらりと落下《らっか》してグラウンドに着地《ちゃくち》した。ハイヒールの中《なか》に隠《かく》されていたのだろう。赤《あか》いつけ爪《づめ》が、ぜんぶで十個《じっこ》。人間《にんげん》の手《て》の指《ゆび》の数《かず》とおなじだ。

いくら小学生《しょうがくせい》といったって、同級生《どうきゅうせい》の女子《じょし》たちがお洒落《しゃれ》に興味《きょうみ》を持《も》ち出《だ》してコスメがどうのと話《はな》したりもするから、つけ爪《づめ》くらいは知《し》っている。昔《むかし》から母親《ははおや》がするつけ爪《づめ》を興味津々《きょうみしんしん》で眺《なが》めていたし、こっそりつけて「魔女《まじょ》」なんて言《い》って、ひとりでうひょひょと喜《よろこ》んでいたこともある。

これは誰《だれ》が何《なん》と言《い》ったって、女性用《じょせいよう》のつけ爪《づめ》。ほかの何《なに》かなんかではない。

なぜこんなものが梅《うめ》の木《き》に？

梅《うめ》の木《き》の根《ね》――あるいは竜《りゅう》の足《あし》――にハイヒールやつけ爪《づめ》を置《お》くといいことがあるなんて迷信《めいしん》も占《うらな》いも聞《き》いたことがないし、カラスを撃退《げきたい》する効果《こうか》だってないだろう。

いまのところしっくりくる動機《どうき》が思《おも》いつかないけど、たしかにこれらはそこにあった。

これは謎《なぞ》だ。

謎認定《なぞにんてい》。こんにちは、日常《にちじょう》の小《ちい》さな謎《なぞ》。平凡《へいぼん》な入口《いりぐち》に見《み》えるけれど、ありきたりな毎日《まいにち》から抜《ぬ》け出《だ》すとても大事《だいじ》な一歩《いっぽ》かもしれない。そう信《しん》じてみよう。

わたしはランドセルの中《なか》からメモ帳《ちょう》を取《と》り出《だ》すと、謎《なぞ》を書《か》き込《こ》んだ。

Q 〈竜《りゅう》の足《あし》〉に赤《あか》いハイヒールと赤《あか》いつけ爪《づめ》を置《お》いたのは誰《だれ》か＆なぜか？

2

パパやママは、先生《せんせい》との出会《であ》いは一生《いっしょう》の宝《たから》なんて言《い》う。しょうじき、うっとうしい考《かんが》え方《かた》だな、と思《おも》ってしまう。わたしはそれほど好《す》きな先生《せんせい》に出会《であ》ったことがない。だから、たとえば放《ほう》課後《かご》にぶらりと訪《たず》ねて話《はな》してみたくなる先生《せんせい》というのは、わたしの場合《ばあい》とくにいない。

みんなどこか口《くち》やかましいのに正義《せいぎ》の意味《いみ》もろくに知《し》らなくて、その日《ひ》の機嫌《きげん》に左右《さゆう》されたりして、そのくせ体罰《たいばつ》だ何《なん》だと訴《うった》えられることには人一倍神経《ひといちばいしんけい》を尖《とが》らせているんだもの。学校《がっこう》の先《せん》生《せい》は、ひとつの教室《きょうしつ》に集《あつ》められた三十数個《さんじゅうすうこ》の爆弾《ばくだん》を、なんとか爆発《ばくはつ》させずに一年《いちねん》を終《お》えることだけ考《かんが》えている感《かん》じに見《み》えちゃうんだよね。

そんなわけだから、自分《じぶん》には解《と》けない謎《なぞ》を抱《かか》えたところで、それを相談《そうだん》したくなる教師《きょうし》がいるわけじゃなかった。でも、親《おや》に聞《き》く問題《もんだい》でもないし、トオルさんにはまだ探偵《たんてい》のことは内緒《ないしょ》にしておきたい。そんなこんなを抱《かか》えて、わたしはまだ校内《こうない》をうろついていた。

あれこれ考《かんが》えた結果《けっか》、わたしの足《あし》は保健室《ほけんしつ》へ向《む》かっていた。

保健《ほけん》の先生《せんせい》というのはわたしたち生徒《せいと》にとって不思議《ふしぎ》な存在《そんざい》だ。成績《せいせき》と関係《かんけい》のあるような授業《じゅぎょう》には一切関《いっさいかか》わらず、ただわたしたちが怪我《けが》や体調《たいちょう》を崩《くず》したときに備《そな》えて待機《たいき》している人《ひと》。先生《せんせい》と呼《よ》んでいるけれども、そもそも何《なに》かを教《おそ》わっているわけじゃないし、なんで先生《せんせい》と呼《よ》んでいるのかもしょうじきわからない。大人《おとな》だから？　長《なが》く生《い》きてるから？　それなら大人《おとな》はみんな先生《せんせい》か。そんなわけないよね。

まあそんなことを考《かんが》えながら、わたしは保健室《ほけんしつ》を訪《おとず》れた。

「どうしたの？　白亜《はくあ》さん」

芳江《よしえ》ちゃんが透明感《とうめいかん》のある声《こえ》で出迎《でむか》えてくれた。

近藤芳江《こんどうよしえ》。我《わ》が学校《がっこう》の保健《ほけん》の先生《せんせい》。この芳江《よしえ》ちゃん目当《めあ》てに仮病《けびょう》で訪《おとず》れる男子生徒《だんしせいと》は後《あと》を絶《た》たないと聞《き》く。生徒《せいと》にかぎらず、うちの担任《たんにん》のクボっちなんかも仮病《けびょう》で訪《おとず》れたという噂《うわさ》だ。

芳江《よしえ》ちゃんは、学校《がっこう》のマドンナだ。ワンピースの裾《すそ》が短《みじか》くて胸元《むなもと》も思《おも》いっきり開《あ》いた服《ふく》を着《き》ているから、男子《だんし》曰《いわ》く「目《め》でも癒《いや》される」のだとか。アホらしい。でも、たしかに同性《どうせい》のわたしから見《み》ても、その魅力《みりょく》は魔術的《まじゅつてき》な領域《りょういき》にあると言《い》っても過言《かごん》ではない。

「いやあ、どうしたってわけじゃないんだけどね。ハハハ……ええと、こんにちは」

我《われ》ながら間抜《まぬ》けな挨拶《あいさつ》。とりあえず、中《なか》に入《はい》ってドアを閉《し》めた。

「どこか調子《ちょうし》が悪《わる》くなった？」

「いえ……」

「わかった。アレね？　アレがきたのね？」

「え？　アレ？　……何《なに》……」

本当《ほんとう》にわからずに問《と》い返《かえ》すと、芳江《よしえ》ちゃんはおかしそうに笑《わら》った。

「生理《せいり》よ。もうあなたのクラスでもきてる子《こ》は多《おお》いのよ」

「え！　そ、そうなんですか！」

ぜんぜん知《し》らなかった。あんまりそういう話題《わだい》にわたしが疎《うと》いせいもあるのかもしれないけれど、みんないつの間《ま》に……。水臭《みずくさ》いじゃないの、という気《き》がしたけれど、一方《いっぽう》でそんな情報《じょうほう》、いちいち広《ひろ》めるものでもないか、と思《おも》い直《なお》す。その手《て》の話題《わだい》はデリケートなんだから、バカ男子《だんし》の耳《みみ》に入《い》れたらアイツら騒《さわ》ぎ出《だ》して超面倒《ちょうめんどう》なことになる。うん、秘密《ひみつ》にしておくのもわかる。しかし、そうですか、我《わ》がクラスでもすでに「多《おお》い」んですか……。

「ああ……わたしはあいにくまだ」

こればっかりは見栄《みえ》を張《は》っても仕方《しかた》ないし、早《はや》くくればいいというものでもなかろう。しかし、見《み》た感《かん》じ怪我《けが》もしていない女子《じょし》が放課後《ほうかご》に保健室《ほけんしつ》を訪《おとず》れたら、そういうふうに保健《ほけん》の先生《せんせい》が考《かんが》えるということがわかったのは大《おお》きな収穫《しゅうかく》だ。

「じつは芳江《よしえ》ちゃんにちょっと聞《き》きたいことがあるの」

「ん？　なになに？　わかった。えっちなことだ」

芳江《よしえ》ちゃんはふふっといたずらっぽく微笑《ほほえ》んだ。

「は……はい？」

なるほど、このスマイルで男子《だんし》はイチコロなわけね。

芳江《よしえ》ちゃんは続《つづ》ける。

「わかるよー。そういうのは担任《たんにん》の先生《せんせい》には聞《き》きづらいし、お父《とう》さんお母《かあ》さんにも聞《き》けないもんね。かといって、友《とも》だちからの情報《じょうほう》だと、どこまで本当《ほんとう》か信《しん》じられないし」

「……それはウィキペディアでどうにかする」

「あ、そう。これもちがうわけね。ハズレ。じゃあ何《なに》かしら。気《き》になるわ」

あんまり気《き》になってはいない様子《ようす》で芳江《よしえ》ちゃんは尋《たず》ねた。

そこで、わたしは両手《りょうて》を後《うし》ろに組《く》んで隠《かく》しておいた赤《あか》いハイヒールを取《と》り出《だ》した。

「これ、何《なん》だと思《おも》う？」

芳江《よしえ》ちゃんは、驚《おどろ》いた顔《かお》でわたしが手《て》に持《も》っているハイヒールをじっと見《み》つめていた。それからしばらくあって、答《こた》えた。

「ハイヒール……ね。それも大人《おとな》の。だいぶ派手《はで》だけど。正解《せいかい》？」

「だと思《おも》う」

「これが、どうかしたの？　ダメよ、こんな私物《しぶつ》を勝手《かって》に学校《がっこう》に持《も》ってきたら」

「いや、わたしが持《も》ってきたんじゃないよ。それより、見《み》てて」

わたしは芳江《よしえ》ちゃんの目《め》の前《まえ》でハイヒールを逆《さか》さにした。

中《なか》から赤《あか》いつけ爪《づめ》が落《お》ちる。

芳江《よしえ》ちゃんは反射的《はんしゃてき》に手《て》を出《だ》してそれを受《う》け止《と》めた。

「……なに、これ？」

「何《なに》に見《み》える？」

芳江《よしえ》ちゃんは「ふむ」と言《い》いながら、長《なが》い脚《あし》を組《く》み替《か》え、眼鏡《めがね》を外《はず》して観察《かんさつ》した。

「赤《あか》いつけ爪《づめ》ね。これはどこで見《み》つけたの？」

「校庭《こうてい》にある臥竜梅《がりょうばい》の後《うし》ろ足《あし》にハイヒールがそろえて置《お》いてあって、中《なか》につけ爪《づめ》が入《はい》ってたの」

「ふうん……」芳江《よしえ》ちゃんは、まるで病状《びょうじょう》を診察《しんさつ》するみたいにしげしげとヒールとつけ爪《づめ》を交互《こうご》に眺《なが》めていた。「それで？」

「それでって……不思議《ふしぎ》じゃない？　こんなものが梅《うめ》の木《き》の根元《ねもと》にあるなんて」

「なるほど、たしかに、言《い》われてみれば不思議《ふしぎ》ね。つけ爪《づめ》をしまうのは、木《き》のそばじゃなくて鏡《きょう》台《だい》であるべきだし、ハイヒールは下駄箱《げたばこ》よね」

「そうなの」

「置《お》き忘《わす》れるにしても、トイレの洗面所《せんめんじょ》とか、どこか机《つくえ》の上《うえ》とか……」

「でしょ、でしょ？」

やっぱり芳江《よしえ》ちゃんに相談《そうだん》して正解《せいかい》だった。

「でも、道路《どうろ》に落《お》ちているのもよく見《み》かけるわ」

「道路《どうろ》なら、あると思《おも》うよ、わたしも。それでもこんなふうにハイヒールの中《なか》につけ爪《づめ》をしまった状態《じょうたい》って珍《めずら》しいとは思《おも》わない？」

「そうね。ドラゴンの足《あし》には小《ちい》さすぎるものね」

そのひと言《こと》を、きっと芳江《よしえ》ちゃんは何気《なにげ》なく言《い》ったのだろう。

けれど、わたしの心《こころ》には、いるはずのないドラゴンがハイヒールに足《あし》を詰《つ》めようとしている図《ず》が浮《う》かんできた。

「どういう意味《いみ》？」

芳江《よしえ》ちゃんは、おかしそうにふふふっと笑《わら》った。

「ごめんね、昼間《ひるま》に男《おとこ》の子《こ》たちがここへ来《き》てひとしきりドラゴンの話《はなし》をして帰《かえ》っていったものだから。臥竜梅《がりょうばい》って聞《き》いたらしぜんとそのことを思《おも》い出《だ》しちゃって」

ドラゴンの噂《うわさ》は、いまやわがクラス男子《だんし》のテッパンネタになりつつあった。身体《からだ》をうねらせながら中野《なかの》セントラルパークの上空《じょうくう》を舞《ま》うドラゴンのうろこの背中《せなか》を見《み》たとか、中野《なかの》サンプラザの屋上《おくじょう》で休《やす》んでいたとか。

「彼《かれ》らっておかしいのよ、まるで本当《ほんとう》に見《み》てきたみたいに語《かた》るんだもの。わたしも思《おも》わず、本当《ほんとう》にいるのね、なんてあいづち打《う》っちゃったくらい」

芳江《よしえ》ちゃんは男子《だんし》たちの語《かた》り口調《くちょう》を思《おも》い出《だ》したらしく、笑《わら》い出《だ》す。あいつら、また芳江《よしえ》ちゃんに相手《あいて》してもらいたくて保健室《ほけんしつ》に来《き》ていたのか。おおかた、いつもしているあのホラ話《ばなし》をしたのだろう。

最初《さいしょ》にドラゴンを見《み》たと言《い》ったのは、クラスメイトのモトヤだった。

モトヤはウソつきだ。みんなだってそれはわかっているはずなのに、ちょっとワクワクする話《はなし》になると、とたんに都合《つごう》よく信《しん》じてしまうのだから。

たしかに、その点《てん》、モトヤはすごくうまいやり方《かた》をとった。彼《かれ》は「ドラゴンのはずがない」といういつもと逆《ぎゃく》の言《い》い回《まわ》しをしたのだ。それによって、もうモトヤのウソを聞《き》き飽《あ》きた者《もの》たちまでもが、モトヤの話《はなし》に興味《きょうみ》をもった。モトヤが「そんなはずがない」ということは、逆《ぎゃく》にそんなことが実際《じっさい》にあるかもしれない、と思《おも》わせた。

モトヤが見《み》たのは、逃《に》げまどうスズメの群《む》れだった。くさむらから、スズメたちが何《なに》かに怯《おび》えるように飛《と》び立《た》った。すると、その数秒後《すうびょうご》、それを追《お》う細長《ほそなが》いものが空《そら》へと舞《ま》い上《あ》がったそうだ。

——最初《さいしょ》、ヘビだと思《おも》ったんだ。でも、大《おお》きすぎる……キリン並《な》みに大《おお》きいんだ……それにだいいち、ヘビって空飛《そらと》ぶか？　飛《と》ばねえよな……いや、でもなあ……ドラゴンはねえよなぁ、ドラゴンは。だから見間違《みまちが》いじゃないかと思《おも》うんだけどさ……。

ウソつきのモトヤが真顔《まがお》で頭《あたま》を抱《かか》えるものだから、男子《だんし》たちが面白《おもしろ》がって、その日《ひ》の放課後《ほうかご》に同《おな》じくさむらの近《ちか》くで見張《みは》りを続《つづ》けた。

すると——夕暮《ゆうぐ》れ近《ちか》くになって、また「出《で》た」のだそうだ。

モトヤの言《い》っていたとおり、大《おお》きなヘビのようなものが、スズメを追《お》いかけて空《そら》に舞《ま》い上《あ》がった。

——ヘビにしては大《おお》きすぎたな。

クラス委員《いいん》のマキムラがそう言《い》うと、いよいよ信憑性《しんぴょうせい》が増《ま》してきた。

もっとも、わたしはマキムラが本当《ほんとう》はモトヤよりウソつきなことを知《し》っている。五年《ごねん》になってしばらくして、マキムラにコクられたことがあった。小学一年《しょうがくいちねん》からずっと好《す》きだった、と言《い》うから、五年間抱《ごねんかんかか》えた想《おも》いをすぐに断《ことわ》るのはまずかろうと「考《かんが》えさせて」と言《い》ったのだ。そうしたら、マキムラの奴《やつ》、翌日《よくじつ》にはマユミと付《つ》き合《あ》うことになっていた。即答《そくとう》しないならいいやとなったらしく、マユミにコクったというわけだ。馬鹿《ばか》にしているといえば、これほど馬鹿《ばか》にされた話《はなし》もない。

以来《いらい》、クラス委員《いいん》として正義《せいぎ》ぶったことを言《い》っていても、うわべだけの、軽《かる》い言葉《ことば》に感《かん》じられる。どんなイケメンであっても、言葉《ことば》に中身《なかみ》がないことが一度見《いちどみ》えると、信頼度《しんらいど》はゼロ。

けれど、クラスでもわりとおっとりとしている翼野雄一《つばさのゆういち》までが中野《なかの》セントラルパークで寝《ね》そべっていたらドラゴンが空《そら》を飛《と》んでいるのを見《み》たと主張《しゅちょう》したときには驚《おどろ》いた。彼《かれ》とはあまり話《はなし》をしたことがないものの、理科《りか》の知識《ちしき》だけはイノセンを凍《こお》りつかせるレベルだったから、リアリティが一気《いっき》に倍増《ばいぞう》した。

わたしは雄一《ゆういち》のことはひそかに一目置《いちもくお》いている。小四《しょうよん》のとき、校庭《こうてい》のウサギ小屋《ごや》にいるウサギがお腹《なか》を壊《こわ》してみんなが戸惑《とまど》うなか、ひとり臆《おく》することなく小屋《こや》に入《はい》ってその糞《ふん》を素手《すで》で触《さわ》って観察《かんさつ》し、においを嗅《か》いでビニール素材《そざい》のものを食《た》べたようだと結論《けつろん》づけたのだ。あれは、衝撃的《しょうげきてき》だった。もっとも、授業中《じゅぎょうちゅう》にやたらチラチラこっちを見《み》てくるのは気《き》に入《い》らないけど。

「あ、そういえば、最近《さいきん》じゃ臥竜梅《がりょうばい》がこっそりドラゴンになっているなんてとんでもないウソまで言《い》い出《だ》してるよね、アイツら」

噂《うわさ》というのは、それこそドラゴン並《な》みにどこまでも成長《せいちょう》してしまう。

「まあ男子《だんし》の噂《うわさ》はともかく、空《そら》を飛《と》ぶドラゴンも、ドラゴンに似《に》た梅《うめ》の木《き》も、ハイヒールははかないし、つけ爪《づめ》もしないと思《おも》う」

わたしは腕《うで》組《ぐ》みをしてそう宣言《せんげん》した。わたしの謎《なぞ》を、男子《だんし》の子《こ》どもじみた噂《うわさ》と混同《こんどう》されても困《こま》ってしまう。

「わからないわよ。ドラゴンはともかく、梅《うめ》の木《き》の天女《てんにょ》ならはくかも」

「え、マジで言《い》ってますか……」

芳江《よしえ》ちゃんが不思議《ふしぎ》チャンだとは、想定外《そうていがい》すぎる。

「冗談《じょうだん》よ、うふふ。じゃあ、誰《だれ》かが置《お》いたわけね。しかも置《お》き方《かた》から察《さっ》するに落《お》としたわけではない、と」

ようやく芳江《よしえ》ちゃんが乗《の》り気《き》になってきたみたいだ。

「そうなるね。落《お》とすような場所《ばしょ》じゃないし」

「梅《うめ》の木《き》によじ登《のぼ》るのに邪魔《じゃま》だからハイヒールを脱《ぬ》いでつけ爪《づめ》も外《はず》したというのはどう？」

「だとしても、そのまま忘《わす》れちゃうようなものじゃないよ。酔《よ》っ払《ぱら》いでもないかぎりね。それにこれがあの場所《ばしょ》に置《お》かれたのはこの一時間以内《いちじかんいない》のことよ。そうでなければ、昼休《ひるやす》みや体育《たいいく》の授業《じゅぎょう》のときにでも誰《だれ》かに気付《きづ》かれたはずだもの。とにかく、わたしが聞《き》きたいのは……」

「このつけ爪《づめ》をしそうな女《おんな》の人《ひと》を知《し》らないか、でしょ？」

「……そう」

何《なん》だ、わかってるんじゃないの。なら、最初《さいしょ》から言《い》ってくれればいいのに。

4

「ちなみに、これがわたしの爪《つめ》」

芳江《よしえ》ちゃんはわたしの目《め》の前《まえ》に、自分《じぶん》の両手《りょうて》を差《さ》し出《だ》した。

白《しろ》くてすべすべした手《て》だった。指《ゆび》が長《なが》くて、鍵盤《けんばん》のドから次《つぎ》のドまで楽々《らくらく》届《とど》きそう。短《みじか》く切《き》られた爪《つめ》には、もちろん、マニキュアはしていない。

「職業柄《しょくぎょうがら》、教師《きょうし》はあまりマニキュアはしないの。子《こ》どもの前《まえ》で必要以上《ひつよういじょう》のお洒落《しゃれ》を披露《ひろう》すると、子《こ》どもたちの教育《きょういく》の邪魔《じゃま》になるって考《かんが》えなのかしらね、よくわからないけど。まあとにかくそんなわけで、わたしも従《したが》いたくはないけれど、実際怪我《じっさいけが》の手当《てあ》てのときとか、爪《つめ》を伸《の》ばしているとやりにくいの。だから、短《みじか》く切《き》ってる。ほかの女《おんな》の先生《せんせい》も同《おな》じだと思《おも》うわね」

「じゃあつけ爪《づめ》も、ふだんは使《つか》わない？」

「そうね、少《すく》なくとも、学校《がっこう》のなかで使《つか》うことはないでしょうね。赤《あか》いハイヒールもそう。こういうのは、〈お出《で》かけ〉を楽《たの》しむときにはくものよ」

「でもこのつけ爪《づめ》は校庭《こうてい》にあったの」

「だとしても、その持《も》ち主《ぬし》は校舎内《こうしゃない》で使《つか》うために持《も》ち歩《ある》いていたわけではないと思《おも》うわね」

「校舎《こうしゃ》の外《そと》で使《つか》うためのものだったってこと？」

「ええ。たとえば、アフターファイブってやつ。あ、これは死語《しご》ね」と言《い》って芳江《よしえ》ちゃんは笑《わら》った。何《なに》がおかしいのかはよくわからなかったけれど。

「直訳《ちょくやく》すると、『五《ご》の後《あと》』……。ってことは、六《ろく》？」

「んん、そうじゃないの、時間《じかん》のことよ。五時以降《ごじいこう》。社会人《しゃかいじん》は基本的《きほんてき》には朝《あさ》の九時《くじ》から夕方五時《ゆうがたごじ》まで働《はたら》くことになっている企業《きぎょう》が多《おお》いわ。わたしたち公務員《こうむいん》もそうね。だからアフターファイブっていうのは、仕事《しごと》が終《お》わった後《あと》の時間《じかん》って意味《いみ》なの」

「え、でも、クボっちとか、めっちゃ遅《おそ》くまで働《はたら》いてるよ」

「超過労働《ちょうかろうどう》というのね。残業代《ざんぎょうだい》なんかつかないんだけれど、かといって終《お》わらせずに次《つぎ》の日《ひ》に回《まわ》すこともできない。作業《さぎょう》が多《おお》いの、とにかく。労働量《ろうどうりょう》のボリュームがおかしいのね」

「芳江《よしえ》ちゃんは早《はや》くに帰《かえ》るよね」

「わたしは保健《ほけん》の先生《せんせい》だからちょっと特殊《とくしゅ》ね。それに、結婚《けっこん》してからは、付《つ》き合《あ》いで仕事《しごと》の後《あと》で飲《の》みに行《い》くなんてあんまりしなくなったし」

「え！　芳江《よしえ》ちゃん結婚《けっこん》してたの？」

「意外《いがい》？」

うふふと微笑《ほほえ》むその姿《すがた》は、セクシーでとても結婚《けっこん》している女性《じょせい》とは思《おも》われなかった。

「なんか、マジ意外《いがい》なんですけど」

「だからわたしみたいな女《おんな》には放課後《ほうかご》もこういうつけ爪《づめ》は必要《ひつよう》ないのよ。そういう意味《いみ》では四年《よねん》二組《にくみ》の岩村先生《いわむらせんせい》も必要《ひつよう》ないわね。帰《かえ》ったら育児《いくじ》に追《お》われているそうだし、母親《ははおや》の介護《かいご》もあるらしいわ。あ、これは内緒《ないしょ》ね」

岩村先生《いわむらせんせい》は小太《こぶと》りでヒステリックなので、あだ名《な》がブーブーになっている。でもいつもブーブー言《い》っているのには、そういう生活《せいかつ》のストレスがあるのかと思《おも》うと、何《なん》となく同情《どうじょう》する気持《きも》ちになった。わたしたち生徒《せいと》はついつい忘《わす》れがちだけれど、先生《せんせい》たちだってふつうに人間《にんげん》なのよね。

何《なに》はともあれ、この二人《ふたり》は結婚《けっこん》していて家庭《かてい》があるから〈アフターファイブ〉を楽《たの》しむ余裕《よゆう》がないということで候補《こうほ》から外《はず》してもよさそうだ。

「あ、リリーちゃんはどう？」

「林道先生《りんどうせんせい》のこと？」

「そうそう」

体育教師《たいいくきょうし》の林道里佳子《りんどうりかこ》。ぴっちぴっちの新米教師《しんまいきょうし》だ。たしか有名《ゆうめい》な大学《だいがく》を出《で》ているとかで、本当《ほんとう》は頭《あたま》がいいんだと校長《こうちょう》が話《はな》していたっけ。まあ、あの校長《こうちょう》の言《い》うこともあんまり信用《しんよう》はできないんだけれど、リリーちゃんは、いつもわりと小《こ》ざっぱりとした恰好《かっこう》をしていて、爽《さわ》やかな感《かん》じが好感《こうかん》をもてる。彼女《かのじょ》はどうだろう？ 放課後《ほうかご》、つけ爪《づめ》するかな？ 赤《あか》いハイヒールとかは？

「彼女《かのじょ》は、ああ見《み》えて仕事熱心《しごとねっしん》なの。放課後《ほうかご》も誰《だれ》よりも遅《おそ》くまで残《のこ》って勉強《べんきょう》しているって話《はなし》よ。だから、〈アフターファイブ〉どころか、終電《しゅうでん》までずっと学校《がっこう》にいるらしいわ。それでいて、朝《あさ》はいちばんに学校《がっこう》にきているみたいだし。終電《しゅうでん》で帰《かえ》る人《ひと》に、つけ爪《づめ》もヒールも必要《ひつよう》ないかもねえ」

「じゃあ、リリーちゃんでもない、と」

「あくまでもわたしの考《かんが》えだけどね」

「でもほかに女《おんな》の人《ひと》って……」

「いるじゃない」

「いたっけ？」

「失礼《しつれい》ねぇ」

芳江《よしえ》ちゃんはそう言《い》いながら、今《いま》は外《はず》しているのに眼鏡《めがね》をくいっと上《あ》げる仕草《しぐさ》をしてみせた。

「ああ……」

五年三組《ごねんさんくみ》の教師《きょうし》、出口風子《でぐちふうこ》のことだ。わたしのクラスにもクボっちの代理《だいり》で何度《なんど》か教《おし》えに来《き》たことがある。

顔立《かおだ》ちはきれいなのに、見《み》た目《め》はいたって地《じ》

味《み》。黒縁眼鏡《くろぶちめがね》をくいっと上《あ》げて「そこの君《きみ》、やかましいわね。ワタクシの授業《じゅぎょう》を妨害《ぼうがい》する気《き》？」とか無表情《むひょうじょう》で叱《しか》りとばすので、〈フーコさま〉とか陰《かげ》で呼《よ》ばれている。

フーコさまが、放課後《ほうかご》に赤《あか》いつけ爪《づめ》を？　あの化粧《けしょう》っ気《け》ゼロの人《ひと》が？

「いやー、それこそないんじゃないかな……」

「大《おお》きな声《こえ》じゃ言《い》えないけど、他《ほか》の女性教師《じょせいきょうし》に比《くら》べたら、可能性《かのうせい》あると思《おも》うわね」

「え、そうなの？」

芳江《よしえ》ちゃんは急《きゅう》に声《こえ》を落《お》とした。

「あれは池袋駅《いけぶくろえき》だったかしらね。わたし、学校《がっこう》が終《お》わってから、池袋《いけぶくろ》の駅前《えきまえ》のカフェでお茶《ちゃ》をしていたことがあるの。そうしたら、窓《まど》の外《そと》を出口先生《でぐちせんせい》が歩《ある》いていたのよ。でも声《こえ》をかけられなかったわ。あまりに学校《がっこう》でしている恰好《かっこう》と違《ちが》いすぎたから。その、なんて言《い》ったらいいのかしらね、だいぶ……」

「派手《はで》？」

「そう、そうね、派手《はで》……派手《はで》よ」

本当《ほんとう》はもっとちがう言葉《ことば》を言《い》いたかったのかもしれない。大人《おとな》ってすぐ子《こ》どもに遠慮《えんりょ》する。こっちはかえって何《なに》を言《い》いたかったのか気《き》になってしまう。

「芳江《よしえ》ちゃんから見《み》て、あまりいい印象《いんしょう》を感《かん》じなかったわけね？」

「んん……なんというか、声《こえ》をかけづらい恰好《かっこう》だったわね」

言葉《ことば》を濁《にご》すところも、大人《おとな》ならではだ。そんなにごまかさなくても、わたしたちはあなたが思《おも》ってるほど子《こ》どもじゃないんだけどな。まあいいや。

「つまり、小学生《しょうがくせい》がアフターファイブにつけ爪《づめ》をつけていると考《かんが》えるより、現実味《げんじつみ》がありそう？」

「そうね。いまのところ、わたしが思《おも》うかぎりでは、彼女《かのじょ》が持《も》ち主《ぬし》にいちばんイメージは近《ちか》いかしらね……ただ、わからないわよ。ここ中野区《なかのく》にはいろんな人《ひと》が住《す》んでいるもの。もしかしたら校庭《こうてい》に勝手《かって》に入《はい》ってきている部外者《ぶがいしゃ》がいるかもしれないわ」

「そんな人《ひと》いるの？」

「いるわよぉ。ほら、宮崎《みやざき》アニメの、何《なん》だったかしら、金隠《かねかく》しがどうとかいう……」

「神隠《かみかく》しですか」

「あ、それそれ。あの映画《えいが》の冒頭《ぼうとう》じゃないけど、黄昏時《たそがれどき》から夜《よる》にかけて、街《まち》って空気《くうき》が変《か》わるものなのよ。それこそ、昼間《ひるま》は隠《かく》れていたものがどわーっと出《で》てくる感《かん》じなの」

そう言《い》われて、何《なん》とも言《い》えずわたしは背中《せなか》がぞくりとした。さっきのイノセンの言《い》っていた中《なか》野駅周辺《のえきしゅうへん》は昼《ひる》と夜《よる》では別《べつ》の顔《かお》になる、という話《はなし》が思《おも》い返《かえ》されたせいもある。どうしてくれる。わたしは怖《こわ》いものが苦手《にがて》なのに。

でも、なにこのドキドキ感《かん》。悪《わる》くない。

これよ、とわたしは思《おも》った。この感覚《かんかく》をわたしは求《もと》めていたのだ。つまらなくて味気《あじけ》ない日常《にちじょう》の終《お》わり。冒険《ぼうけん》の日々《ひび》の始《はじ》まり。

でも問題《もんだい》はここからだわ。

どうやって、いわゆる〈アフターファイブ〉に一人《ひとり》で外出《がいしゅつ》して、フーコさまを追跡《ついせき》しよう？

いまはまだ三月《さんがつ》。陽《ひ》が暮《く》れるのも早《はや》い。

パパやママの、そしてトオルさんの目《め》を盗《ぬす》んでの外出《がいしゅつ》か。気《き》が重《おも》い。でもやらねばならない。

これは冒険《ぼうけん》の始《はじ》まりの大切《たいせつ》な第一歩《だいいっぽ》なのだ。ぬかりなくことを進《すす》めなくては。

礼《れい》を言《い》って保健室《ほけんしつ》を出《で》るわたしの背中《せなか》に、暢気《のんき》な口調《くちょう》で芳江《よしえ》ちゃんが声《こえ》をかけてきた。

「楽《たの》しみね、結果《けっか》わかったら教《おし》えてちょうだいね、新米探偵《しんまいたんてい》さん」

探偵《たんてい》は振《ふ》り向《む》かずにニヒルに手《て》だけ振《ふ》って立《た》ち去《さ》った。

第三章《だいさんしょう》　追跡《ついせき》はむずかしい

1

あれこれ悩《なや》んだのだが、鉄《てつ》は熱《あつ》いうちに打《う》てという、偉大《いだい》なパワーワードに乗《の》っかることにした。思《おも》い立《た》ったが吉日《きちじつ》もあるけれど、鉄《てつ》は熱《あつ》いうちに打《う》てのほうがわたしの今《いま》の気分《きぶん》にはしっくりくる。まだ鉄《てつ》を熱《あつ》いうちに打《う》ったことはないから、うまくイメージはできていないけれど。

本当《ほんとう》は、明日《あした》の放課後《ほうかご》から、と思《おも》って明日《あした》の帰《かえ》りが遅《おそ》くなる言《い》い訳《わけ》をあれこれ考《かんが》えていたけど、友《とも》だちの家《いえ》に行《い》くと言《い》ったらその友《とも》だちの家《いえ》に連絡《れんらく》して「よろしくお願《ねが》いします」とか言《い》い出《だ》すのがうちの両親《りょうしん》なので、これはどう考《かんが》えてもウソがバレて終《お》わるだけだなという気《き》がした。

となれば、無断《むだん》で遅《おそ》くなるしかない。なら、すでに外出《がいしゅつ》してしまっている今日《きょう》のほうが何《なに》かと都合《つごう》がいいというものよね。さいわい、スマホは自宅《じたく》に置《お》いてきたから呼《よ》び出《だ》される心配《しんぱい》もない。

身《み》を隠《かく》す場所《ばしょ》はあらかじめ決《き》めておいた。

靴《くつ》を持《も》ち、上履《うわば》きを下駄箱《げたばこ》にしまうと、廊下《ろうか》の途中《とちゅう》にある、掃除道具《そうじどうぐ》入《い》れの中《なか》に入《はい》った。

ランドセルを足元《あしもと》に下《お》ろし、そこに腰《こし》を下《お》ろす。掃除《そうじ》は基本的《きほんてき》にわたしたち生徒《せいと》の担当《たんとう》だから、先生《せんせい》たちが放課後《ほうかご》に掃除道具《そうじどうぐ》をチェックするなんてことは、まずないだろう。

そういう意味《いみ》ではいい隠《かく》れ場所《ばしょ》だけれど——。

「くっさ……」

箒《ほうき》についた埃《ほこり》や、バケツの縁《ふち》にかけた濡《ぬ》れ雑巾《ぞうきん》のにおいが混《ま》じっていて、何《なん》とも気持《きも》ちわるいにおいが充満《じゅうまん》している。まあでも我慢《がまん》するしかない。

でも、なんだろう。この真《ま》っ暗闇《くらやみ》。とても気持《きも》ちが落《お》ち着《つ》く。わたしは狭《せま》いところがきらいじゃないらしい。むしろ、空間《くうかん》に無駄《むだ》がなくていい。人間《にんげん》の始《はじ》まりと終《お》わりのあるべき状態《じょうたい》って感《かん》じがする。考《かんが》えてみれば、人間《にんげん》は生《う》まれてくる前《まえ》は母親《ははおや》のお腹《なか》の中《なか》にいて、死《し》ぬときは棺桶《かんおけ》に入《はい》るんだもの。狭《せま》いところから始《はじ》まって狭《せま》いところで終《お》わるのよね。

なんだか眠気《ねむけ》にも襲《おそ》われた。ちょっとお腹《なか》も空《す》いてきた。ふつうお腹《なか》が空《す》いていたら眠気《ねむけ》はやってこないはずなんだけどなあ、なんて考《かんが》えているうちにうつらうつらと寝《ね》てしまった。

目《め》が覚《さ》めた。しまった。どれくらい眠《ねむ》っていたのだろう。

相変《あいか》わらずの真《ま》っ暗闇《くらやみ》。でも、何《なに》かがちがう。闇《やみ》の濃《こ》さ、というのか。同《おな》じ闇《やみ》でもちょっと質《しつ》感《かん》がちがう。

おそるおそる掃除道具《そうじどうぐ》入れの扉《とびら》を開《ひら》いて、外《そと》に出《で》た。

仄暗《ほのぐら》い廊下《ろうか》には、窓《まど》の外《そと》から月明《つきあ》かりが差《さ》し込《こ》んで、わたしの影《かげ》を長《なが》く引《ひ》き伸《の》ばしていた。

いま何時《なんじ》だろう？

誰《だれ》もいない教室《きょうしつ》を覗《のぞ》き込《こ》む。暗《くら》い教室《きょうしつ》のなかで、金色《きんいろ》の時計《とけい》の針《はり》がきらめいて、かろうじて時《じ》間《かん》が確認《かくにん》できた。

八時《はちじ》か……。父《ちち》も母《はは》も基本的《きほんてき》には自宅《じたく》にいるから、わたしが帰《かえ》ってこないことを心配《しんぱい》している頃《ころ》だろう。やはり一度《いちど》家《いえ》に帰《かえ》って説明《せつめい》しておくべきだったかな……。

とにかく職員室《しょくいんしつ》に行《い》こう。フーコさまがまだいるか見《み》に行《い》くのだ。わたしは足音《あしおと》を忍《しの》ばせて、職員室《しょくいんしつ》へ向《む》かった。さいわいなことに、職員室《しょくいんしつ》のドアは開《ひら》きっ放《ぱな》しだった。リリーちゃんが机《つくえ》に向《む》かって何《なに》かカリカリと書《か》いているほかは、生徒指導《せいとしどう》の村田《むらた》ことムーランと柳本教頭《やなぎもときょうとう》（不人気《ふにんき》の極《きわ》みにてあだ名《な》なし）しか姿《すがた》は見《み》えない。

フーコさまの机《つくえ》の上《うえ》には――彼女《かのじょ》の鞄《かばん》がある。よかった。まだいる。

やがて、ムーランと柳本教頭《やなぎもときょうとう》は「今夜《こんや》は一杯《いっぱい》どうです」などと言《い》いながら職員室《しょくいんしつ》から出《で》てきた。わたしはそれを水飲《みずの》み場《ば》の陰《かげ》に隠《かく》れてやり過《す》ごした。

そうして息《いき》を潜《ひそ》めていると、『ジュラシック・パーク』のことを思《おも》い出《だ》した。厨房《ちゅうぼう》でヴェロキラプトルから逃《に》げ惑《まど》う最後《さいご》の子《こ》どもたちって、きっとこんな気分《きぶん》だったんだろうな。

「さっきの樹羅野《じゅらの》さんの親御《おやご》さんからの電話《でんわ》の件《けん》、警察《けいさつ》に連絡《れんらく》しなくても大丈夫《だいじょうぶ》かね……」

柳本教頭《やなぎもときょうとう》がぼそりと言《い》う。心配《しんぱい》してママかパパが学校《がっこう》に連絡《れんらく》したみたい。

「あ、それなら大丈夫《だいじょうぶ》ですよ。さっきもう一回連絡《いっかいれんらく》があって、友《とも》だちのところに行《い》っていたことがわかったみたいですし」

私《わたし》が友《とも》だちの家《いえ》に？

パパやママがそんなウソの報告《ほうこく》をわざわざ学校《がっこう》にするとも思《おも》えない。じゃあ誰《だれ》が？

誰《だれ》にも言《い》わずに今日《きょう》の冒険《ぼうけん》を計画《けいかく》したのに。

「なんだ、そうか、それならよかった」

ぜんぜんよくない。誰《だれ》よ、おせっかいを焼《や》いたのは。

柳本教頭《やなぎもときょうとう》とムーランは、わたしの真横《まよこ》を素通《すどお》りして階段《かいだん》を下《お》りて行《い》った。わたしはその間《あいだ》、息《いき》を止《と》めていた。自分《じぶん》の心臓《しんぞう》の音《おと》で気《き》づかれるのではないかと思《おも》ったけれど、そんなことはなく、無事《ぶじ》に彼《かれ》らが去《さ》ってしまうとようやく息《いき》を大《おお》きく吐《は》き出《だ》した。

ああ怖《こわ》かった……。

べつに知《し》ってる先生《せんせい》たちだし、怒《おこ》られたって命《いのち》を取《と》られるわけじゃないのに、その先生《せんせい》たちに見《み》つかることがすごく怖《こわ》いと思《おも》った。

これが、日常《にちじょう》から逸脱《いつだつ》するってことなのか。いま、もしかしてわたしは大変《たいへん》なことをしているのかもしれない。ようやく自覚《じかく》が出《で》てくる。

でも、一度《いちど》乗《の》りかかった船《ふね》だ。ここまできたら、フーコさまがあの赤《あか》いヒールやつけ爪《づめ》の持《も》ち主《ぬし》なのかどうか、ちゃんと見極《みきわ》めなくては。いま職員室《しょくいんしつ》に残《のこ》っているのはリリーちゃんだけみたい。フーコさまはどこへ行《い》っているのだろう？　トイレかな。

やがて、廊下《ろうか》をツカツカと音《おと》を立《た》てて歩《ある》きながらフーコさまがやってきた。まずい。わたしが隠《かく》れている場所《ばしょ》が丸見《まるみ》えになる方面《ほうめん》からやってくるじゃないの。

わたしは大慌《おおあわ》てで水道《すいどう》の下《した》に入《はい》り込《こ》んだ。うっ……なんか蜘蛛《くも》の巣張《すは》ってる……。思《おも》わず叫《さけ》び声《ごえ》を上《あ》げそうになるのを必死《ひっし》でこらえて、どうにかフーコさまが通《とお》り過《す》ぎるのを待《ま》った。

フーコさまは職員室《しょくいんしつ》へ戻《もど》ると、リリーちゃんと雑談《ざつだん》を始《はじ》めた。リリーちゃんはまだまだ立《た》ち上《あ》がる気配《けはい》がないけれど、フーコさまのほうはすでに帰《かえ》り支度《じたく》を始《はじ》めている。そろそろわたしも外《そと》に出《で》ておいたほうがよさそうだ。彼女《かのじょ》は中野界隈《なかのかいわい》に住《す》んでいるはずだから、必《かなら》ず校門《こうもん》から徒歩《とほ》で出《で》てくる。

わたしは音《おと》を立《た》てずに水道《すいどう》の下《した》から這《は》い出《で》ると、二人《ふたり》に気《き》づかれぬよう身体《からだ》をかがめたまま階《かい》段《だん》へ向《む》かい、職員用《しょくいんよう》の下駄箱《げたばこ》のコーナーで胸《むね》にずっと抱《かか》えたままでいた靴《くつ》をはいて外《そと》に出《で》た。

外《そと》はもう春分《しゅんぶん》も過《す》ぎたというのに、おいまだ冬《ふゆ》じゃないかと叫《さけ》びたくなるほどの寒《さむ》さだった。うそでしょ、日《ひ》が暮《く》れるとこんなに寒《さむ》くなるの？　わたしは日頃《ひごろ》、夕方五時以降《ゆうがたごじいこう》、ほとんど外出《がいしゅつ》しない。出《で》るとしても、せいぜい家族《かぞく》で外食《がいしょく》に出《で》かけるときくらいだ。だから、トレーナーにカーディガン一枚《いちまい》なんて軽装《けいそう》でいる。膝《ひざ》だの肘《ひじ》だのを擦《こす》りながら、校門《こうもん》でフーコさまが出《で》てくるのを待《ま》つことにした。

ところが、待《ま》てど暮《く》らせど出《で》てくる気配《けはい》がない。五分《ごふん》が経《た》ち、十分《じっぷん》が経《た》ち、いよいよわたしの身体《からだ》に震《ふる》えが走《はし》った。何《なに》してるのよ、フーコさまは！　さてはリリーちゃんと無駄話《むだばなし》でもしているのか――と思《おも》っていると、不意《ふい》に甘《あま》い匂《にお》いが漂《ただよ》ってきた。

この匂《にお》いは――恐《おそ》らく香水《こうすい》の匂《にお》い。

わたしは匂《にお》いのするほうを見《み》た。夜《よる》なのにサングラスをかけ、胸元《むなもと》も露《あらわ》なタイトミニワンピースを着《き》た女《おんな》の人《ひと》が現《あらわ》れた。こんな人《ひと》、いたっけ……と思《おも》ったのは、何《なに》より髪《かみ》の色《いろ》が赤《あか》かったからだ。しかもいわゆる夜会巻《やかいま》きというやつにしていて、まるでトサカみたいだ。

けれど、しばらく考《かんが》えるうちに、その後《うし》ろ姿《すがた》を見《み》ていて気《き》がついた。

え、これ、フーコさま？

わたしはすぐに追《お》いかけた。

女《おんな》の人《ひと》は化粧《けしょう》で印象《いんしょう》が変《か》わるものだとは頭《あたま》でわかってはいた。でも、あそこまで大胆《だいたん》に変《か》えてくるとは思《おも》わなかった。そうか、この変装《へんそう》のために時間《じかん》がかかったのか。

それにしてもこのワンピースには恐《おそ》れ入《い》った。最初《さいしょ》は白《しろ》いワンピースかと思《おも》ったけれど、よく見《み》るとこれワニの腹《はら》の部分《ぶぶん》を使《つか》った革製《かわせい》じゃないの。趣味《しゅみ》がわるいというのか、ワイルドというのか。まあ何《なん》にせよ、昼間《ひるま》のフーコさまとは百八十度《ひゃくはちじゅうど》ちがうキャラに変身《へんしん》しているのはたしかだ。

昼間《ひるま》の顔《かお》が偽物《にせもの》なのか、こっちが偽物《にせもの》なのか。

とにかく見逃《みのが》すことだけはあってはならない。

けれど、中野《なかの》サンモール商店街《しょうてんがい》の人《ひと》ごみをかき分《わ》けて進《すす》み、団子屋《だんごや》の角《かど》を曲《ま》がったところで、

ドンと何《なに》かにぶつかった。最初《さいしょ》はサンドバッグかと思《おも》ったけれど、こんなところにサンドバッグが置《お》いてあるわけがない。

人《ひと》の身体《からだ》だった。大人《おとな》にぶつかったのだ。それも――別人《べつじん》のような派手《はで》なコスチュームに包《つつ》まれた、現在追跡中《げんざいついせきちゅう》のフーコさまだった。

「ワタクシを追《お》ってきてどうする気《き》？」

「え……」

「何《なん》とか言《い》いなさいよ。このクソガキ」

学校《がっこう》でフーコさまがこれまで言《い》ったこともないような汚《きたな》い言葉《ことば》。そして、恐《おそ》ろしい声《こえ》だった。

彼女《かのじょ》は鼻《はな》に皺《しわ》を寄《よ》せて「しゃあああ」っと妙《みょう》な威嚇《いかく》するような声《こえ》を上《あ》げた。

何《なに》これ……何《なん》なの？

あまりの恐《おそ》ろしさに、思《おも》わずわたしは半歩下《はんぼさ》がってしまった。

フーコさまは一歩前《いっぽまえ》に踏《ふ》み出《だ》した。

その牙《きば》は――夜《よる》の月《つき》に照《て》らされてぎらりと光《ひか》っていた。

2

フーコさまの表情《ひょうじょう》が変《か》わったのは、わたしのランドセルを見《み》たからだった。自分《じぶん》の学校《がっこう》の生徒《せいと》と気《き》づいて、態度《たいど》をあらためたみたい。

「あなたは……五年二組《ごねんにくみ》の樹羅野白亜《じゅらのはくあ》。さっきお母《かあ》さんからまだ帰《かえ》ってこないって電話《でんわ》があったわね。直後《ちょくご》に父親《ちちおや》らしき人《ひと》から電話《でんわ》で友《とも》だちのところに行《い》っているって話《はなし》だったから、安心《あんしん》してたんだけど？　こんなところで何《なに》をやっているのかしら？」

今《いま》さらのように、フーコさまはもとの教師《きょうし》としての顔《かお》を保《たも》とうとした。そんなことをしても、たったいま彼女《かのじょ》がわたしに見《み》せた別《べつ》の顔《かお》が帳消《ちょうけ》しになんかならないことはわかるはずなのに。

それにしても、父親《ちちおや》らしき人《ひと》から電話《でんわ》？　誰《だれ》だろう？

考《かんが》え付《つ》くのは、トオルさんだけれど、彼《かれ》には何《なに》も話《はな》していない。

「どういうつもりなの？　ワタクシに話《はな》してごらんなさい。怒《おこ》らないから」

怒《おこ》らないから……か。本当《ほんとう》だろうか。いや、怒《おこ》られるだけならまだいい。いまフーコさまから感《かん》じたのは、それよりさらに悪《わる》いことが起《お》こりそうな空気《くうき》だった。

この人《ひと》、わたしを殺《ころ》す気《き》じゃないだろうか。ふとそんなことが頭《あたま》をよぎった。それはフーコさまの目《め》に、こうしてしゃべっているいまもまったく感情《かんじょう》がないからだった。

いやいくら何《なん》でも殺《ころ》されるのは非日常《ひにちじょう》すぎる。たしかに退屈《たいくつ》から抜《ぬ》け出《だ》したくてこんなことを始《はじ》めたわけだけど、一気《いっき》に殺人鬼《さつじんき》とご対面《たいめん》ではやりすぎよ。

「いえ、あの、つけ爪《づめ》が……」

「爪《つめ》がどうしたって？」

彼女《かのじょ》は自分《じぶん》の爪《つめ》を見《み》せてきた。長《なが》い、長《なが》い爪《つめ》をしていた。驚《おどろ》いたのは、その手《て》の色《いろ》が、白《しろ》から徐々《じょじょ》に緑色《みどりいろ》に変色《へんしょく》しはじめたからだった。いや、それだけじゃない。身体《からだ》のサイズ自体《じたい》がどんどん膨《ふく》れ上《あ》がっていく。

信《しん》じられないことに、フーコさまの身体《からだ》は、あっという間《ま》に、大人《おとな》の男《おとこ》の人《ひと》の三倍《さんばい》はありそうなほどの大《おお》きさになった。ワニ革製《がわせい》に見《み》えたワンピースは、実際《じっさい》は特殊素材《とくしゅそざい》だったのか、そのサイズになっても破《やぶ》れることなくぴったりフィットしている。

「え、ふ、ふーこせん……せい？」

「トサカにくる子《こ》ね。爪《つめ》がどうしたのか、さっさと言《い》いなさい」

しゃべり方《かた》がなんだかおかしい。いつものフーコさまとはちがう。

それに気《き》のせいか、頭部《とうぶ》が尖《とが》って、赤《あか》いトサカみたいなものが――。

目《め》の開《ひら》き方《かた》もヘンだ。黒目《くろめ》が妙《みょう》に細《ほそ》く長《なが》くなっている。

これは——トオルさんが蛾《が》に飛《と》び掛《か》かったときの目《め》にそっくりだった。

「ほろほろほろほろほろほろほろ」

「え？」

「しゃあああああああああ」

「せ、せんせ……？」

フーコさまは、さらに爪《つめ》をきらりと光《ひか》らせた。

こんなに鉤《かぎ》のように鋭《するど》い爪《つめ》をもっていたっけ？

これ、お洒落《しゃれ》でしてるつけ爪《づめ》なんかじゃない。ていうか——手《て》が、おかしい。さっきみたいにうっすらとじゃなくて、完全《かんぜん》に緑色《みどりいろ》になってる！　どういうことなの？

けれど一秒後《いちびょうご》、わたしの戸惑《とまど》いをよそに、さらに思《おも》いがけない展開《てんかい》が待《ま》っていた。

フーコさまの身体《からだ》が、横《よこ》に吹《ふ》き飛《と》んだのだ。正確《せいかく》には、飛《と》ばされた。

気《き》がついたときには、フーコさまは路上《ろじょう》に倒《たお》れていたけれど、それもつかの間《ま》のこと。フーコさまは人間《にんげん》らしからぬ機敏《きびん》な動作《どうさ》で素早《すばや》く起《お》き上《あ》がったかと思《おも》うと、これまた人間《にんげん》としては到底《とうてい》考《かんが》えられないようなジャンプ力《りょく》で塀《へい》を飛《と》び越《こ》えたのだ。

静《しず》かな夜《よる》が、帰《かえ》ってくる。

闇夜《やみよ》に残《のこ》されたわたしは、今《いま》にも膝《ひざ》をついて倒《たお》れてしまいそうだった。ホッとしてもいたけれど、でもまだよくわからない怖《こわ》さが身体《からだ》を支配《しはい》していた。

「白亜《はくあ》ちゃん、無茶《むちゃ》な真似《まね》をしたね。なぜあんな奴《やつ》を尾《つ》けたりした？」

その声《こえ》は――。

わたしはその人物《じんぶつ》を見《み》た。フーコさまを蹴《け》り飛《と》ばした人物《じんぶつ》はいま、身体《からだ》を猫背《ねこぜ》にしてかがめ、手先《てさき》をキチキチと動《うご》かして、長《なが》い鉤爪《かぎづめ》でカチカチと地面《じめん》を叩《たた》いた。

わたしを助《たす》けてくれたのはトオルさんだった。けれどそれは、どこかいつものトオルさんとはちがっていた。何《なに》かが――あるいは、何《なに》もかもが。

「トオルさん……ごめんなさい……」

「心配《しんぱい》ない。お父《とう》さんお母《かあ》さんには、さっきウソを言《い》っておいた。君《きみ》が友《とも》だちの家《いえ》で勉強会《べんきょうかい》をしていたようだから迎《むか》えに行《い》ってくる、とね」

やっぱりトオルさんがウソをついてくれていたのか。

「……ありがとう」

「どういたしまして。そして、お礼《れい》を言《い》える子《こ》には、ぜひこんなことをした理由《りゆう》も教《おし》えてもらいたい。なぜ、アイツを尾《つ》けたんだ？」

「アイツ……」

トオルさんの口調《くちょう》はとても冷《つめ》たかった。いつもの、柔《やわ》らかみのあるしゃべり方《かた》ではなくて、石《いし》ころひとつない道《みち》みたいに平坦《へいたん》で、何《なん》の感情《かんじょう》も籠《こ》もっていないように感《かん》じられた。

「想像《そうぞう》はつくよ」とトオルさんは続《つづ》けた。「退屈《たいくつ》していたんだろう。毎日《まいにち》がつまらない、と君《きみ》は先日話《せんじつはな》していたね。くだらない日常《にちじょう》を崩《くず》すのに、探偵稼業《たんていかぎょう》はうってつけだ。それで、こうしてアイツを尾《つ》けることにしたわけだ。どこで彼女《かのじょ》の生態《せいたい》を知《し》ったんだ？」

「生態《せいたい》？」

私《わたし》が尋《たず》ね返《かえ》すと、トオルさんは明《あき》らかに「しまった」というような顔《かお》になった。

「……何《なん》でもない」

「……トオルさん？　あの、顔《かお》こっちに見《み》せて」

「いいから行《い》きなさい」

「いやだ。一緒《いっしょ》に帰《かえ》ってくれるんでしょ？」

「……早《はや》く行《い》け。さもないと……」

トオルさんは苦《くる》しそうに顔《かお》を隠《かく》して、わたしに背《せ》を向《む》けた。

けれど、トオルさんは気《き》づいていなかった。

ズボンから生《は》えた、長《なが》い尻尾《しっぽ》がわたしに向《む》けられていることに。

「トオルさん……」

「だから行《い》けと言《い》っているだろう！」

トオルさんに怒鳴《どな》られるなんて初《はじ》めてだ。わたしは嬉《うれ》しくなって、またもう一歩踏《いっぽふ》み出《だ》した。

そして、さっきよりはっきりトオルさんの身体《からだ》が緑色《みどりいろ》に変化《へんか》していくのを目撃《もくげき》してしまった。

「トオルさん……もしかして、トカゲなの？」

なかば冗談《じょうだん》のつもりだった。だって、これが冗談《じょうだん》でなくてなんだろう？　人《ひと》にトカゲかと尋《たず》ねるなんて、真顔《まがお》でやれることじゃないし。

トオルさんは静《しず》かに首《くび》を横《よこ》に振《ふ》った。

もちろんわたしは安心《あんしん》した。

そうよね、トオルさんがトカゲのわけがないもの。

え、でもじゃあ、尻尾《しっぽ》が生《は》えているのはどうして？

首《くび》が緑色《みどりいろ》なのは——ていうか、顔《かお》もすでに緑色《みどりいろ》じゃん。

この顔《かお》——どこかで……。

あっ、と驚《おどろ》いたけれど、それを口《くち》にできなかったのは、信《しん》じがたいことだったからだ。

トオルさんは、わたしの驚《おどろ》きを代弁《だいべん》するかのように告《つ》げた。

「白亜《はくあ》ちゃん……じつは俺《おれ》、恐竜《きょうりゅう》なんだ」

驚《おどろ》くときに「ええ！」とか「うそ！」とか、そういう言葉《ことば》が出《で》てくることって、日常《にちじょう》ではよくある。でも、本当《ほんとう》に心《こころ》の底《そこ》からびっくりしているとき、人《ひと》はどうやら無言《むごん》になってしまうらしい。

トオルさんの告白《こくはく》に、わたしはしょうじき返《かえ》す言葉《ことば》がなかった。頭《あたま》の中《なか》が真《ま》っ白《しろ》になった。

「俺《おれ》はヴェロキラプトルだ。公式《こうしき》バージョンは、羽毛《うもう》が生《は》えてる。羽根《はね》みたいなのもある。でもそれじゃ、白亜《はくあ》ちゃんのイメージするラプトルとちがうだろ？　だから、とりあえずいまは君《きみ》の理想《りそう》に合《あ》わせてみた」

「……ありがとう」

　べつにヴェロキラプトルの外見《がいけん》に理想《りそう》の基準《きじゅん》を決《き》めていたわけじゃないんだけど、ヴェロキラプトルというからには、爬虫類《はちゅうるい》の祖先《そせん》としてのＩＱ高《たか》そうな知能犯《ちのうはん》ハンター然《ぜん》とした姿《すがた》が真《ま》っ先《さき》に浮《う》かんでくるのはたしか。

　実際《じっさい》には、最近《さいきん》の図鑑《ずかん》はどれも、ヴェロキラプトルを羽毛恐竜《うもうきょうりゅう》として描《えが》いている。わたしの知《し》るところでは、二〇〇七年頃《ねんごろ》に発見《はっけん》された化石《かせき》によって、羽毛恐竜《うもうきょうりゅう》であることが決定的《けっていてき》となったらしい。映画《えいが》からヴェロキラプトルを知《し》った者《もの》としてはがっかりな事実《じじつ》ではあるけどね。

もちろんそれが現実《げんじつ》なら、受《う》け入《い》れなきゃね。でも一方《いっぽう》で、やっぱりトオルさんがこの外見《がいけん》を選《えら》んだのは、正《ただ》しかったのかもしれないな、とも思《おも》った。

「本当《ほんとう》は羽毛恐竜《うもうきょうりゅう》なの？」

「本当《ほんとう》はね。でもそれも今《いま》のところの『本当《ほんとう》』さ。俺《おれ》も正直《しょうじき》なところ元《もと》の姿《すがた》は忘《わす》れてしまった。人間《にんげん》の出《だ》している図鑑《ずかん》を見《み》て、祖先《そせん》のことを思《おも》い出《だ》しては『元《もと》の姿《すがた》』に近《ちか》づけるようにしてはいるが、次《つぎ》にべつの骨《ほね》が出《で》てくれれば、また変《か》わるかもしれないからな。あんまり真面目《まじめ》に対応《たいおう》してもしょうがない」

「え……そ、そんないい加減《かげん》なの？」

「生《い》き物《もの》はあまねく進化《しんか》するからね。仕方《しかた》ないさ」

あっさりそう言《い》うと、トオルさんは懐《ふところ》から缶《かん》コーヒーのブラックを取《と》り出《だ》してぐびりと飲《の》んだ。

「トオルという名《な》は、〈ラプトル〉からとったんだ。恐竜《きょうりゅう》だった名残《なご》りを留《とど》めたくてね。俺《おれ》たちの外見《がいけん》は時代《じだい》とともにつねに変化《へんか》してきた。変《か》わらなくちゃ生《い》きていけなかったんだ。だから俺《おれ》たちは、みんな擬態能力《ぎたいのうりょく》を磨《みが》いた」

「ぎたい……」

「最初《さいしょ》にそれを始《はじ》めたのは、俺《おれ》たちのなかでも、秀才《しゅうさい》と謳《うた》われるトロオドンっていう恐竜《きょうりゅう》さ。人間《にんげん》の学者《がくしゃ》もトロオドンに目《め》をつけて、現代《げんだい》のカラスくらいの知能《ちのう》があっただろうと推測《すいそく》したり、絶滅《ぜつめつ》しなかった場合《ばあい》の進化《しんか》を予測《よそく》してダイノサウロイドなんてクリーチャーの模型《もけい》が作《つく》られたりもしたようだが、実際《じっさい》のトロオドンはその想像《そうぞう》よりずっと賢《かしこ》かった。奴《やつ》らは環境《かんきょう》に応《おう》じて、身体《からだ》を適応《てきおう》させていくことを覚《おぼ》えると、それをほかの種族《しゅぞく》にも伝達《でんたつ》して回《まわ》った。革命的《かくめいてき》だったね」

革命的《かくめいてき》、とトオルさんは簡単《かんたん》に言《い》うけれど、それを聞《き》いているわたしの正直《しょうじき》な感想《かんそう》はアンビリーバボーの一言《ひとこと》でしかなかった。現代《げんだい》まで恐竜《きょうりゅう》が生《い》き残《のこ》っていたというだけでも信《しん》じがたいのに、人間《にんげん》に擬態《ぎたい》する能力《のうりょく》を手《て》に入《い》れ、さらにほかの恐竜《きょうりゅう》たちにその能力《のうりょく》を伝達《でんたつ》しただなんて……。

トオルさんいわく、恐竜《きょうりゅう》のあいだで、擬態《ぎたい》は一気《いっき》に広《ひろ》まったのだそうだ。

「そして、この小《ち い》さな列島《れっとう》にやってきた段階《だんかい》で、俺《おれ》の先祖《せんぞ》の運命《うんめい》は決定《けってい》したようなもんさ。つまりね、日本人《にほんじん》に擬態《ぎたい》したんだ」

「じゃあ恐竜《きょうりゅう》は絶滅《ぜつめつ》しなかったんですか？」

「前《まえ》から言《い》っているとおり、表舞台《おもてぶたい》からは消《き》えたんだ。実際《じっさい》、巨大隕石《きょだいいんせき》の衝突《しょうとつ》も火山噴火《かざんふんか》も極端《きょくたん》な寒冷化《かんれいか》もあったし、そのたびに恐竜《きょうりゅう》の数《かず》は激減《げきげん》し、大型哺乳類《おおがたほにゅうるい》の時代《じだい》がやってきたのはたしかだ。俺《おれ》たちの祖先《そせん》のほうが強《つよ》いが、数《かず》には勝《か》てない。そうこうするうち、人類《じんるい》の祖先《そせん》が現《あらわ》れた。これがいちばん厄介《やっかい》だった」

「なぜ人類《じんるい》の祖先《そせん》が厄介《やっかい》だったの？」

「奴《やつ》らは火《ひ》を使《つか》うんだ。これじゃ太刀《たち》打《う》ちできない。もう俺《おれ》たちの祖先《そせん》に居場所《いばしょ》がないことははっきりした。これからは力《ちから》でどうこうできる時代《じだい》じゃない。魔術《まじゅつ》を使《つか》う連中《れんちゅう》が現《あらわ》れたんだからね」

「魔術《まじゅつ》……」

火《ひ》を扱《あつか》う人類《じんるい》の登場《とうじょう》がいかに劇的《げきてき》なものであったのかは想像《そうぞう》に難《かた》くない。それにしても魔術《まじゅつ》とは。そっか、それほど衝撃的《しょうげきてき》な登場《とうじょう》だったのね。

「もちろん、少数派《しょうすうは》はいつの時代《じだい》もいる。俺《おれ》たちの祖先《そせん》のなかにも、最後《さいご》まで戦《たたか》ってやるって意《い》気込《きご》んでいた奴《やつ》はいた。でも、結局《けっきょく》みんな火《ひ》が怖《こわ》くて逃《に》げた。最後《さいご》に残《のこ》された選択肢《せんたくし》は、擬態《ぎたい》だけだった。今《いま》じゃ、もう恐竜《きょうりゅう》への戻《もど》り方《かた》がわからなくなった奴《やつ》らも多《おお》い。俺《おれ》も完全《かんぜん》に元《もと》の姿《すがた》には戻《もど》れない。人間《にんげん》の作《つく》った恐竜映画《きょうりゅうえいが》を貴重《きちょう》な資料《しりょう》とした時点《じてん》で、だいぶ俺《おれ》たちの歴史《れきし》も歪《ゆが》んでるんだ。それが面白《おもしろ》くないじいさん連中《れんちゅう》も多《おお》い。『あんなのは本当《ほんとう》のワシらの姿《すがた》じゃない』ってね。でも若《わか》い恐竜《きょうりゅう》は気《き》にしない。もう何《なに》が本当《ほんとう》かなんてわからないんだ。ファッション感覚《かんかく》さ」

トオルさんは苦笑《くしょう》した。

「年寄《としよ》りの恐竜《きょうりゅう》たちは言《い》う。〈恐竜《きょうりゅう》なんて絶滅《ぜつめつ》していればよかった〉ってね」

「そんな……」

「いろんな意見《いけん》があるさ。人間《にんげん》の世界《せかい》だってそうだろ？　若《わか》い連中《れんちゅう》は歴史《れきし》を『日本《にほん》かっこいい』みたいなファッション感覚《かんかく》でしかとらえないし、年寄《としよ》りは現状《げんじょう》を嘆《なげ》く」

「トオルさんはどう思《おも》うの？　絶滅《ぜつめつ》していればよかった？」

「移《うつ》り行《ゆ》くこそ生物《せいぶつ》なれ、さ。恐竜《きょうりゅう》も人間《にんげん》も、変《か》われるからいいんだ。恐竜《きょうりゅう》の祖先《そせん》のなかには瀕死《ひんし》の目《め》に遭《あ》った者《もの》も大勢《おおぜい》いる。そのなかの何匹《なんびき》かは、人間《にんげん》に助《たす》けられた。『助《たす》ける』という行為《こうい》は、我々恐竜《われわれきょうりゅう》のなかにはあまりない考《かんが》え方《かた》だった。だから、驚《おどろ》いただろうな。でも、そんなふうにして、各地《かくち》で助《たす》けられた恐竜《きょうりゅう》が少数《しょうすう》だけれど、たしかにいたんだ。そういう祖先《そせん》のおかげで生《い》き残《のこ》った俺《おれ》たち恐竜《きょうりゅう》は、むかしの姿《すがた》を忘《わす》れたという意味《いみ》では、存在《そんざい》の意味《いみ》がないのかもしれない。だが、〈助《たす》ける〉ってことを学《まな》び、進化《しんか》したと考《かんが》えれば、生《い》き残《のこ》ったことにも意味《いみ》はある。そう思《おも》うことにしているよ。だいたい、絶滅《ぜつめつ》していたら、こうして白亜《はくあ》ちゃんの家《いえ》で暮《く》らすこともできなかった」

なぜかこんなときなのに、わたしの頬《ほお》はカッと音《おと》を立《た》てて熱《あつ》くなり、心臓《しんぞう》が高鳴《たかな》った。いや、心臓《しんぞう》が高鳴《たかな》ったから、頬《ほお》が熱《あつ》くなったのか。どっちでもいいけれど。

それにしても、〈助《たす》ける〉という人間特有《にんげんとくゆう》の行為《こうい》によって、恐竜《きょうりゅう》が絶滅《ぜつめつ》の危機《きき》から逃《のが》れていたなんてちょっと感動《かんどう》だ。

「考《かんが》えてもみれば、人類《じんるい》にとって恐竜《きょうりゅう》はあまり食《た》べる対象《たいしょう》に向《む》かなかったんだろう。恐竜《きょうりゅう》の数《かず》が激減《げきげん》した頃《ころ》は、大型《おおがた》マンモスなどがいたし、今《いま》だって哺乳類《ほにゅうるい》や魚類《ぎょるい》のほうが、人類《じんるい》の味覚《みかく》には適《てき》しているみたいだ。結果《けっか》、人類《じんるい》は我々《われわれ》の祖先《そせん》の怪我《けが》の処置《しょち》だけをして逃《に》がしてくれた。珍《めずら》しさも手伝《てつだ》ったのかな。自分《じぶん》だけが恐竜《きょうりゅう》を見《み》た、という特別感《とくべつかん》。まあいろんな要素《ようそ》があって、人類《じんるい》は俺《おれ》たち恐竜《きょうりゅう》を助《たす》けたし、恐竜《きょうりゅう》も人類《じんるい》は襲《おそ》わなかった。だいいち、ヴェロキラプトルはグルメな種族《しゅぞく》だからな」

「グルメ……」

これまた思《おも》いも寄《よ》らない方向《ほうこう》から食《た》べない理由《りゆう》が現《あらわ》れた。

「もちろん、全員《ぜんいん》じゃない。ラプトル種《しゅ》のなかでもいくつか分類《ぶんるい》が分《わ》かれる。まったくグルメじゃない奴《やつ》もいる。それにティラノサウルスみたいな大型肉食恐竜《おおがたにくしょくきょうりゅう》はべつだ。アイツは何《なん》でもよく食《た》べる。人間《にんげん》だってゾウだってお構《かま》いなしさ。だが、そういう奴《やつ》はあまり数《かず》としては多《おお》くない。多《おお》くは人類《じんるい》をおいしくないうえに危険《きけん》な生《い》き物《もの》だと思《おも》って敬遠《けいえん》している」

「まさか恐竜《きょうりゅう》がわたしたちから身《み》を隠《かく》してるなんて思《おも》わなかったわ」

「だろうね。でも、これで信《しん》じたろ？　能《のう》あるヴェロキラプトルは爪《つめ》を隠《かく》すってやつさ」

「な、何《なん》のことわざ……？」

トオルさんはようやく人間《にんげん》の身体《からだ》に戻《もど》った。わたしの知《し》っているトオルさん。でも、もうわたしはそれまでのようには見《み》られなくなっている。トオルさんは人間《にんげん》じゃない。恐竜《きょうりゅう》なんだ。

トオルさんの話《はなし》を信《しん》じるしかないよね。だって、目《め》の前《まえ》にトオルさんがいて、その顔色《かおいろ》はさっきまで爬虫類《はちゅうるい》のごとく緑色《みどりいろ》に変《か》わっていたのだから、信《しん》じるも信《しん》じないもない。

でもこれ、コスプレでもしてわたしを脅《おど》かそうというのではないの？　という疑惑《ぎわく》もまだ一《いち》パーセントくらいは残《のこ》っている。トオルさんがその手《て》の冗談《じょうだん》をかますタイプではないとはわかっているのだけれど、まだどうにも現実味《げんじつみ》がない。

だってさ、恐竜《きょうりゅう》よ？　突然《とつぜん》、自分《じぶん》が恐竜《きょうりゅう》だなんて告白《こくはく》されても、百年待《ひゃくねんま》ったって信憑性《しんぴょうせい》なんか湧《わ》いてこないでしょ。

でもいちばん驚《おどろ》いたのは、トオルさんが恐竜《きょうりゅう》だってことで、よけいにドキドキしてる自分《じぶん》の気《き》持《も》ちに対《たい》してだった。さっきから頭《あたま》のなかで「かっこいい！」を連発《れんぱつ》しまくっているのをどうやって言葉《ことば》にせずに済《す》まそうかと悩《なや》んでいる。人外《じんがい》モノ、けっこう好《す》きなんだ、じつは。

ある意味《いみ》ですっきりした。トオルさんのかっこよさの理由《りゆう》がわかったから。むかしから思《おも》っていたんだよね。人間《にんげん》にしては、トオルさんはかっこよすぎるって。そりゃそうよね、恐竜《きょうりゅう》なんだから。

「じゃあ、世界中《せかいじゅう》にいろんな恐竜《きょうりゅう》が、人間《にんげん》の姿《すがた》に擬態《ぎたい》して生《い》きているっていうのね？」

「人間《にんげん》とはかぎらない。なかには犬《いぬ》や鳥《とり》、魚《さかな》に擬態《ぎたい》した者《もの》たちもいる。その土地《とち》その土地《とち》に見合《みあ》った擬態《ぎたい》をしているんだ。人間《にんげん》は人間《にんげん》でも、俺《おれ》みたいにめったに人《ひと》の目《め》に触《ふ》れない生《い》き方《かた》を選《えら》んだ者《もの》もいれば、しじゅう人《ひと》の目《め》に晒《さら》される仕事《しごと》を選《えら》んだ奴《やつ》もいる」

「人《ひと》の目《め》に晒《さら》される仕事《しごと》？」

「たとえば、ハリウッド俳優《はいゆう》」

「え！　は、ハリウッド俳優《はいゆう》に恐竜《きょうりゅう》がいるんですか！」

「有名《ゆうめい》なのは、ほら、日本《にほん》の缶《かん》コーヒーのCMにも出《で》てる老俳優《ろうはいゆう》。彼《かれ》は俺《おれ》たちヴェロキラプトル界《かい》のボスみたいな存在《そんざい》だな」

あの俳優《はいゆう》か……。あの渋《しぶ》い顔《かお》をしたおじさん俳優《はいゆう》。あの人《ひと》がヴェロキラプトルだったなんて驚《おどろ》きだ。そうか、だからトオルさんはそのメーカーの缶《かん》コーヒーを飲《の》んでいるのね。つまり、その俳優《はいゆう》さんがトオルさんの上司《じょうし》だから。

「もちろん、生《い》き残《のこ》ったのは、俺《おれ》たちヴェロキラプトルだけじゃない。ほかの種族《しゅぞく》の連中《れんちゅう》も、いろんな生《い》き残《のこ》り方《かた》をした。トリケラトプスのなかではレスラーになった奴《やつ》もいる」

トオルさんが出《だ》した名前《なまえ》は、プロレスなんか見《み》ないわたしでも知《し》っているくらいの有名《ゆうめい》レスラーだった。

「あと、プテラノドンの世界《せかい》で有名《ゆうめい》なのは、あれだ、あの……」

トオルさんが出《だ》した名前《なまえ》はわたしの知《し》らないものだった。

「知《し》らないわ」

「ああ。薫《かおる》さんに聞《き》けばたぶんわかる。まあとにかく、そんな感《かん》じでいろんなところにいろんな恐竜《きょうりゅう》が擬態《ぎたい》している。なかでも、都内《とない》でかなりの高確率《こうかくりつ》で恐竜《きょうりゅう》たちが密集《みっしゅう》しているエリアがある。それがこの東京都《とうきょうと》中野区《なかのく》だ。俺《おれ》たちはここを別名《べつめい》で〈東京都《とうきょうと》ジュラシッ区《く》〉なんて呼《よ》んだりもしている」

「……でも、どうして、中野《なかの》なの？」

「ほどよく暮《く》らしやすい住環境《じゅうかんきょう》だが、一方《いっぽう》では移住者《いじゅうしゃ》が多《おお》い。さまざまな地域《ちいき》からやって来《き》た人《ひと》が暮《く》らしている街《まち》なら、風通《かぜとお》しがいいし、深《ふか》く詮索《せんさく》されない。恐竜《きょうりゅう》にとっても暮《く》らしやすい街《まち》だ」

人間《にんげん》の世界《せかい》でも、確《たし》かに中野《なかの》駅界隈《えきかいわい》はいろんな国《くに》の出身《しゅっしん》の人《ひと》たちが肩《かた》を寄《よ》せ合《あ》って生《い》きているイメージはある。そう考《かんが》えれば、恐竜《きょうりゅう》がたくさん集《あつ》まってきたのも納得《なっとく》できなくはないのかな。

「まあ人間《にんげん》にとっては治安《ちあん》のいい街《まち》でも、恐竜《きょうりゅう》にとっちゃ毎日戦争《まいにちせんそう》みたいな街《まち》だけどな」

「え！　い、いまでも恐竜同士《きょうりゅうどうし》で争《あらそ》いがあるの？」

わたしの脳内《のうない》には図鑑《ずかん》で見《み》たことのある恐竜同士《きょうりゅうどうし》の勇《いさ》ましい戦闘風景《せんとうふうけい》が浮《う》かんでいた。

「日常茶飯事《にちじょうさはんじ》さ。昨日《きのう》もここでは大騒動《おおそうどう》があった。ギガントラプトルの木賀戸《きがど》って野郎《やろう》が、マルイ本社《ほんしゃ》ビルのショウウィンドウを突《つ》き破《やぶ》った。プテラノドンの寺野《てらの》の住処《すみか》なのに」

「え！　マルイの本社《ほんしゃ》ビルを住処《すみか》にしてるの？　プテラノドンが？」

「営業時間終了後《えいぎょうじかんしゅうりょうご》だけどな。寺野《てらの》は広《ひろ》い場所《ばしょ》が好《す》きなんだ。だから、会社《かいしゃ》では朝一《あさいち》で出社《しゅっしゃ》する優秀《ゆうしゅう》な営業部長《えいぎょうぶちょう》で通《とお》ってる。昨日《きのう》はその寺野《てらの》がカンカンに怒《おこ》って決闘《けっとう》だなんだという騒《さわ》ぎになった。結局《けっきょく》、中野区役所《なかのくやくしょ》の職員《しょくいん》でもあるイグアノドンの井口《いぐち》さんが仲裁《ちゅうさい》に入《はい》って事《こと》なきを得《え》たが、まあもうちょっとで警察沙汰《けいさつざた》だったな」

信《しん》じられない。わたしの知《し》らないところで、そんな事件《じけん》が起《お》こっていたなんて。

「でも、こんな話《はなし》、わたしに打《う》ち明《あ》けてよかったの？　恐竜界《きょうりゅうかい》の秘密《ひみつ》じゃないの？」

「そう、秘密《ひみつ》だ。俺《おれ》はタブーを破《やぶ》った。でもそうしないと、ここから先《さき》、君《きみ》を守《まも》れないかもしれない。君《きみ》はさっきかなり危険《きけん》な目《め》に遭《あ》っていたんだよ」

「わたしが？」

たしかに、フーコさまはちょっとばかりキツい調子《ちょうし》でわたしに食《く》ってかかっていた。

けれど、それはわたしが彼女《かのじょ》を尾行《びこう》したせいであって、決《けっ》して危険《きけん》な目《め》に遭《あ》わせようとしていたわけではないのに。

そう思《おも》っていると、そんなわたしの思考《しこう》を読《よ》んだようにトオルさんは首《くび》を横《よこ》に振《ふ》った。

「わかってないな。白亜《はくあ》ちゃんは、いまさっきもう少《すこ》しで殺《ころ》されるところだったんだよ」

「え、殺《ころ》される……？　そんな大《おお》げさな……」

「大《おお》げさじゃないんだ」

トオルさんは、自分《じぶん》のコートの裾《すそ》を示《しめ》して見《み》せた。そこには、大《おお》きな黒《くろ》いシミができていた。

何《なに》か、粘着性《ねんちゃくせい》のある液体《えきたい》がそこにかかっている。

「これ、毒《どく》の体液《たいえき》。彼女《かのじょ》は、ディロフォサウルスだったんだ」

「え！　あの！」

さらりと言《い》ってくれる。フーコさまが恐竜《きょうりゅう》？　そんな馬鹿《ばか》な……。

ディロフォサウルスという恐竜《きょうりゅう》は、『ジュラシック・パーク』の中《なか》では、敵《てき》に毒《どく》の体液《たいえき》をかけて目《め》つぶしを喰《く》らわせ、攻撃《こうげき》する凶暴《きょうぼう》な恐竜《きょうりゅう》として描《えが》かれている。

「あ、でも白亜《はくあ》ちゃんも知《し》ってのとおり、本当《ほんとう》のディロフォサウルスは毒《どく》なんか吐《は》かない」

「そ、そうよね」

図鑑《ずかん》によれば、半月《はんげつ》のかたちをしたトサカが、怒《おこ》ると膨《ふく》れ上《あ》がるらしい。そのトサカのせいで勇《いさ》ましく見《み》えるのだとか。外見《がいけん》の迫力《はくりょく》はそのとおりだけれど、毒《どく》を吐《は》くという設定《せってい》に根拠《こんきょ》があるわけではない。わたしもその説自体《せつじたい》は知《し》っていた。

「じゃあどうして毒《どく》を吐《は》けるの？」

「それこそ、後天的《こうてんてき》に手《て》に入《い》れたんだね。彼《かれ》らもまた、人間《にんげん》に擬態《ぎたい》するうちに本来《ほんらい》の能力《のうりょく》は忘《わす》れた。もともとは、腐肉《ふにく》や魚介類《ぎょかいるい》を主食《しゅしょく》としていたから、毒《どく》を吐《は》きかける必要《ひつよう》はなかった。でも、『ジュラシック・パーク』が公開《こうかい》されたあたりから、若《わか》いディロフォサウルスのあいだで論争《ろんそう》が巻《ま》き起《お》こった。この映画《えいが》のディロフォサウルスのように、かっこよく毒《どく》を吐《は》く種族《しゅぞく》へと生《う》まれ変《か》わるべきだ、とね。そのうち、もともと我々《われわれ》は毒《どく》を吐《は》く種族《しゅぞく》だった、と思《おも》い込《こ》む奴《やつ》まで現《あらわ》れ、そいつらが中心《ちゅうしん》になっていった。そうして、彼《かれ》らは毒《どく》を操《あやつ》る集団《しゅうだん》へと変化《へんか》していったんだ」

「自分《じぶん》たちの歴史《れきし》をゆがめちゃったってこと？」

「そう。これも、人間《にんげん》の世界《せかい》ではとくに珍《めずら》しくもなんともないだろ？」

たしかに、大人《おとな》たちは、つねに歴史《れきし》の意味《いみ》を歪《ゆが》めて若《わか》い人《ひと》たちに伝《つた》えようと必死《ひっし》になっているところはある。ときには教科書自体《きょうかしょじたい》に手《て》を入《い》れたりして。同《おな》じことが恐竜《きょうりゅう》の世界《せかい》でも起《お》こっているなんて。しかも、フーコさまがその毒使《どくつか》い集団《しゅうだん》の一味《いちみ》だなんて！

トオルさんはコートについた毒《どく》をハンカチで拭《ふ》きながら続《つづ》けた。

「この毒《どく》は、奴《やつ》らが開発《かいはつ》した特殊《とくしゅ》なチューインガムを噛《か》むことで口《くち》の中《なか》にできるものなんだ。さっき、俺《おれ》がコートを広《ひろ》げなかったら、君《きみ》は毒《どく》の体液《たいえき》で目《め》つぶしを喰《く》らっていたはずだよ。あの女《おんな》は、この界隈《かいわい》に生息《せいそく》するディロフォサウルスのボスだ」

フーコさまが、ディロフォサウルスのボス……？

トオルさんが恐竜《きょうりゅう》というだけでじゅうぶんパニックなのに、そこへもってきてフーコさまも恐《きょう》竜《りゅう》で、そのうえディロフォサウルスのボスだという。

わたし、そんな人《ひと》を追《お》いかけていたの？　なんて無謀《むぼう》な子《こ》……。

「だから言《い》ったんだ。君《きみ》は殺《ころ》されるところだったたってね」

わたしは彼女《かのじょ》に毒《どく》を吐《は》かれて目《め》つぶしをされ、路上《ろじょう》でもだえ苦《くる》しみながら死《し》んでいたのかもしれないのだ。そう考《かんが》えて、肝《きも》を冷《ひ》やした。夜《よる》の街《まち》に出《で》ていることの心細《こころぼそ》さなんかではない。自分《じぶん》の知《し》らない魔界《まかい》に足《あし》を踏《ふ》み入《い》れたような、心臓《しんぞう》をふるいにかけられるような心細《こころぼそ》さだった。

「いいかい、息《いき》を潜《ひそ》めて、そっと周囲《しゅうい》を見回《みまわ》してごらん。なるべく首《くび》を動《うご》かさずに、目《め》だけで」

言《い》われたとおり、わたしは息《いき》を止《と》めて、目《め》だけで辺《あた》りを見回《みまわ》した。

「ひぃぃ……」

悲鳴《ひめい》を上《あ》げかけたわたしの口《くち》をトオルさんが慌《あわ》ててふさいだ。

すぐとなりを、ディプロドクスとアパトサウルスが仲良《なかよ》さげに通《とお》り過《す》ぎていったりしたら、そりゃあ悲鳴《ひめい》も上《あ》げそうになる。でも、そんなのは序《じょ》の口《くち》。細《ほそ》い道《みち》でガードマンをしている男《おとこ》が休憩《きゅうけい》に入《はい》った瞬間《しゅんかん》、鮮《あざ》やかな羽《はね》をもったアルカエオプテリクスに変《か》わったのだ。

そのとき、夜《よる》の商売風《しょうばいふう》の女《おんな》の人《ひと》が近《ちか》づいてきた。

「こんばんは、トオルちゃん。その子《こ》、人間《にんげん》じゃないの？」

彼女《かのじょ》は見《み》る間《ま》に身体《からだ》が十倍近《じゅうばいちか》くの大《おお》きさに膨《ふく》れ上《あ》がっていく。

うげ……このひと……タルボサウルスじゃん……。タルボといえば、アジアのティラノサウルスって言《い》われるくらい凶暴《きょうぼう》なんじゃないの？

「やあタル子《こ》」タル子《こ》？「これはよくできた人形《にんぎょう》さ。ほら、瞬《まばた》きすらしないだろ？」

わたしはじっと目《め》を開《あ》けたままでいるように気《き》をつけた。

「なーんだ、人形《にんぎょう》なの。つまんない。また遊《あそ》びに来《き》てね」

「気《き》が向《む》いたらな」

のっしのっしと音《おと》を立《た》てて彼女《かのじょ》は去《さ》って行《い》った。

「商店街《しょうてんがい》から一歩《いっぽ》奥《おく》に入《はい》れば、こんな感《かん》じさ」

わたしの目《め》の前《まえ》に広《ひろ》がっているのは、まさに人間《にんげん》に擬態《ぎたい》した恐竜《きょうりゅう》たちの楽園《らくえん》だった。このなか

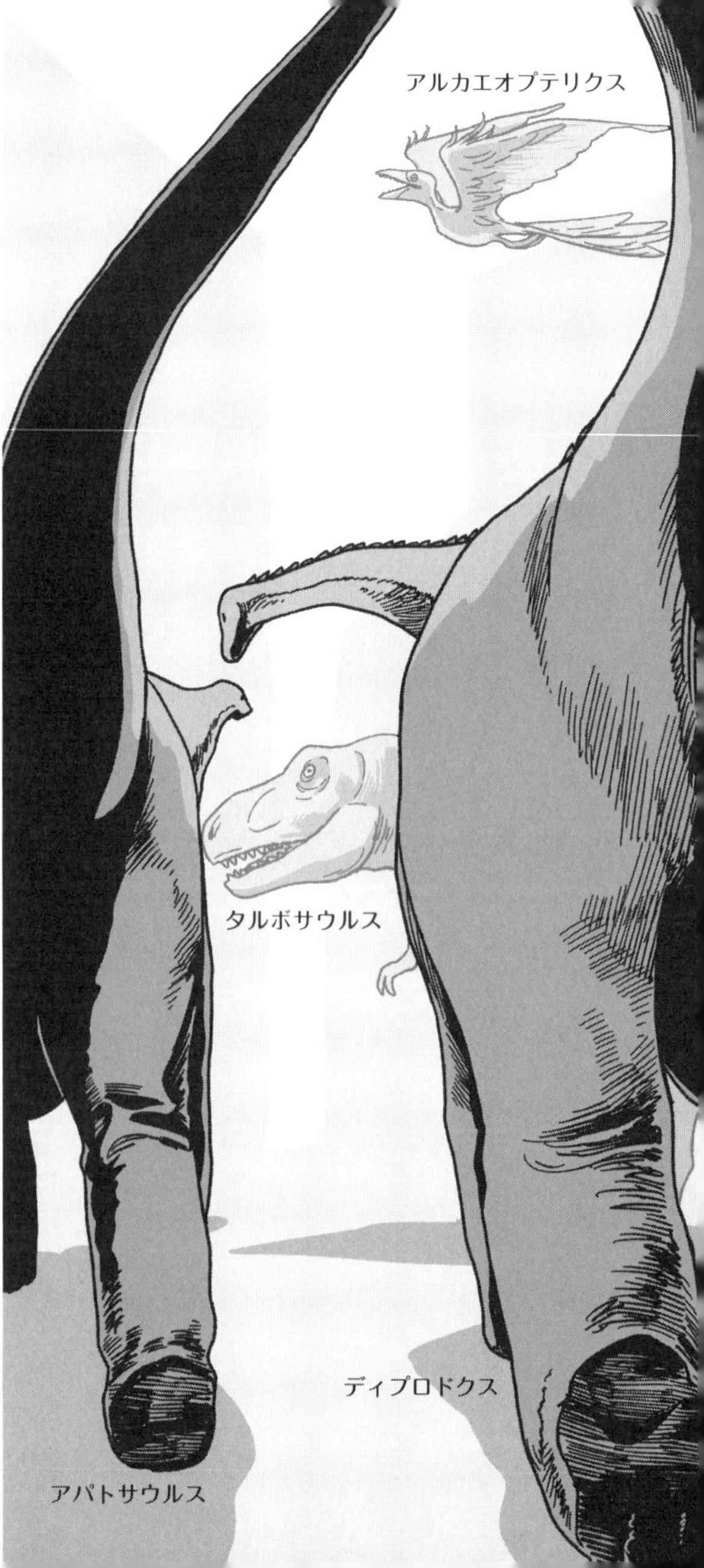

では、人間《にんげん》であるわたしのほうが圧倒的《あっとうてき》に異様《いよう》に見《み》えるに違《ちが》いない。わたしはなるべく人形《にんぎょう》に見《み》えるようにカクカクした動《うご》きをするように頑張《がんば》った。

トオルさんはわたしの頭《あたま》を撫《な》でた。

「大丈夫《だいじょうぶ》だよ。もう肉食類《にくしょくるい》は去《さ》った。でも、まいったな。ディロフォサウルスは一度《いちど》敵《てき》と認知《にんち》した者《もの》の顔《かお》も匂《にお》いも忘《わす》れない。君《きみ》は明日《あした》から学校《がっこう》でそうとう気《き》をつけたほうがいいだろうね」

「どうしたらいいの？」

「とにかく、一人《ひとり》にならないことだ。どんなときでも友《とも》だちと一緒《いっしょ》に行動《こうどう》すること。いいね」

わたしは力強《ちからづよ》くうなずいた。もうこんな怖《こわ》い思《おも》いは二度《にど》とごめんだ。

でも、神《かみ》さまはこういうときばっかり言《い》うことを聞《き》いてくれないものなのよね。

第四章《だいよんしょう》　東京《とうきょう》ジュラシック区《く》

1

かつて、これほどまでに目覚《めざ》めるのが憂鬱《ゆううつ》な朝《あさ》があっただろうか。「全米《ぜんべい》が憂《うれ》いた！」というレベルでわたしは憂《うれ》いていた。

昨夜《ゆうべ》は眠《ねむ》る直前《ちょくぜん》までディロフォサウルスについて調《しら》べた。名前《なまえ》の由来《ゆらい》は「二《ふた》つの膨《ふく》らみをもつトカゲ」。ジュラ紀《き》に生息《せいそく》した獣脚類恐竜《じゅうきゃくるいきょうりゅう》。その生態《せいたい》の特徴《とくちょう》について頭《あたま》に入《い》れた後《あと》、トオルさんの説明《せつめい》と照《て》らし合《あ》わせた。

――ディロフォサウルスは人間《にんげん》を屁《へ》とも思《おも》っていない。彼《かれ》らは火《ひ》を恐《おそ》れないんだ。自分《じぶん》たちには体液《たいえき》という飛《と》び道具《どうぐ》があり、それらを駆使《くし》すれば、銃《じゅう》や爆弾《ばくだん》にもかなうと信《しん》じているんだ。ただし、奴《やつ》らのほうから人間《にんげん》を攻撃《こうげき》することは本来《ほんらい》ない。何度《なんど》も言《い》うが、そもそも、奴《やつ》らは腐肉食《ふにくしょく》なんだ。現代《げんだい》でも、食《く》い扶持《ぶち》に困《こま》ることはない。

腐肉食《ふにくしょく》とは、動物《どうぶつ》の死骸《しがい》などを食《た》べることをいう。だから、言《い》うなればカラスやハイエナなんかと同《おな》じタイプということだ。考《かんが》えてみれば、カラスのふてぶてしさというのは、人間《にんげん》から危害《きがい》を加《くわ》えられないと理解《りかい》しているからなんだろう。「おまえらのゴミを食《た》べてやっている。何《なに》が問《もん》題《だい》なんだ？」とまあそういう具合《ぐあい》よね、たぶん。

——ただし、ディロフォサウルスはカラスがそうであるように、いざというときになると、突《とつ》然《ぜん》徒党《ととう》を組《く》みはじめる。フーコさまひとりなら問題《もんだい》はないし、無害《むがい》だろう。だが、ひとたびディロフォサウルスたちの間《あいだ》で、君《きみ》が彼《かれ》らの生態《せいたい》に気《き》づいたという情報《じょうほう》が出回《でまわ》れば、君《きみ》は追《お》われる身《み》となる。

そんなわけで、たった一夜《いちや》にして、わたしは逃亡者《とうぼうしゃ》になってしまったのだ。まだディロフォサウルスたちはわたしの居場所《いばしょ》に気《き》づいていない。けれど、それは登校《とうこう》するまでの話《はなし》。トオルさんの話《はなし》が本当《ほんとう》なら、フーコさまの仲間《なかま》が、校門近《こうもんちか》くでわたしの帰《かえ》りを待《ま》ち伏《ぶ》せしている可能性《かのうせい》はじゅうぶんにある。

そうなれば、わたしは放課後《ほうかご》、自宅《じたく》に戻《もど》れないかもしれない。いやだ……それは絶対《ぜったい》いやだ。

彼《かれ》らはわたしを捕《つか》まえてどうする気《き》なの？

——トオルさん、今日《きょう》の帰《かえ》り、わたしを迎《むか》えにきてよ。

わたしは図々《ずうずう》しくも、心細《こころぼそ》くてついそう言《い》ってしまった。でも、トオルさんは首《くび》を横《よこ》に振《ふ》った。

――わるいけど、それはできないんだ。恐竜《きょうりゅう》の世界《せかい》では、ある組織《そしき》がターゲットに定《さだ》めた者《もの》を、ほかの組織《そしき》に属《ぞく》する者《もの》が手《て》だしして助《たす》けたりすることは禁《きん》じられている。

――誰《だれ》が決《き》めてるの？

馬鹿《ばか》げた決《き》まりだわ。そんな決《き》まりのせいでわたしが助《たす》けてもらえないなんて、理不尽《りふじん》すぎる。

――世界恐竜協会《せかいきょうりゅうきょうかい》の役員《やくいん》たちさ。ヴェロキラプトルの中《なか》からは、代表《だいひょう》で例《れい》のハリウッド俳優《はいゆう》が役員《やくいん》に選《えら》ばれている。つまり、俺《おれ》が君《きみ》を助《たす》けていることがバレると、俺《おれ》はその老俳優《ろうはいゆう》に怒《おこ》られることになるんだよ。

缶《かん》コーヒーのあの俳優《はいゆう》に怒《おこ》られる……何《なん》とも現実感《げんじつかん》の湧《わ》かないシチュエーションだけど、それが本当《ほんとう》ならわたしはその大物俳優《おおものはいゆう》はじめ役員《やくいん》の面々《めんめん》を恨《うら》む。

――その決《き》まりは絶対《ぜったい》なの？

――ああ。決《き》まりを破《やぶ》ると、現在《げんざい》の職業《しょくぎょう》も取《と》り上《あ》げられる。だから、俺《おれ》たちは仕事《しごと》の依頼人《いらいにん》――あ、もちろん恐竜《きょうりゅう》にかぎるけど――から依頼《いらい》されたとき以外《いがい》は、誰《だれ》かを助《たす》けたりはしないんだ。

トオルさんは恐竜《きょうりゅう》のための恐竜探偵《きょうりゅうたんてい》だったのか。そりゃあ、仕事《しごと》をわたしに手伝《てつだ》われたら困《こま》るわけよね。

――わたしを助《たす》けて。お願《ねが》い……。

わたしはトオルさんに抱《だ》きついた。ずっと一緒《いっしょ》に暮《く》らしてきて、こんなに信頼《しんらい》しているのに、トオルさんがわたしを助《たす》けないなんて信《しん》じなかった。だって、実際《じっさい》、決《き》まりを破《やぶ》ってわたしをフーコさまから助《たす》けてくれたんだもの。

でも、トオルさんの意思《いし》は固《かた》かった。

――逃《に》げ方《かた》を教《おし》える。必《かなら》ず俺《おれ》の言《い》うとおりに逃《に》げるんだ。

落胆《らくたん》したのが四十九《よんじゅうく》、絶望《ぜつぼう》が四十九《よんじゅうく》、残《のこ》りの二《に》が希望《きぼう》だった。トオルさんは決《き》まりに従《したが》いつつも、どうにかわたしを助《たす》けようとしてくれている。その気持《きも》ちを信《しん》じたいというわずかな希望《きぼう》に、手《て》を伸《の》ばすことにした。

わたしはトオルさんの教《おし》えてくれた方法《ほうほう》をメモに取《と》り、眠《ねむ》る前《まえ》に何度《なんど》も読《よ》み直《なお》して頭《あたま》に入《い》れた。こんなぎすぎすした気持《きも》ちで朝《あさ》を迎《むか》える日《ひ》がくるなんて思《おも》いもしなかった。

まるで、今日《きょうし》死ぬか生《い》きるかもわからない世界《せかい》にいるみたい。そう考《かんが》えて、妙《みょう》な気《き》がした。この世界《せかい》は、これまでもずっと「今日死《きょうし》ぬか生《い》きるかもわからない世界《せかい》」だったと気《き》づいたから。

明日死《あしたし》んでもおかしくない世界《せかい》を、わたしはつまらないとか退屈《たいくつ》だとか言《い》いながら生《い》きてきた。そう思《おも》うと、何《なん》ともおかしい。どうしてそのことにこれまで気《き》づかなかったのだろう。わたしだって、いつ死《し》んでもぜんぜんおかしくなかったのに。

2

朝食《ちょうしょく》のとき、珍《めずら》しくトオルさんの姿《すがた》が食卓《しょくたく》にあった。トオルさんは昨日《きのう》のことなどおくびにも出《だ》さずに「おはよう」と言《い》った。ママはトオルさんにコーヒーを出《だ》し、パパにはいつもどおりのドクダミ茶《ちゃ》を出《だ》した。

「あ、うん、おはよう……」

ふと、思《おも》った。この二人《ふたり》はトオルさんが恐竜《きょうりゅう》だってことを知《し》っているのだろうか？

それともただの居候《いそうろう》と？　もちろん、ただの居候《いそうろう》と思《おも》っているのよね。そうでなければ、こんな平気《へいき》な顔《かお》をしていられるはずがないもの。つまり、トオルさんはパパたちにも内緒《ないしょ》のことを、わたしにだけこっそり教《おし》えてくれたことになる。そう考《かんが》えると、場違《ばちが》いにも嬉《うれ》しくなった。

「何《なに》だ、何《なに》をにやにやしてるんだ？」

パパに尋《たず》ねられ、「べーつにー」と答《こた》えながらベーコンエッグをくわえた。そういえば、トオルさんは朝《あさ》はまずいないことが多《おお》いし、いても今《いま》みたいにコーヒーしか飲《の》まない。あとはフルーツ代《が》わりにグミの実《み》。でもそれだけじゃお腹《なか》が減《へ》るはずだ。

ヴェロキラプトルということは肉食《にくしょく》。トオルさんはどこで自分《じぶん》の食欲《しょくよく》を満《み》たしているんだろう？　人間《にんげん》は食《た》べないと言《い》っていたけれど、本当《ほんとう》だろうか。毎晩決《まいばんき》まりきったグルテンハンバーグだけで満足《まんぞく》できるとは思《おも》えない。

だとしたら何《なに》を――。

ふと思《おも》い出《だ》すのは、時折窓《ときおりまど》に張《は》り付《つ》いている虫《むし》に飛《と》び掛《か》かるときのトオルさんの目《め》の様子《ようす》だ。あれは、獲物《えもの》を狙《ねら》っている目《め》。でも、トオルさんはそれを食《た》べずに逃《に》がす。もしかしたら、トオルさんは修行僧《しゅぎょうそう》みたいに、生《い》き物《もの》を食《た》べたくなる欲求《よっきゅう》を抑《おさ》え込《こ》んでいるのかもしれない。

「そろそろ学校《がっこう》に行《い》く時間《じかん》じゃないのか？」

「あ、いっけない！」

考《かんが》え事《ごと》をしてゆっくり食《た》べていたら、いつの間《ま》にかもう遅刻寸前《ちこくすんぜん》の時間《じかん》だ。大慌《おおあわ》てで歯《は》を磨《みが》き、髪《かみ》をとかしてランドセルを背負《せお》った。もうあと三《さん》、四日《よっか》で春休《はるやす》みとはいえ、まだまだ気《き》を抜《ぬ》けない。クボっちは遅刻《ちこく》には厳《きび》しいんだもの。

わたしは全力疾走《ぜんりょくしっそう》した。人間《にんげん》、走《はし》ると頭《あたま》の中《なか》がからっぽになるもので、いい感《かん》じに昨日《きのう》の恐怖《きょうふ》も薄《うす》れてきた。

それが、校門《こうもん》に差《さ》し掛《か》かったところで、ふたたびよみがえってきた。

挨拶運動《あいさつうんどう》の日《ひ》だったらしくて、三組《さんくみ》の生徒《せいと》たちが校門《こうもん》に並《なら》んでいたのだ。

三組《さんくみ》の担任《たんにん》は、フーコさま。

急《きゅう》に心臓《しんぞう》が高鳴《たかな》った。それでも今《いま》さら速度《そくど》を落《お》とすわけにはいかなかった。一度走《いちどはし》り出《だ》したら脚《あし》は止《と》まらないし、止《と》まったら遅刻《ちこく》してしまう。

どうかいやなことが起《お》こりませんように。

念仏《ねんぶつ》のように唱《とな》えながら進《すす》んでいく。校門《こうもん》の両脇《りょうわき》に立《た》った生徒《せいと》の列《れつ》を見《み》ないように、黙礼《もくれい》だけして通《とお》り過《す》ぎようとした。

見《み》るな。見《み》たら石《いし》にされるぞ、と暗示《あんじ》をかけながらとにかく通過《つうか》しようとした。

ところが——通過《つうか》するときに、あれ？　と思《おも》った。目《め》の隅《すみ》に、フーコさまらしきシルエットが見当《みあ》たらなかったからだ。

結局《けっきょく》、その日一日《ひいちにち》、わたしはフーコさまを学校《がっこう》で見《み》かけることがなかった。

教頭《きょうとう》とクボっちの立《た》ち話《ばなし》を盗《ぬす》み聞《き》いたところによれば、フーコさまは、無断欠勤《むだんけっきん》したようだ。何度《なんど》か電話《でんわ》をかけたものの連絡《れんらく》がつかないらしい。

わたしの心《こころ》のざわつきを、窓《まど》から入《はい》り込《こ》んだ春風《はるかぜ》がさらにくすぐった。

こうなると、トオルさんにせっかく教《おし》えてもらった逃亡方法《とうぼうほうほう》も参考《さんこう》にはならない。フーコさまが謎《なぞ》の不在《ふざい》では、自分《じぶん》が見張《みは》られているのかすらわからないんだもの。

ともあれ、一人《ひとり》での行動《こうどう》は危険《きけん》よね。

メモその一《いち》

クラスメイト最低《さいてい》一人《ひとり》に自宅《じたく》まで一緒《いっしょ》に帰《かえ》ってもらうこと。

できれば、わたしがついてきてほしいと頼《たの》んだことを誰《だれ》にも言《い》わないような口《くち》が堅《かた》い人物《じんぶつ》。

いつもなら美代《みよ》ちゃんと一緒《いっしょ》に帰《かえ》る。でも、彼女《かのじょ》はおしゃべりだし、自宅《じたく》はわたしの家《いえ》よりわずかに学校寄《がっこうよ》りだ。だから、わたしの家《いえ》までついてきてくれと言《い》ったら遠回《とおまわ》りになるし、必《かなら》ず理《り》由《ゆう》を説明《せつめい》しなければならなくなるだろう。もしもすぐに追《お》っ手《て》がきて走《はし》って逃《に》げなくてはならない事態《じたい》にでもなったら、何《なに》を言《い》われるかわからない。

そう考《かんが》えて、わたしが思《おも》い浮《う》かんだのはたった一人《ひとり》の男子生徒《だんしせいと》だった。

「あなたに折《お》り入《い》って頼《たの》みがあるの」

「……僕《ぼく》？」

ランドセルに持《も》ち帰《かえ》る道具《どうぐ》を詰《つ》める手《て》を止《と》めて、翼野雄一《つばさのゆういち》は顔《かお》を上《あ》げた。わたしと目《め》が合《あ》うと顔《かお》を赤《あか》らめる。いつもそうだ。

「そう。わたしを自宅《じたく》まで送《おく》ってくれない？」

「僕《ぼく》が君《きみ》を？　え、なんで？」

「こないだの林間学校《りんかんがっこう》の写真《しゃしん》でわたしの写真《しゃしん》を大量《たいりょう》に注文《ちゅうもん》したこと、黙《だま》っておいてあげるわ」

誰《だれ》にも見《み》られないように写真《しゃしん》の番号《ばんごう》を封筒《ふうとう》に書《か》いて提出《ていしゅつ》したつもりだろうけれど、その封筒《ふうとう》をまとめて職員室《しょくいんしつ》に持《も》っていくのはわたしの係《かかり》だったのよ。さすがにわたしが注文《ちゅうもん》したのと同《おな》じ番号《ばんごう》ばかり書《か》かれた封筒《ふうとう》は目立《めだ》ったよねぇ。

「へんなことに使《つか》ってないでしょうね？」

「へ……へんなことって何《なん》だよ？」

声《こえ》がうわずっている。

「へんなことはへんなことよ。転売《てんばい》とか」

「て、転売《てんばい》なんかしないよ！」

「そう。ならいいけど。そういうことしたら、肖像権《しょうぞうけん》の侵害《しんがい》で訴《うった》えるから」

「わかってるよ……」

「それとも、なんで写真《しゃしん》を買《か》ったのかまで聞《き》かれたい？」

「……いいです。な、何《なん》だっけ、家《いえ》まで送《おく》ってほしいんだっけ？　なんで急《きゅう》にそんなことを……明日《あした》じゃダメかな？　今日《きょう》は塾《じゅく》があるし無理《むり》だよ」

「無理《むり》ならいいのよ」

わたしは立《た》ち上《あ》がった。

「みなさーん、聞《き》いてください。翼野雄一君《つばさのゆういちくん》は、わたしの……」

慌《あわ》てて雄一《ゆういち》がわたしの口《くち》を手《て》でふさいだ。

「わ、わかったよ！　送《おく》るから」

「よろしい。あと、ちょっと寄《よ》りたいところもあるからついて来《き》てくれない？」

「寄《よ》りたいところ？」

立《た》ち寄《よ》る先《さき》は決《き》まっている。フーコさまこと出口風子《でぐちふうこ》の自宅《じたく》。自分《じぶん》が追《お》われる側《がわ》になったからってこそこそ怯《おび》えているなんて、考《かん》えてもみれば私《わたし》らしくないし、弱虫《よわむし》だ。退屈《たいくつ》な日常《にちじょう》とおさらばすると決《き》めた探偵《たんてい》は、こんなことでいちいち怯《おび》えているわけにはいかない。

「ねえ、待《ま》ってよ」

わたしの早足《はやあし》に、雄一《ゆういち》は息《いき》を切《き》らしてついてくる。

「早《はや》く！」

「きみ…あし……はやすぎ……る……」

彼《かれ》は、理科《りか》の成績《せいせき》はいちばんだけれど、体育《たいいく》はあまり得意《とくい》ではない。でもいろいろ考《かん》えたのだけれど、雄一以上《ゆういちいじょう》の適任者《てきにんしゃ》は見《み》つからなかったのよね。彼《かれ》を選《えら》んだのは、林間学校《りんかんがっこう》の写真《しゃしん》という弱《よわ》みを握《にぎ》っているからというのは大《おお》きいけれど、いちばんの理由《りゆう》は、彼《かれ》がいつも一人《ひとり》で、孤独《こどく》が苦《く》ではない人間《にんげん》だということ。世《よ》の中《なか》、何《なに》かとハブにされるのを恐《おそ》れる子《こ》が多《おお》くて面倒《めんどう》くさい。その点《てん》、雄一《ゆういち》は班決《はんぎ》めでも最後《さいご》に残《のこ》るタイプだ。かといって、べつだんいじめられるふうでもないのは、頭《あたま》がいいからか、ちょっと何《なに》するかわからないような雰囲気《ふんいき》があるせいか、たぶん両方《りょうほう》かな。いずれにせよ、いざというときに人《ひと》に情報《じょうほう》を漏《も》らさないという点《てん》だけでも評価《ひょうか》できた。

「遅《おそ》いわよ！　急《いそ》いで！」

わたしは雄一《ゆういち》を罵倒《ばとう》しながら、内心《ないしん》で、まあ運動音痴《うんどうおんち》くらいは大目《おおめ》に見《み》なくちゃね、と自分《じぶん》に言《い》い聞《き》かせた。

4

早稲田通《わせだどお》りを法務局《ほうむきょく》のほうへ向《む》かって直進《ちょくしん》していくと、やがて環七通《かんななどお》りにぶち当《あ》たる。その手《て》前《まえ》に、フーコさまのアパートがあるという情報《じょうほう》は、だいぶ前《まえ》にクラスの女子《じょし》の間《あいだ》で流《なが》れてきた。女子《じょし》というのは、たいていの人間《にんげん》の住所《じゅうしょ》をあっという間《ま》に情報共有《じょうほうきょうゆう》できる恐《おそ》ろしいネットワークをもった生《い》き物《もの》なのだ。

「どこに向《む》かってるの？」

「出口風子《でぐちふうこ》のアパートよ」

「え、フーコさまの？」

「そう」

「どうして？」

「今日《きょう》フーコさまが無断欠勤《むだんけっきん》していたの。気《き》になるでしょ？」

教頭《きょうとう》が立《た》ち去《さ》った後《あと》に担任《たんにん》のクボっちにさっきの話《はなし》は本当《ほんとう》かと確《たし》かめておいた。僕《ぼく》たちも困《こま》ってるんだ、何《なん》の連絡《れんらく》もなくてね、とクボっちは言《い》いながら、お腹《なか》が痛《いた》いふりをして芳江《よしえ》ちゃんのところへ向《む》かっていった。

「そんなの放《ほう》っておけばいいだろ。だって、うちのクラスとはぜんぜん関係《かんけい》ないじゃん」

「関係《かんけい》なくても、気《き》になるでしょ。ふつう教師《きょうし》は学校《がっこう》に連絡《れんらく》して休《やす》むものよ。それが、何《なん》の連絡《れんらく》もせずに欠勤《けっきん》なんて。絶対《ぜったい》に何《なに》かあるわ」

「そうかな……風邪《かぜ》で寝込《ねこ》んでるだけじゃない？　いまインフルエンザ流行《はや》っているみたいだし」

雄一《ゆういち》の言《い》うとおりインフルエンザは流行《はや》っている。でも、そんなことじゃない。あんな出来事《できごと》があった次《つぎ》の日《ひ》に無断欠勤《むだんけっきん》というのが、どうにもにおう。でも、そんな事情《じじょう》を打《う》ち明《あ》けるわけにはいかない。

冷静《れいせい》に考《かんが》えよう。昨日《きのう》、トオルさんが飛《と》び蹴《げ》りを食《く》らわせ、彼女《かのじょ》は塀《へい》を飛《と》び越《こ》えて逃《に》げた。あのときに怪我《けが》でもしたのだろうか？　その可能性《かのうせい》はあるかもしれない。でも、だとしたら学校《がっこう》に連絡《れんらく》ぐらいしてもいいはずだ。

連絡《れんらく》がきていないのには、どういう理由《りゆう》が考《かんが》えられるだろう？　人間《にんげん》としての仮《かり》の姿《すがた》をかなぐり捨《す》てる覚悟《かくご》を決《き》めた、とか？　まさかまさか……。

いつの間《ま》にか、フーコさまのアパートの前《まえ》に辿《たど》り着《つ》いていた。

「フーコさまの部屋《へや》、二階《にかい》の何号室《なんごうしつ》だっけ？」

「僕《ぼく》、そんなこと知《し》らないよ。女子《じょし》じゃないし……」

雄一《ゆういち》は自信《じしん》なく答《こた》えた後《あと》に、あっと言《い》った。

「たぶんこのアパートの造《つく》りなら、角部屋《かどべや》だよ。まえに授業《じゅぎょう》で『朝起《あさお》きると、太陽《たいよう》がまぶしくて嫌《いや》なの』とか言《い》ってた」

「太陽《たいよう》……ってことは……」

向《む》かって左側《ひだりがわ》の角部屋《かどべや》なら二面採光《にめんさいこう》で一面《いちめん》は東側《ひがしがわ》に当《あ》たる。東側《ひがしがわ》に回《まわ》ると、出窓《でまど》に赤《あか》いチェックのカーテンがあって、洗濯《せんたく》ものがいくつかかかっている。シャツやタオルのほかに下着類《したぎるい》も見《み》えた。それを見《み》て、雄一《ゆういち》がまた顔《かお》を赤《あか》らめる。

「なに見《み》てるのよ」

「え、だ、だってあの部屋《へや》かなと思《おも》って……」

ますます顔《かお》が赤《あか》くなるのが、何《なん》だかかわいい。

「洗濯物《せんたくもの》が干《ほ》されてるわね。もう夕方四時半《ゆうがたよじはん》。今日《きょう》は天気《てんき》がよかったから、とっくに洗濯物《せんたくもの》を取《と》り込《こ》んでいい時間《じかん》なのに」

「でも、学校休《がっこうやす》んでるのに、洗濯《せんたく》ものを干《ほ》す元気《げんき》はあったんだね」

「昨日《きのう》から干《ほ》しっぱなしなのかも。だってほら見《み》て、あのストライプのシャツ。あれは、昨日《きのう》じやなくて一昨日《おととい》着《き》ていたものだわ」

「え、そんなのよく覚《おぼ》えてるね……」

「ふつうよ」

わたしは人《ひと》の服装《ふくそう》は一週間分《いっしゅうかんぶん》くらいは記憶《きおく》している。

「ということは、洗濯《せんたく》ものを昨日《きのう》の夜《よる》からずっと取《と》り込《こ》んでいないってことなの？」

「そうよ、当《あ》たり前《まえ》のこと言《い》わないで」

「いちいち怒《おこ》らないでよ」

どうも雄一相手《ゆういちあいて》だと攻撃的《こうげきてき》になってしまう。

「やっぱり昨日《きのう》の夜《よる》に何《なに》かがあったのよ」

「何《なに》かって何《なに》？」

「それを調《しら》べに来《き》たんでしょ」

わたしのほうが多《おお》く情報《じょうほう》をもっている分《ぶん》フェアな言《い》い方《かた》ではないけど、こまごまと説明《せつめい》している場合《ばあい》でもない。まずは聞《き》き込《こ》みか。隣《とな》り部屋《べや》の住人《じゅうにん》などに聞《き》いてまわれば、昨夜《ゆうべ》彼女《かのじょ》が帰《かえ》ってきているかどうかはわかるかもしれない。

「あ、誰《だれ》かがドアから出《で》てきた……」

わたしは電柱《でんちゅう》の裏《うら》に引《ひ》っ込《こ》み、ぼんやり見上《みあ》げている雄一《ゆういち》の服《ふく》の裾《すそ》を大慌《おおあわ》てで引《ひ》っ張《ぱ》って電柱《でんちゅう》の陰《かげ》に隠《かく》した。

フーコさまの部屋《へや》のドアから、赤《あか》いリーゼントヘア、黒《くろ》スーツにサングラスをかけた男《おとこ》がぜんぶで三名現《さんめいあらわ》れ、階段《かいだん》を駆《か》け下《お》りてくる。赤《あか》い髪《かみ》からして、フーコさまの仲間感《なかまかん》が濃厚《のうこう》だ。

でも、肝心《かんじん》のフーコさまの姿《すがた》はない。フーコさまはどこに行《い》ったの？

「なんかヤバそうな人《ひと》たちだね……」

わたしは、フーコさまがディロフォサウルスのボスだという話《はなし》を思《おも》い出《だ》した。それに、昨夜《ゆうべ》のけばけばしいワニ革《がわ》の服《ふく》。夜会巻《やかいま》きにした赤《あか》い頭《あたま》。たとえ恐竜《きょうりゅう》でなくとも、じゅうぶんヤバそうな雰囲気《ふんいき》が漂《ただよ》っていた。

「追《お》いかけましょう」

「え、誰《だれ》を？」

「だから、あの人《ひと》たちを」

「うそでしょ……やめようよ。あれはヤバいよ。絶対《ぜったい》やめたほうがいい」

「うるさいわね。バラすわよ、写真《しゃしん》」

「わ、わかったよ……」

とうぶんはこれで押《お》すことができそうだ。

5

追跡《ついせき》を開始《かいし》すること五分《ごふん》、ラーメン屋《や》の辺《あた》りまで来《き》たところで、予想外《よそうがい》の出来事《できごと》が起《お》こった。

仲間割《なかまわ》れ。三人《さんにん》の男《おとこ》たちは、何事《なにごと》か言《い》い合《あ》いをして、お互《たが》いの肩《かた》を押《お》し合《あ》ったりしている。

雄一《ゆういち》がぎょっとして立《た》ち止《ど》まる。

「何《なん》だろう……なんか揉《も》めてるね……」

「何《なに》を話《はな》しているのかしら。もう少《すこ》し近《ちか》づいてみよ？」

「え、やめようよ」

消《き》え入《い》りそうな声《こえ》で反発《はんぱつ》する雄一《ゆういち》の腕《うで》を引《ひ》っ張《ぱ》って、もうひとつ前《まえ》の電柱《でんちゅう》へと進《すす》んだ。

でも、近《ちか》づいても会話《かいわ》の内容《ないよう》はわからない。しゃああとかきぃいいとか、言葉《ことば》にならないことを言《い》い合《あ》っている。

なるほど。彼《かれ》らはやっぱりフーコさまの部下《ぶか》なんだわ。つまり、ディロフォサウルス一派《いっぱ》。

だとしたら、あまり近《ちか》づきすぎないほうがいい。昨日《きのう》はそれほど近《ちか》づいたわけでもないのに、尾行《びこう》に気《き》づかれてしまったわけだし、トオルさんによれば、彼《かれ》らは毒性《どくせい》を身《み》につけているって話《はなし》だもの。そういえば、三人《さんにん》の男《おとこ》たちはみなそれぞれ口《くち》をクチャクチャと動《うご》かしている。きっと毒《どく》を口《くち》のなかにつくり出《だ》すチューインガムを噛《か》んでいるのね。

「何《なに》してるんだ、君《きみ》たち」

不意《ふい》に後《うし》ろから声《こえ》をかけられ、心臓《しんぞう》が止《と》まるかと思《おも》った。油断《ゆだん》したつもりはなかったけれど、その人物《じんぶつ》はまったく足音《あしおと》を立《た》てずにわたしたちのすぐ後《うし》ろまでやって来《き》ていたのだ。

背後《はいご》に立《た》っていたのは、二人《ふたり》の警官《けいかん》だった。どちらも交番《こうばん》でよく見《み》かける警官《けいかん》。制服《せいふく》のボタンがキツそうなほうが細田巡査《ほそだじゅんさ》で、針金《はりがね》みたいな身体《からだ》のほうが太川巡査《ふとがわじゅんさ》だというのは、うちの小学《しょうがっ》校《こう》では有名《ゆうめい》なノンフィクション・ジョーク。きっとどやしつけるのが細田《ほそだ》さんで、優《やさ》しく説《と》き伏《ふ》せるのが太川《ふとがわ》さんなんだと刑事《けいじ》ドラマを見《み》すぎている男子《だんし》たちは妄想《もうそう》を繰《く》り広《ひろ》げていた。

「え、いやちょっと……」

とっさにごまかそうとしても、うまい言葉《ことば》って出《で》てこないものらしい。

「小学生《しょうがくせい》だろ。まっすぐ帰《かえ》らなきゃダメなんじゃないのか？」細田巡査《ほそだじゅんさ》が睨《にら》みをきかせる。

その声《こえ》に気《き》づいたのか、三人《さんにん》の男《おとこ》がこちらを振《ふ》り向《む》き、近《ちか》づいてきた。

「どうした？」

「おお、こいつら、おまえらを尾《つ》けてたんだ」

「へえ」

その口《くち》もとに浮《う》かんだ薄《うす》ら笑《わら》いから察《さっ》するに、仲間割《なかまわ》れしてたのは演技《えんぎ》ね。

「ちょっと詳《くわ》しく話《はなし》を聞《き》こうか？　それとも、もう聞《き》く必要《ひつよう》もないかな？」

太川巡査《ふとがわじゅんさ》が優《やさ》し気《げ》な口調《くちょう》で言《い》う。二人《ふたり》がアメとムチのコンビだというのは本当《ほんとう》のようだ。でも、わたしにはわかる。この二人《ふたり》も、そっちの三人《さんにん》も、みんな人間《にんげん》の目《め》をしていない。

雄一《ゆういち》はわたしの腕《うで》にしがみついて震《ふる》えていた。情《なさ》けない。

男《おとこ》たちの姿《すがた》が、見《み》る間《ま》に変形《へんけい》していく。

ディロフォサウルスは大《おお》きい。『ジュラシック・パーク』ではだいぶ小型《こがた》に描《えが》かれていたけれど、実際《じっさい》の体長《たいちょう》は小《ち》さくても五《ご》メートルあまりある。わたしが初《はじ》めて図鑑《ずかん》でそのことを知《し》ったときは手《て》に汗《あせ》を握《にぎ》ったものだ。あんなものが五《ご》メートルもの巨体《きょたい》で目《め》の前《まえ》に立《た》っていたら、それだけで失神《しっしん》してしまう。

やがて、それぞれの赤《あか》い頭髪《とうはつ》が、赤《あか》いトサカに変《か》わった。かと思《おも》うと、しゃあああっという唸《うな》り声《ごえ》とともにエリマキトカゲのようにエリを広《ひろ》げて威嚇《いかく》しはじめる。

複数《ふくすう》になると、ディロフォサウルスの凶暴性《きょうぼうせい》はいちだんとすさまじかった。彼《かれ》らはまだ日《ひ》も明《あか》るいのに、その姿《すがた》を隠《かく》そうともせずに、露骨《ろこつ》に恐竜《きょうりゅう》の姿《すがた》でわたしたちを取《と》り囲《かこ》んで威嚇《いかく》してきた。たしかにここはかなり人目《ひとめ》につきにくい通《とお》りではあるけれど……。

「わたしたち、フーコ先生《せんせい》が心配《しんぱい》だっただけなの」

わたしは何《なに》も知《し》らない生徒《せいと》であることをアピールしてみることにした。彼《かれ》らが腐肉食恐竜《ふにくしょくきょうりゅう》で本来《ほんらい》はすすんで人間《にんげん》を襲《おそ》うことはないという話《はなし》を思《おも》い出《だ》したから。

ところが、わたしの言葉《ことば》はしゃああああっという脅《おど》しの声《こえ》にかき消《け》された。

ヤバすぎでしょ、この状況《じょうきょう》……誰《だれ》か助《たす》けに来《き》て。

トオルさん……。

「何《なん》なんだよ……これ……うそだ、うそだ……」

雄一《ゆういち》の声《こえ》は震《ふる》えていた。

「これ、ディロフォサウルスじゃん……」

さすが理科《りか》オタクの少年《しょうねん》は恐竜《きょうりゅう》にも詳《くわ》しかったか。でも、それと目《め》の前《まえ》に恐竜《きょうりゅう》がいて喜《よろこ》ぶかどうかは別問題《べつもんだい》。雄一《ゆういち》の顔《かお》は青《あお》ざめていた。わたしたちは二方向《ふたほうこう》から距離《きょり》を詰《つ》められていった。

逃《に》げ道《みち》があるとすれば、建物《たてもの》と建物《たてもの》の間《あいだ》にある細《ほそ》い小道《こみち》。でも、そこは十《じゅう》メートルほど進《すす》んだところで袋小路《ふくろこうじ》になっている。

もう逃《に》げられない。どうしよう……。

「おまえたち、フーコねえさんに何《なに》したんだよ？」と一人《ひとり》が尋《たず》ねてきた。

「なにも、なにもしてません……」

「おのれ、よくも俺《おれ》たちのフーコねえさんをぉおお！」

太川巡査《ふとがわじゅんさ》と思《おも》われるディロフォサウルスが怒《おこ》りはじめる。フーコさまに並々《なみなみ》ならぬ感情《かんじょう》を抱《いだ》いていたのかしら。

「まあ待《ま》てよ。何《なん》にせよ、居場所《いばしょ》を吐《は》かせちまおう」とこれは細田巡査《ほそだじゅんさ》だったほうの発言《はつげん》。

いいなあそれ、と黒《くろ》スーツのディロフォサウルスたちが口々《くちぐち》に言《い》う。

「知《し》りません……わたしたちは何《なに》も……」

「うるせえな、騒《さわ》ぐと痛《いた》いぞ。とにかくやっちまおう。死《し》ぬ前《まえ》にはぜんぶしゃべるだろ」

「あああわわ、あうふぅ……」

雄一《ゆういち》が、断末魔《だんまつま》のよくわからない声《こえ》を上《あ》げ、口《くち》からぶくぶくと泡《あわ》を吹《ふ》いて気絶《きぜつ》してしまった。

わたしはどうにか彼《かれ》がアスファルトに倒《たお》れ込《こ》むのを腕《うで》で支《ささ》えた。こういう場所《ばしょ》では気絶《きぜつ》するだけでも大怪我《おおけが》につながることがある。

「さあ、フーコねえさんの部屋《へや》で話《はなし》を聞《き》こうか。パパとママに心《こころ》のなかでさよならを言《い》うんだな」

そして、口《くち》を大《おお》きく開《ひら》くと、ふっと体液《たいえき》を飛《と》ばした。わたしは咄嗟《とっさ》にスカートを楯《たて》にしてそれを防《ふせ》いだ。これがトオルさんから教《おそ》わったやり方《かた》。

メモその二《に》

ディロフォサウルスに体液《たいえき》を吐《は》かれたら、何《なに》でもいいから楯《たて》にしろ。

今日《きょう》にかぎってスカートをはいていてよかった。いつものパンツスタイルだったら、楯《たて》にできないところだった。

次《つぎ》の瞬間《しゅんかん》、いっせいに彼《かれ》らは飛《と》びかかってきた。覚悟《かくご》を決《き》めて目《め》を閉《と》じた。パパママありがとう、ちょっと退屈《たいくつ》だったけど楽《たの》しい人生《じんせい》でした――。

けれど、わたしの人生《じんせい》はそこで終《お》わったりはしなかった。

少《すく》なくとも、一秒後《いちびょうご》もわたしは息《いき》をしていたのだ。

6

目《め》を開《あ》けたとき、わたしはまだ生《い》きていたし、腕《うで》のなかには気《き》を失《うしな》ったままの雄一《ゆういち》もいた。

わたしの前《まえ》には――足《あし》に鉤爪《かぎづめ》をもった覆面男《ふくめんおとこ》が仁王立《におうだ》ちしていた。

「おまえどこのモンだよ？」とディロフォサウルスのなかの誰《だれ》かが尋《たず》ねた。

「どこの者《もの》でもない」

その声《こえ》――。

わたしは覆面《ふくめん》の鉤爪男《かぎづめおとこ》の正体《しょうたい》を知《し》った。

トオルさん、助《たす》けに来《き》てくれたのね。

「匂《にお》いとその鉤爪《かぎづめ》でわかるぞ。ヴェロキラプトルだろ。ここは俺《おれ》たちの縄張《なわば》りだ。わかってるのか？」

「それがどうした？」

「世界恐竜協会会則違反《せかいきょうりゅうきょうかいかいそくいはん》だ」

「貴様《きさま》たちこそ、こんな路上《ろじょう》で人間《にんげん》に手《て》を出《だ》して恐竜界《きょうりゅうかい》を脅威《きょうい》の目《め》にさらす危険《きけん》を冒《おか》している。いまの時代《じだい》、いたるところに監視《かんし》カメラがあるんだぞ」

「知《し》ったことかよ。正当防衛《せいとうぼうえい》さ」

「何《なん》だと？」

「さあそこをどきな。さもなくば、おまえの正体《しょうたい》を暴《あば》いてやるぜ。そうなりゃ、おまえは協会《きょうかい》の審議会《しんぎかい》にかけられることになる。捕獲対象以外《ほかくたいしょういがい》の他《ほか》の恐竜《きょうりゅう》の領域《りょういき》を犯《おか》すべからず。ここは俺《おれ》たちディロフォサウルスの領域《りょういき》だ。俺《おれ》たちの邪魔《じゃま》をするのは、明《あき》らかな違反行為《いはんこうい》だ」

その言葉《ことば》に、思《おも》いがけずトオルさんが窮地《きゅうち》に立《た》たされていることがわかった。

トオルさんははじめからこれがいけないことだとわかっていた。それなのに、あえてわたしたちを助《たす》けるために、こうして現《あらわ》れてくれたんだわ……感激《かんげき》しかない。

「なぜそこまでして人間《にんげん》を助《たす》ける？」

「……これは俺《おれ》の獲物《えもの》だ」

え？　わたしは自分《じぶん》の耳《みみ》を疑《うたが》った。それはディロフォサウルスたちも同《おな》じだった。

「何《なに》？」

トオルさんは突然《とつぜん》わたしと雄一《ゆういち》の方《ほう》を向《む》くと、すっと手《て》を動《うご》かした。頬《ほお》に、痛《いた》みが走《はし》る。

「見《み》ろ。頬《ほお》に傷《きず》がある。これは、俺《おれ》が自分《じぶん》の獲物《えもの》に必《かなら》ずつける傷《きず》だ」

一瞬《いっしゅん》で、トオルさんはわたしと雄一《ゆういち》の頬《ほお》に浅《あさ》い傷《きず》をつけたのだ。

「つまり、これは俺《おれ》の獲物《えもの》。獲物《えもの》を横取《よこど》りする違反行為《いはんこうい》を仕出《しで》かしているのはおまえたちだ」

「待《ま》て。卑怯《ひきょう》だぞ。そんな傷《きず》はさっきまでなかった」

「最初《さいしょ》からあったさ」

「ふざけたこと言《い》いやがって。わかったぞ。おまえ、こいつらとグルでフーコねえさんをやりやがったな？」

うわ……やっぱり相変《あいか》わらず誤解《ごかい》しているみたい。

たしかなのは、彼《かれ》らもまたフーコさまの居場所《いばしょ》を知《し》らないということね。

「何《なん》のことかわからんな」

トオルさんは冷静《れいせい》にそう返《かえ》した。

でも、一度怒《いちどいか》りの感情《かんじょう》に駆《か》られた彼《かれ》らは収《おさ》まりがつかないらしく、軽《かる》くジャンプをしながら徐々《じょじょ》に距離《きょり》を狭《せば》めてくる。

そして一瞬《いっしゅん》の沈黙《ちんもく》のあと——。

「かまわん。やれ！」

ディロフォサウルスたちはいっせいに目《め》を見開《みひら》くと、しゃああああああああっと奇声《きせい》を発《はっ》してアスファルトを蹴《け》った。

けれど、ハイジャンプが功《こう》を奏《そう》することはなかった。

何《なに》しろ、トオルさんがわたしと雄一《ゆういち》を抱《だ》きかかえたまま飛《と》び上《あ》がったときの脚力《きゃくりょく》は、ディロフォサウルスを優《ゆう》に凌《しの》いでいたんだもの。トオルさんは垣根《かきね》に飛《と》び乗《の》ると、そのまま隣家《りんか》の屋根《やね》まで一気《いっき》に飛《と》び上《あ》がった。

ふわりと屋根《やね》の上《うえ》に着地《ちゃくち》すると、トオルさんは足音《あしおと》ひとつ立《た》てずに、風《かぜ》を切《き》って屋根伝《やねづた》いに駆《か》け出《だ》した。そして、わたしに言《い》った。

「つかまっていろよ。落《お》ちたら終《お》わりだ」

「うん……」

わたしは雄一《ゆういち》を離《はな》さぬようにしつつ、しっかりトオルさんにしがみついた。

頼《たの》もしい腕《うで》。

そして——ずっと待《ま》っていた腕《うで》だった。

7

トオルさんはそのまま屋根《やね》を三《みっ》つ、四《よっ》つと駆《か》け抜《ぬ》け、空《あ》き地《ち》のドラム缶《かん》の裏《うら》のところでわたしたちを下《お》ろした。

「ここなら見《み》えまい」

トオルさんはそこで覆面《ふくめん》を外《はず》した。そのときには、すでにトオルさんは人間《にんげん》の姿《すがた》に戻《もど》っていた。足《あし》にも鉤爪《かぎづめ》はなかった。

トオルさんはすぐにポケットから壜《びん》を取《と》り出《だ》すと、その蓋《ふた》を開《あ》け、どろりとした緑色《みどりいろ》の液体《えきたい》を指《ゆび》につけた。

「さっきはすまなかった。ああするしかなかったんだ」

わたしの頬《ほお》に冷《つめ》たい指先《ゆびさき》で触《ふ》れると、もう一方《いっぽう》の液体《えきたい》をつけた指《ゆび》でそっとその傷《きず》をなぞった。

塗《ぬ》り薬《ぐすり》みたいだった。

「これで跡形《あとかた》もなく傷《きず》は消《き》えるだろう」

そのとおりだった。手鏡《てかがみ》を取《と》り出《だ》して見《み》たら、魔法《まほう》みたいにさっと傷《きず》は消《き》えてしまっていた。

トオルさんは同《おな》じ薬《くすり》を雄一《ゆういち》にも塗《ぬ》りつけた。やっぱり雄一《ゆういち》の傷《きず》も同《おな》じように消《き》えた。最後《さいご》に、さっきわたしのスカートにかかった毒《どく》も消《け》した。シミひとつ残《のこ》らなかった。

「よくわたしたちの場所《ばしょ》がわかったね……」

「ランドセルにスマホを入《い》れておいた。ＧＰＳは便利《べんり》だな」

案外《あんがい》ハイテクな手《て》を使《つか》ったわけね。

「何《なに》があったのか、話《はな》してくれるかな。君《きみ》がこんな無茶《むちゃ》をしたのには、何《なに》か理由《りゆう》があるはずだ」

「ええ。じつは……」

わたしはフーコさまが今日《きょう》、無断欠勤《むだんけっきん》したことを話《はな》した。

ひととおりこちらが話《はな》し終《お》えると、トオルさんは、なるほど、と言《い》って深《ふか》いため息《いき》をついた。

それから、遠《とお》くを見《み》つめながら語《かた》り出《だ》した。

「昨日《きのう》も話《はな》したとおり、フーコはディロフォサウルスの親分格《おやぶんかく》だ。その彼女《かのじょ》が、無断欠勤《むだんけっきん》をしているということは、表《おもて》に姿《すがた》を現《あらわ》せない事情《じじょう》ができたということ。さっきの連中《れんちゅう》は、同《おな》じディロフォサウルスの仲間《なかま》。奴《やつ》らが仲間割《なかまわ》れをすることはほとんどない。腐肉食恐竜《ふにくしょくきょうりゅう》の連中《れんちゅう》は、自分《じぶん》の種族《しゅぞく》が攻撃《こうげき》されないかぎりは本来《ほんらい》、平和主義《へいわしゅぎ》なんだ。つまり、君《きみ》たちは俺《おれ》とともに彼女《かのじょ》を攻撃《こうげき》したとみなされてしまったわけだ」

「わたしたちがフーコさまを攻撃《こうげき》できるわけがないのに……だって子《こ》どもよ？」

「奴《やつ》らにとっては、敵《てき》は敵《てき》だ。子《こ》どもだろうが何《なん》だろうが、関係《かんけい》ない。とにかく奴《やつ》らは君《きみ》たちを狙《ねら》い、フーコの居場所《いばしょ》を吐《は》くまで痛《いた》めつけて、白状《はくじょう》しなければとどめを刺《さ》して終《お》わりだ」

「とどめ……」

時代劇《じだいげき》のワンシーンでしか聞《き》いたことのない台詞《せりふ》が、日常《にちじょう》で、恐竜《きょうりゅう》の口《くち》から飛《と》び出《だ》している。

ああもう何《なに》が何《なん》だかわからない。

「とにかく、君《きみ》たちはだいぶ危険《きけん》な状態《じょうたい》にある。君《きみ》も雄一君《ゆういちくん》も明日《あした》からしばらく学校《がっこう》へは行《い》かない方《ほう》がいいかもしれない」

「そんな……だって明日《あした》は卒業式《そつぎょうしき》なのに」

五年生《ごねんせい》ともなると、卒業式《そつぎょうしき》で在校生《ざいこうせい》からの呼《よ》びかけの台詞《せりふ》が割《わ》り振《ふ》られているから、そう簡単《かんたん》に欠席《けっせき》しては周《まわ》りに迷惑《めいわく》をかけることになる。しかも、わたしの台詞《せりふ》はけっこう長《なが》いのだ。

「死《し》にたいのか？」

「それは……」

死《し》にたいわけはなかった。

「死《し》にたくなかったら、言《い》うとおりにしてくれ。君《きみ》が死《し》ぬところは、俺《おれ》も見《み》たくない」

トオルさんは優《やさ》しく頭《あたま》を撫《な》でた。

「ねえトオルさん、フーコさまはどうして味方《みかた》にも内緒《ないしょ》のまま行方《ゆくえ》をくらましたの？」

「わからんな。ただ、群《む》れで行動《こうどう》する恐竜《きょうりゅう》が群《む》れから無断《むだん》で離《はな》れるのは、想定外《そうていがい》の危機《きき》が迫《せま》ったときだ。彼女《かのじょ》には何《なん》らかの危険《きけん》が迫《せま》っているということかもしれない」

「何《なん》らかの危険《きけん》……」

ディロフォサウルスに迫る危険《きけん》って、いったい何《なん》なの……？

雄一《ゆういち》を家《いえ》まで送《おく》り届《とど》ける頃《ころ》には、彼《かれ》の意識《いしき》は戻《もど》っていた。

わたしは家《いえ》の人《ひと》に「雄一君《ゆういちくん》、体調《たいちょう》が悪《わる》くなったみたいなので、先生《せんせい》から一緒《いっしょ》に家《いえ》までついていってあげるように言《い》われました」と話《はな》した。家《いえ》の人《ひと》はわたしをガールフレンドとでも思《おも》ったのか、気《き》を遣《つか》って家《いえ》の中《なか》まで上《あ》げてくれた。

「今日《きょう》は塾《じゅく》は休《やす》ませたほうがいいかもしれません」

差《さ》し出《で》がましいとは思《おも》いつつ、わたしは雄一《ゆういち》のためにそう言《い》い添《そ》えた。

「そうね。そうするわ。ゆっくりしていってね。まあこんなかわいい子《こ》をいつの間《ま》に……」

母親《ははおや》はそんなことを言《い》って微笑《ほほえ》みながら部屋《へや》から出《で》て行《い》った。うむ。完全《かんぜん》に勘違《かんちが》いされている。まあいいか。

室内《しつない》には恐竜《きょうりゅう》のフィギュアがたくさん並《なら》んでいる。わたしのコレクションよりだいぶ多《おお》い。

「あなた、恐竜好《きょうりゅうず》きなのね」

「……好《す》き、だった」

わたしとは正反対《せいはんたい》のタイプのようだ。わたしは恐竜《きょうりゅう》が怖《こわ》くて集《あつ》めているけれど、彼《かれ》は心《こころ》から恐《きょう》竜《りゅう》を好《す》いていたのだろう。そして、今日《きょう》の一件《いっけん》でようやく恐怖《きょうふ》を共有できたのかもしれない。

でもさっきの記憶《きおく》は、ふつうの男《おとこ》の子《こ》がもっているべき記憶《きおく》ではない。消《け》さなきゃ。

「ねえ。あなたは何《なに》かわるい夢《ゆめ》を見《み》たのよ。だって、恐竜《きょうりゅう》が実際《じっさい》にこの世《よ》にいるわけないでしょ？」

「……僕《ぼく》、まだ何《なに》も君《きみ》に話《はな》してないのになんでそんなこと言《い》うの？」

しまった……。かなり先走《さきばし》ってしまった。

「いや、なんか、寝言《ねごと》を言《い》ってたから、そうかなと思《おも》って。きっと恐竜《きょうりゅう》に襲《おそ》われる夢見《ゆめみ》てるなあって」

雄一《ゆういち》はわたしの顔《かお》をまじまじと見《み》ている。ヤバい。ウソがバレてる？

「あれ夢《ゆめ》じゃないだろ。覚《おぼ》えてるよ。どういうこと？　何《なに》か知《し》ってるんだろ？」

「……まだ言《い》えない」

「協力《きょうりょく》するよ。僕《ぼく》、恐竜《きょうりゅう》の生態《せいたい》ならかなり詳《くわ》しい。君《きみ》の助《たす》けになれるかも」

嬉《うれ》しい言葉《ことば》ではあった。でも、探偵《たんてい》たるもの、ホイホイと人《ひと》の手《て》を借《か》りていいものではないだろう。ここはひとつ、ハードボイルドに断《ことわ》らねば。

「ありがとう。もし、恐竜《きょうりゅう》のステーキが食《た》べたくなったら相談《そうだん》するわ」

「恐竜《きょうりゅう》のステーキはおいしくないと思《おも》うよ」

雄一《ゆういち》は真顔《まがお》で答《こた》えた。顔色《かおいろ》もよさそうだ。

わたしはにっこり微笑《ほほえ》むと、「いい？　とにかく明日《あした》は学校《がっこう》を休《やす》んで。朝《あさ》になったら、気持《きも》ち悪《わる》いでも、胃《い》がひっくり返《かえ》ったでも何《なん》でもいいから、とにかくお母《かあ》さんに体調不良《たいちょうふりょう》を訴《うった》えて休《やす》んで。絶対《ぜったい》よ」と囁《ささや》いた。

「やっぱり何《なに》かあるんだね」

「何《なに》も聞《き》かないで。時《とき》が来《き》たら話《はな》すわ」

時《とき》が来《き》たら？　それっていつ？　自分《じぶん》でもよくわからないけれど、ちょっとかっこいい台詞《せりふ》だと思《おも》った。探偵《たんてい》はすべてを解決《かいけつ》するまでは黙《もく》して語《かた》らず、よね。

「いい子《こ》でいなさい」

わたしが頭《あたま》を撫《な》でると、雄一《ゆういち》は顔《かお》を真《ま》っ赤《か》にしながらうなずいて蒲団《ふとん》に顔《かお》をうずめた。よろしい。

第《だい》五《ご》章《しょう》　おたずね者《もの》

1

自宅《じたく》に戻《もど》ると、どっと疲労感《ひろうかん》が湧《わ》いてきた。でも、そんなわたしを待《ま》っていたのは、角《つの》の生《は》えたママだった。もちろん、トリケラトプスになったわけではない。

「遅《おそ》いじゃないの！　早《はや》く宿題《しゅくだい》やっちゃいなさいよ。晩御飯《ばんごはん》の前《まえ》に終《お》わらせないと、あなたっていっつも寝《ね》るぎりぎりまで宿題溜《しゅくだいた》め込《こ》んでるんだから」

「わかってる、やるから。帰《かえ》ってきて早々《そうそう》わめかないでよ」

「早々《そうそう》に言《い》わないとやらないでしょ！」

「やるってば！」

喧嘩腰《けんかごし》に言《い》って自室《じしつ》に入《はい》った。ようやく静《しず》けさをゲット。

トオルさんはあのあと仕事《しごと》に出《で》かけてしまったので、まだ戻《もど》ってきてはいないみたい。パパもたぶん書斎《しょさい》で執筆《しっぴつ》かな。階下《かいか》から、ママが俎板《まないた》の上《うえ》で野菜《やさい》を切《き》ってる音《おと》が聞《き》こえてくるほかは、音《おと》らしい音《おと》はしない。

身体《からだ》はもう一《いち》ミリだって動《うご》きたくないと主張《しゅちょう》していた。ずっと緊張《きんちょう》で張《は》りつめていたのだ。肩《かた》の辺《あた》りに凝《こ》りさえも感《かん》じる。やだ、子《こ》どものくせに肩凝《かたこ》ってるなぁわたし。

インターホンの鳴《な》る音《おと》が響《ひび》いたのは、そのときだった。

こんな夕方《ゆうがた》に来客《らいきゃく》？　珍《めずら》しいこともあるものね。セールスかな。夕方《ゆうがた》って主婦《しゅふ》がもっとも忙《いそが》しい時間帯《じかんたい》よね。ふつうは営業《えいぎょう》マンなら避《さ》けるはずの時間《じかん》だと思《おも》うんだけど……。

わたしは少《すこ》しだけドアを開《あ》けて階下《かいか》の物音《ものおと》に耳《みみ》を澄《す》ませた。

「はーい」と言《い》いながら玄関《げんかん》へ駆《か》けていくママの足音《あしおと》が聞《き》こえる。スリッパですたすた、三和土《たたき》におりて鍵《かぎ》を開《あ》ける、そしてドアの開《あ》く音《おと》。わるい予感《よかん》がした。開《あ》けちゃダメ……。

「こんばんは。私《わたくし》、中野《なかの》区立《くりつ》ひかり小学校《しょうがっこう》五年《ごねん》二組《にくみ》の副担任《ふくたんにん》の川俣《かわまた》と申《もう》します」

「まあ、副担任《ふくたんにん》の……。いつもお世話《せわ》になっております」

ママは丁寧《ていねい》に対応《たいおう》していた。え、ちょっと……待《ま》ってよ。ママ、少《すこ》しは考《かんが》えようよ。副担任《ふくたんにん》って、誰《だれ》よ？　わたしのクラスに、副担任《ふくたんにん》なんていないじゃない！

「今日《きょう》、じつは学校《がっこう》で娘《むすめ》さんの様子《ようす》が少《すこ》しおかしかったものですから、心配《しんぱい》になりまして」

「あら、そうなんですか？」

「何《なに》か変《か》わった点《てん》はありませんでしたか？」

「そういえばちょっと帰《かえ》りが遅《おそ》かったみたいですけど……」

「そうですか。今日《きょう》は下校《げこう》が早《はや》かったはずなんですが」と川俣《かわまた》と名乗《なの》った人物《じんぶつ》は、さも不思議《ふしぎ》そうな様子《ようす》で言《い》った。

「そうなんですか？　あの子《こ》、何《なに》をしてたのかしら……呼《よ》びますか？」

「もしよろしければ、上《あ》がらせていただいてもよろしいですか？　どんな環境《かんきょう》で勉強《べんきょう》しているのかも知《し》りたいですし。娘《なすめ》さんはとても優秀《ゆうしゅう》で、みんな白亜《はくあ》さんみたいに勉強《べんきょう》ができるようになりたいって言《い》ってるんですよ」

「まあ本当《ほんとう》ですか？　お恥《は》ずかしいわ。どうぞどうぞ。二階《にかい》におりますから」

ママは娘《むすめ》を褒《ほ》められてウキウキしてしまったのか、冷静《れいせい》な判断《はんだん》ができなくなっているみたいだ。そいつ、副担任《ふくたんにん》なんかじゃないよ、ママ。

「お邪魔《じゃま》します」

どうしよう……。こっちに来《く》る。

誰《だれ》なの？　さっきのディロフォサウルスたちのどれか？

トオルさん、どうしたらいい？

でもいまここにはトオルさんはいない。頼《たよ》れるのは自分《じぶん》だけ。

相手《あいて》は階段《かいだん》を上《のぼ》ってきている。

逃《に》げるとしたら――。

目《め》は、しぜんと窓《まど》へと向《む》いた。ここからしかないか。

「行《い》くよ、白亜《はくあ》」

わたしは思《おも》い切《き》って窓《まど》を開《あ》けた。それから、よそ行《ゆ》き用《よう》に部屋《へや》に置《お》いてある靴《くつ》とスマホ、パーカーを手《て》に持《も》つと、窓《まど》に足《あし》をかけ、外《そと》に這《は》い出《で》て屋根《やね》に下《お》りた。傾斜《けいしゃ》しているから思《おも》わずよろめいたけれど、こんなところで踊《おど》っている暇《ひま》はない。

陽《ひ》が落《お》ちると、風《かぜ》は冷《つめ》たくなるし、今日《きょう》は風《かぜ》も強《つよ》い。わたしは飛《と》ばされないように気《き》をつけながら、屋根伝《やねづた》いに、家《いえ》の裏側《うらがわ》へ向《む》かい、屋根《やね》の縁《ふち》にぶら下《さ》がって怪我《けが》をしないようにそっと着地《ちゃくち》した。台所《だいどころ》の勝手口《かってぐち》の辺《あた》りだ。そこでパーカーを着《き》て靴《くつ》をはくと、裏手《うらて》の空《あ》き家《や》を抜《ぬ》け、細道《ほそみち》を通《とお》ってようやく大通《おおどお》りに出《で》た。

ところが、そこには複数《ふくすう》の赤《あか》い髪《かみ》、黒《くろ》いスーツの男《おとこ》たちの姿《すがた》があった。

わたしはすぐに顔《かお》を引《ひ》っ込《こ》めると、パーカーのフードを目深《まぶか》にかぶって、走《はし》り出《だ》した。

「逃《に》げたぞ」

背後《はいご》で声《こえ》が聞《き》こえたけれど、それはわたしに向《む》けられたのではなく、副担任《ふくたんにん》の川俣《かわまた》と名乗《なの》った男《おとこ》が仲間《なかま》たちに告《つ》げた声《こえ》だった。もう一度《いちど》わずかに顔《かお》を覗《のぞ》かせると、細田巡査《ほそだじゅんさ》がスーツを着《き》ていた。副担任《ふくたんにん》の川俣《かわまた》に扮《ふん》していたのは細田巡査《ほそだじゅんさ》だったのね。

わたしは角《かど》を曲《ま》がると、ひたすら全力疾走《ぜんりょくしっそう》した。

「なんでこんなことになっちゃうのよ……」

もとはといえば、赤《あか》いつけ爪《づめ》という小《ちい》さな謎《なぞ》を追《お》いかけていただけなのに。それが、なぜだか恐竜《きょうりゅう》の群《む》れに追《お》われて逃《に》げ惑《まど》うことになるなんて、どう考《かんが》えてもわりに合《あ》わない。

でもしょうがない。探偵《たんてい》ってわりに合《あ》わない危険《きけん》がつきものだし、そこは割《わ》り切《き》るしかないよね。でもさ、困《こま》ったことがひとつ。

腹《はら》が減《へ》っては、探偵稼業《たんていかぎょう》もままならないでしょ。

せめて晩御飯《ばんごはん》を食《た》べてから家《いえ》を出《で》たかったわ。

困《こま》った、困《こま》った……うう、お腹空《なかす》いた……。

「小学五年生《しょうがくごねんせい》くらいの女《おんな》の子《こ》を見《み》ませんでしたか？　小学生《しょうがくせい》にしてはわりと背《せ》が高《たか》い子《こ》です」

角《かど》を曲《ま》がった先《さき》から、男《おとこ》が誰《だれ》かに声《こえ》をかけているのが聞《き》こえる。すぐ近《ちか》くに奴《やつ》らが迫《せま》っている。こうしてはいられない。

でもダメだ。もう体力《たいりょく》の限界《げんかい》。気力《きりょく》の限界《げんかい》。

そして——空腹《くうふく》の限界《げんかい》。

ぐううううう
お腹《なか》さん、そんな音立《おとた》てたら気《き》づかれちゃうから。

わたしが立《た》っていたのは八百屋《やおや》〈かみなり〉の前《まえ》だった。

大《おお》きな図体《ずうたい》をしてカバみたいにおっとりした目《め》の店主《てんしゅ》がトラックに野菜《やさい》を積《つ》みながら、こちらを見《み》ていた。いつもニコニコしながら「らっしゃい」と言《い》っているので、店《みせ》の前《まえ》を通《とお》るときに挨《あい》拶《さつ》だけはしているけれど、名前《なまえ》は知《し》らない。

彼《かれ》は、遠《とお》くで聞《き》こえるディロフォサウルスたちの聞《き》き込《こ》みの声《こえ》を聞《き》き、それと照《て》らし合《あ》わせるようにして、わたしの顔《かお》を見《み》た。それから、ふと言《い》った。

「おいで」

「え？」

「急《いそ》いで。見《み》つかるよ」

救《すく》いはいつも思《おも》いがけぬところにあるものらしい。わたしは、言《い》われるままに〈かみなり〉の暖《の》簾《れん》をくぐった。

2

八百屋《やおや》の店主《てんしゅ》は、シャッターを静《しず》かに下《お》ろした。

「店《みせ》じまいをするぎりぎりのタイミングだった。運《うん》がいいね、君《きみ》は」

一言《ひとこと》そう言《い》うと、店主《てんしゅ》は微笑《ほほえ》んだ。

それから、トマトを布巾《ふきん》で拭《ふ》き、光沢《こうたく》を確《たし》かめてから、わたしに「ほらよ」と投《な》げた。

「今日入荷《きょうにゅうか》した取《と》れたてだ。なのに明日《あした》の客《きゃく》にはもう出《だ》せない。これから動物園《どうぶつえん》の飼育係《しいくがかり》が車《くるま》で取《と》りにきて、動物《どうぶつ》たちの餌《えさ》になるんだ。人間《にんげん》ってのは、まったくもって贅沢《ぜいたく》な生《い》き物《もの》だな。まあおかげで、こんなうまい野菜《やさい》が一日違《いちにちちが》いで動物《どうぶつ》たちに届《とど》くんだから、動物《どうぶつ》たちからしたら、ありがたい話《はなし》ではあるんだが」

男《おとこ》はわたしに「ほら、はやく食《た》べなよ」と促《うなが》した。

空腹《くうふく》は最高潮《さいこうちょう》に達《たっ》していた。思《おも》えば、わたしが空腹感《くうふくかん》を覚《おぼ》えたのは、八百屋《やおや》から漂《ただよ》う新鮮《しんせん》な食《た》べ物《もの》の匂《にお》いのせいもあったのだろう。

「いただきます」

トマトをかじった。一瞬《いっしゅん》で大地《だいち》のうるおいをすべて腹《はら》に届《とど》けようとするかのような、幸《しあわ》せな味《あじ》だった。ふだんはママの手料理《てりょうり》だってこんなにおいしいと思《おも》ったことはないのに。

「あの、助《たす》けてくださってありがとうございます」

でも、八百屋《やおや》の主人《しゅじん》はその言葉《ことば》を聞《き》いていないのか、キュウリをかじりながら一点《いってん》を見《み》つめたまま動《うご》かなくなった。それから、唐突《とうとつ》に言《い》った。

「もうだいぶ遠《とお》くへ去《さ》ったようだな」

かなり耳《みみ》がいいらしい。きっといま、彼《かれ》は意識《いしき》を聴覚《ちょうかく》に集中《しゅうちゅう》させ、わたしを追《お》っていた男《おとこ》たちの足音《あしおと》を確《たし》かめていたに違《ちが》いない。

「中野《なかの》は油断《ゆだん》のできない街《まち》なんだぜ。ここの地名《ちめい》〈中野《なかの》〉ってのは、〈見《み》た目《め》は人間《にんげん》、でも中のひとはひとじゃないかも〉ってところからきてるんだ」

どこまで信《しん》じていいのか判断《はんだん》に迷《まよ》う新説《しんせつ》だ。

「多《おお》くの人《ひと》は忘《わす》れちまった。ここが〈失われた世界《ロストワールド》〉の住民《じゅうみん》が住《す》む街《まち》だってことを」

「ろすとわーるど……？」

「あんた、トオルが居候《いそうろう》しているところの娘《むすめ》さんだろ？」

「え！　と、トオルさんを知《し》ってるの？」

世間《せけん》は狭《せま》い……いや、中野《なかの》が狭《せま》いのか。

「よろしくな。俺《おれ》はシンスケ。トオルのマブダチだ」

いまどき「マブダチ」なんて表現《ひょうげん》を使《つか》う人《ひと》がいるなんて思《おも》わなかったけれど、そんなことはおくびにも出《だ》さずに握手《あくしゅ》をかわした。

「樹羅野《じゅらの》白亜《はくあ》です」

「白亜《はくあ》か。いい名《な》だな。いたこともない古代《こだい》を思《おも》い出《だ》せそうな気《き》がするぜ。樹羅野《じゅらの》さんがつけそうな名前《なまえ》だ」

「パパのことも知《し》っているの？」

「そりゃ、あの名作《めいさく》『竜《りゅう》とルベウス』を書《か》いた作家《さっか》さんだからな。この町《まち》のイササカ先生《せんせい》といったら、樹羅野《じゅらの》さんだ」

作家《さっか》というと、人《ひと》は真《ま》っ先《さき》にイササカ先生《せんせい》のイメージをもつものなのかしら。こう言《い》われたのは、じつは二十三人目《にじゅうさんにんめ》だ。それにしてもパパの代表作《だいひょうさく》『竜《りゅう》とルベウス』のファンがこんなところにいるとは思《おも》わなかった。パパ、案外《あんがい》やるじゃない。

「樹羅野《じゅらの》さんは小《ちい》さい頃《ころ》は、かなりの恐竜少年《きょうりゅうしょうねん》だったな。それが作家《さっか》になるなんてな」

「そんなに小《ちい》さい頃《ころ》からパパのことを？」

「向《む》こうは忘《わす》れたかもしれないがな」

ふとシンスケさんは遠《とお》い目《め》になった。彼《かれ》は遠《とお》い目《め》になると、同時《どうじ》に妙《みょう》に首《くび》を伸《の》ばす癖《くせ》が——。

いや、首《くび》が……長《なが》くなりすぎる癖《くせ》が、あるの？　そんなのあり？

「あの、シンスケさん、首《くび》が天井《てんじょう》に……」

「おっと、すまねえ」

すぐにシンスケさんの首《くび》は元《もと》の長《なが》さに戻《もど》った。

「ちょっとぼやっとするとこのザマなんだ」

そんな人間《にんげん》聞《き》いたことがない。ということは、彼《かれ》もまた……。

「もうトオルから聞《き》いているかい？　俺《おれ》のこと」

「いいえ」

シンスケさんは驚《おどろ》いた顔《かお》になり、それから眉間《みけん》に皺《しわ》を寄《よ》せた。明《あき》らかに、首《くび》が長《なが》くなったところを見《み》られたのをまずいと思《おも》っていることがわかった。

「じつは、ときどき首《くび》が長《なが》くなる病気《びょうき》なんだ」

「苦《くる》しいウソはつかなくていいよ。恐竜《きょうりゅう》なんでしょ？」

「え！　あ！　ぐああ……どうしてそれを！　あばばば」

「『あばばば』って……人間《にんげん》がそんなに首《くび》が長《なが》くなるわけないじゃない。人間《にんげん》に擬態《ぎたい》しているだけよね？　恐《おそ》らく、あなたは竜脚類《りゅうきゃくるい》の一種《いっしゅ》、ブロントサウルスとか……？　この店《みせ》の名前《なまえ》、八百屋《やおや》なのに〈かみなり〉っておかしいなと前《まえ》から思《おも》ってたの。でもブロントサウルスならしっくりくるわ。だってブロントサウルスって〈雷トカゲ《かみなり》〉って意味《いみ》だもんね」

「くぁああ……そのとおりだ。俺《おれ》はブロントサウルスだ。あ、心配《しんぱい》しないでくれ。こう見《み》えて草食《そうしょく》なんだ」

「知《し》ってるわよ、それくらい」

ブロントサウルスなんて、そのへんの幼稚園児《ようちえんじ》でも知《し》ってるくらいのメジャー級《きゅう》の恐竜《きょうりゅう》じゃないの。馬鹿《ばか》にしないでほしい。

「そうか……バレちまったかぁ、しまったなぁ……」

「バレないとでも思《おも》ったの？」

あんなに首《くび》が長《なが》くなれば、恐竜《きょうりゅう》とは思《おも》わないまでも、じゅうぶん妖怪《ようかい》だわ。病気《びょうき》などと言《い》ってごまかせると思《おも》ったところに、だいぶわきの甘《あま》さがあるよねぇ。

「春《はる》なのがいけないよな」

「な、なんで春《はる》がいけないの……」

「暖《あたた》かくなるだろ？　そうすると、それまでマフラーで覆《おお》っていた首《くび》が痒《かゆ》くって、つい気《き》を抜《ぬ》いたときに伸《の》ばしたくなるんだよなぁ」

「……でも、たぶんそんなことしなくても、そのうち気《き》づいたと思《おも》う」

「え、なんで？　どうして？」

言《い》いながらシンスケさんはキャベツをまるごと口《くち》に入《い》れて頰張《ほおば》った。

「ふつうの人《ひと》は、キャベツをまるごと頰張《ほおば》ったりできないもの」

「え、だって臼歯《きゅうし》があるでしょ？」

「そういう問題《もんだい》じゃないから！　そもそも口《くち》が小《ちい》さくて入《はい》らないし」

「うそ……」

やれやれ。何年人間《なんねんにんげん》に擬態《ぎたい》してきたのか知《し》らないけど、これでは先《さき》が思《おも》いやられる。

「まあいいや、それで、白亜《はくあ》ちゃん、君《きみ》はなんで追《お》われてたんだ？」

わたしは、この天然《てんねん》なブロントサウルスにこれまでの事情《じじょう》をかいつまんで話《はな》すことにした。

話《はなし》を聞《き》き終《お》えると、シンスケさんはううむと低《ひく》く唸《うな》り声《ごえ》を上《あ》げた。

「そいつはちょっと厄介《やっかい》なことに巻《ま》き込《こ》まれてるみたいだな。どうりで、ディロフォサウルスの連中《れんちゅう》が血相変《けっそうか》えて追《お》いかけてるわけだ。君《きみ》は、言《い》ってみりゃ指名手配《しめいてはい》の身《み》ってわけよ」

「し、指名手配《しめいてはい》……？　そんな、わたし何《なに》もしてないのに！」

「ディロフォサウルスの連中《れんちゅう》の論理《ろんり》は簡単《かんたん》さ。奴《やつ》らは白亜《はくあ》ちゃんが逃《に》げた時点《じてん》で、君《きみ》が犯人《はんにん》だということを認定《にんてい》している。あとは有無《うむ》を言《い》わさず、ひたすら捜《さが》して、息《いき》の根《ね》を止《と》める。それだけなんだ。いつもそうさ。奴《やつ》らは腐肉食恐竜《ふにくしょくきょうりゅう》だからふだんは無害《むがい》なんだ。ところが、自分《じぶん》の種族《しゅぞく》を攻撃《こうげき》されたりするとね、急《きゅう》におかしな具合《ぐあい》になっちまう。相手《あいて》が白《しろ》でも黒《くろ》でも関係《かんけい》なくなるのさ」

「なるほど……」

とんだとばっちりだ。

「まあでも、そこは人間《にんげん》の社会《しゃかい》もあんまり変《か》わらないだろうけどな。けじめさえつければいい、みたいなところは、どこにでもあるさ。それこそ、学校《がっこう》にもあるんじゃないか？　誰《だれ》も真実《しんじつ》がどうかなんて考《かんが》えたりしない。真実《しんじつ》っぽいものが差《さ》し出《だ》されないと納得《なっとく》しないだけでさ」

そういえば去年《きょねん》の夏《なつ》、雄一《ゆういち》の作《つく》った紙粘土《かみねんど》の恐竜《きょうりゅう》が壊《こわ》される騒《さわ》ぎがあった。雄一《ゆういち》はその頃《ころ》も今《いま》と同《おな》じで孤立《こりつ》しがちだったから、誰《だれ》かが意地悪《いじわる》でやった可能性《かのうせい》があった。クボっちは、犯人捜《はんにんさが》しを諦《あきら》めなかった。わたしたちの誰《だれ》かがやった、さもなくば集団《しゅうだん》でやったのだ、と粘《ねば》り強《づよ》く食《く》い下《さ》がった。

きっと、その数《すう》カ月前《げつまえ》に、都内《とない》でいじめを苦《く》にして自殺《じさつ》した中学生《ちゅうがくせい》の通《かよ》っていた学校《がっこう》が、原因《げんいん》追及《ついきゅう》をあいまいにしようとしてマスコミに叩《たた》かれていたせいだろう。ふだんは大《たい》して正義心《せいぎしん》も見《み》せないくせに、やけに熱心《ねっしん》だった。

でも、あの誰《だれ》にでもコクるお調子者《ちょうしもの》のマキムラがおずおずと手《て》を上《あ》げ、体育《たいいく》の授業《じゅぎょう》に行《い》くときに慌《あわ》てて走《はし》って肘《ひじ》がぶつかったのだと話《はな》すと、クボっちはとたんに告白《こくはく》したことの勇気《ゆうき》を褒《ほ》めたたえ、マキムラ君《くん》は気《き》をつけなさい、雄一君《ゆういちくん》、許《ゆる》してあげなさいね、と言《い》って授業《じゅぎょう》に戻《もど》ってしまった。

そのときわたしは思《おも》ったのだ。

クボっちは都合《つごう》のいい真実《しんじつ》がほしくて懸命《けんめい》に追及《ついきゅう》していただけなんだ、と。

自白《じはく》なんて、証拠能力《しょうこのうりょく》がどこまであるのか定《さだ》かじゃないのに。だって、誰《だれ》かに言《い》わされた可能《かのう》性《せい》だってある。でも、もうその話題《わだい》はクラスでは二度《にど》と持《も》ち出《だ》されなかった。誰《だれ》も、その話《はなし》をしたくないみたいだった。

恐竜《きょうりゅう》だけじゃない。人間《にんげん》も、けっこう人間《にんげん》っぽくないんだよね。

「さて、ここからが問題《もんだい》だぞ。もう君《きみ》は家《いえ》に帰《かえ》れないわけだ……」

「でも、ママやパパは心配《しんぱい》していると思《おも》う」

「だろうな。でも仕方《しかた》ないさ。命《いのち》には替《か》えられない。それともパパやママは、白亜《はくあ》ちゃんが死《し》んでも、そばにいてくれたほうがいいの？」

「そうじゃないけど……でもトオルさんがいるし、きっと今度《こんど》は守《まも》って……」

「あいつ一人《ひとり》じゃ、とても勝《か》ち目《め》はねえな。この中野区《なかのく》のなかにディロフォサウルスは五十匹《ごじっぴき》以《い》上《じょう》いる。フーコちゃんは、ディロフォサウルス日本支部局《にほんしぶきょく》の親玉《おやだま》だった。世界的《せかいてき》な親玉《おやだま》はほら、あのすげーコスチュームで歌《うた》ってるアメリカの女性歌手《じょせいかしゅ》の……」

シンスケさんの出《だ》した名前《なまえ》は、世界《せかい》の九割《きゅうわり》の人《ひと》が知《し》っていると思《おぼ》しきあの大物歌手《おおものかしゅ》だった。

「あの人《ひと》、ディロフォサウルスだったの!?」

「そうだよ。知《し》らなかったのかい？」

知《し》るわけがない。こちとら人間《にんげん》なんだから。

「けっこう有名《ゆうめい》な話《はなし》だぜ？」

「恐竜界《きょうりゅうかい》で、でしょ？」

「あ、そうか、君《きみ》は人間《にんげん》だったな。そりゃ知《し》るわけないか。がっはっはっは」

がっはっはっはじゃないだろ。

「まあとにかくだ。いま白亜《はくあ》ちゃんを追《お》ってる奴《やつ》らは、中野区内《なかのくない》でもかなり名《な》の知《し》られたゴロツキどもだ。奴《やつ》らは、攻撃《こうげき》するとなったらかなりしつこいぞ」

恐竜界《きょうりゅうかい》でも有名《ゆうめい》なゴロツキ……。そいつらにわたしは追《お》われてるわけ？　死《し》んじゃう……。

「じゃあ……ここに匿《かくま》ってくれますか？」

「そいつはできねえんだ。本当《ほんとう》はいまここに入《い》れてあげてるだけでも、おっかなびっくりよ。奴《やつ》らは鼻《はな》がいい。一日《いちにち》もここにいたら、あっという間《ま》に嗅《か》ぎつけられちまうだろうし、明日《あした》にでも店《みせ》を開《ひら》けば、俺《おれ》の身体《からだ》から君《きみ》の匂《にお》いを感《かん》じ取《と》るはずだ。白亜《はくあ》ちゃんは人間《にんげん》だから気《き》づかねえだろうけど、人間《にんげん》ってのは、同《おな》じ空間《くうかん》にいるだけでかなり人間臭《にんげんくさ》いんだ。だから、一晩《ひとばん》は泊《と》められない。うっかり助《たす》けちまったが、たらふく食《く》ったら、あとは出《で》て行《い》ってくれ」

ひどい。手《て》を差《さ》しのべたなら最後《さいご》まで徹底《てってい》してほしい。でも助《たす》けてもらっただけ感謝《かんしゃ》しなきゃダメか。シンスケさんだって、世界恐竜協会《せかいきょうりゅうきょうかい》の会則違反《かいそくいはん》になることを承知《しょうち》で助《たす》けてくれたんだから。

すると、そんな思考《しこう》が読《よ》まれたものか、シンスケさんは言《い》った。

「何《なん》にせよ、君《きみ》は自分《じぶん》の冒険心《ぼうけんしん》から厄介《やっかい》ごとに首《くび》を突《つ》っ込《こ》んだわけだ。だったら、けじめは自分《じぶん》でつけなくちゃならない。それはどんな世界《せかい》でもそうさ。ここにかぎった話《はなし》じゃない。君《きみ》は自分《じぶん》のやるべきことをやるべきなんだ」

「わたしのやるべきこと……それは自分《じぶん》の疑《うたが》いを晴《は》らすこと、かな。出口風子先生《でぐちふうこせんせい》が誰《だれ》かべつの恐竜《きょうりゅう》に襲《おそ》われた可能性《かのうせい》は考《かんが》えられない？」

「ううむ。そうなあ。まあ、たとえばカラスでもハイエナでも何《なん》でもそうだけどよ、腐肉食動物《ふにくしょくどうぶつ》の連中《れんちゅう》の肉《にく》って、通常《つうじょう》あんまりおいしくないわけよ。だから、ディロフォサウルスを襲《おそ》う連中《れんちゅう》ってのも、いない。天敵《てんてき》がいないんだな。君《きみ》らの世界《せかい》でも、カラスを狙《ねら》うケモノなんかめったにいないだろ？」

「たしかに。それでも彼女《かのじょ》に何《なん》らかの身《み》の危険《きけん》が迫《せま》ったからこそ、フーコさま……風子先生《ふうこせんせい》は仲《なか》間《ま》に何《なに》も言《い》わずに逃走《とうそう》することになったんだと思《おも》うの」

「まあそれはそうかもしれないな。だが、食《た》べたらまずいよ、たぶん。オレ草食系男子《そうしょくけいだんし》だからよくわかんないけどね」

シンスケさんはそう言《い》って今度《こんど》はバケツ一杯分《いっぱいぶん》はあろうかというニンジンをむしゃむしゃと平《たい》

らげた。草食系男子《そうしょくけいだんし》のイメージとだいぶちがうんですが……。

「あ、でもひとつ考《かんが》えられる奴《やつ》がいた」

「誰《だれ》ですか？」

「胃袋《いぶくろ》が強《つよ》くて、何《なに》食《た》べてもお腹壊《なかこわ》さない奴《やつ》。そういう奴《やつ》なら、平気《へいき》かもしれない」

「それ、誰《だれ》……？」

すると、シンスケさんは盛大《せいだい》にゲップをしてからニヤリと笑《わら》った。

「決《き》まってるだろ。この手《て》のことにかけて、有名《ゆうめい》なのは、そりゃあティラノサウルスさ。何《なん》でもぺろりんこだ」

「な、何《なん》ですって！　ティラノが……この中野《なかの》に？」

「いるよ。ありとあらゆる恐竜《きょうりゅう》がここで肩《かた》を寄《よ》せ合《あ》って暮《く》らしてるんだから。最近《さいきん》の日本支部局《にほんしぶきょく》のボスは、あの原宿系《はらじゅくけい》の読者《どくしゃ》モデルから大《だい》スターになったあの子《こ》さ」

あの世界的《せかいてき》に有名《ゆうめい》なアイドル歌手《かしゅ》、ティラノだったのか！

「ティラノサウルスってさんざん怖《こわ》いイメージついちゃったから、あのアイドルの愛嬌《あいきょう》で押《お》し切《き》ってティラノの怖《こわ》いイメージを変《か》えていくことにしたわけね？」

アメリカの大物《おおもの》シンガーよりある意味衝撃《いみしょうげき》かもしれない。

「そうだよ。まあ、あそこまで偉《えら》くなっちまうと、こっちにはやってこねえけどな。まあ何《なん》にせよだ、ティラノは最強《さいきょう》ではあるが、怒《おこ》れば何《なん》だって食《た》べるって意味《いみ》で、グルメじゃないわけよ。それこそ、ディロフォサウルスだって軽《かる》くたいらげるだろうな」

脳内《のうない》イメージは大暴《おおあば》れする巨大《きょだい》アイドルなのであまり怖《こわ》くない。

「……ちなみにジュラシッ区内《くない》だとティラノの活動領域《かつどうりょういき》はどの辺《あた》りになるの？」

「それだけどね。じつは、白亜《はくあ》ちゃんの通《かよ》っているひかり小学校《しょうがっこう》の真裏《まうら》なんだ」

「真裏《まうら》……」

すると、考《かんが》えようによっては、ティラノがフーコさまを尾《つ》け狙《ねら》っていたという推理《すいり》も可能《かのう》になるのではないかしら……。

問題《もんだい》は動機《どうき》よね。ティラノだって、好《す》き好《この》んでディロフォサウルスを捕食《ほしょく》しようとは思《おも》わないはず。わざわざ狙《ねら》ったとなれば、それ相応《そうおう》の動機《どうき》がなければおかしい。

ティラノがディロフォサウルスを狙《ねら》う動機《どうき》、か……。わたしが推理《すいり》に行《い》き詰《づ》まっているのを察《さっ》したらしく、シンスケさんが助《たす》け舟《ぶね》を出《だ》してくれた。

「そういうときは、歴史《れきし》を振《ふ》り返《かえ》るこった。ティラノサウルスの糞《ふん》やなんかは、過去《かこ》にもいろいろ発掘現場《はっくつげんば》から見《み》つかっている。それを調《しら》べてみたらどうだ？　過去《かこ》を辿《たど》ることでティラノの生《せい》態《たい》がわかるかもしれん。奴《やつ》がどういうときに怒《おこ》って、どんな行動《こうどう》に出《で》るのか」

糞《ふん》となると、化石《かせき》の調査《ちょうさ》とはかなり種類《しゅるい》が異《こと》なる。生《い》きていたときの痕跡《こんせき》を辿《たど》る学問《がくもん》を、たしか生痕学《せいこんがく》っていうんじゃなかったっけ。この辺《あた》りは、理科《りか》が苦手《にがて》な自分《じぶん》には限界《げんかい》があるなぁ。

雄一《ゆういち》を、召喚《しょうかん》するべきか。

「この時間《じかん》から調《しら》べる方法《ほうほう》ってあるかしら？」

もう外《そと》はすっかり陽《ひ》も落《お》ちてしまっている。時計《とけい》を見《み》ると、夜《よる》の七時《しちじ》。仕方《しかた》ないか、そもそも家《いえ》に戻《もど》ったのがすでに夕方六時頃《ゆうがたろくじごろ》。そこから逃《に》げ回《まわ》って一時間《いちじかん》か。

「学校《がっこう》の図書室《としょしつ》は、この時間《じかん》なら誰《だれ》もいないし、使《つか》いたい放題《ほうだい》じゃないのか？」

「……無理《むり》だわ、もう学校《がっこう》には生徒《せいと》は入《はい》れない時間《じかん》よ」

それどころか、今日《きょう》は教師《きょうし》だってほとんどいないだろう。なにせ明日《あした》は卒業式《そつぎょうしき》なんだから。

ところが、シンスケさんはにやりと笑《わら》った。

「ちっちっち。何《なん》のためのブロントサウルスだと思《おも》ってるんだい？」

第六章《だいろくしょう》　夜《よる》の図書室《としょしつ》

1

シンスケさんの言《い》ったことは正《ただ》しかった。ブロントサウルスの首《くび》はとても便利《べんり》だった。

シンスケさんは校舎《こうしゃ》の前《まえ》で首《くび》を長《なが》く伸《の》ばすと、三階《さんかい》にある図書室《としょしつ》の窓《まど》の鍵《かぎ》を長《なが》い舌《した》で簡単《かんたん》に解《かい》錠《じょう》してしまった。それから、一度《いちど》戻《もど》ってきてわたしと、途中《とちゅう》から合流《ごうりゅう》した雄一《ゆういち》を頭《あたま》に乗《の》せ、ふたたび図書室《としょしつ》の窓《まど》に顔《かお》を近《ちか》づけた。

「すごい……泥棒《どろぼう》できそう」

雄一《ゆういち》が不謹慎《ふきんしん》な感想《かんそう》をもらすと、シンスケさんは豪快《ごうかい》に笑《わら》った。

「馬鹿《ばかい》言《い》ってんじゃねーぞ坊主《ぼうず》、才能《さいのう》っていうのはな、いいことのために使《つか》うもんだ」

「ご、ごめんなさい」

雄一《ゆういち》はブロントサウルスとの会話《かいわ》にいささか緊張気味《きんちょうぎみ》だった。そりゃそうよね。

「でも、これは『いいこと』？　誰《だれ》もいない校舎《こうしゃ》に無断《むだん》で入《はい》るのは悪《わる》いことだと思《おも》うけど」

わたしが尋《たず》ねると、シンスケさんはがははははっと笑《わら》った。
「ちがいないな」
「でも、助《たす》かったわ」

「いいってことよ。まあ、トオルには俺《おれ》のほうから知《し》らせておくが、とにかく無理《むり》は禁物《きんもつ》だ」

「ありがとう！」

シンスケさんの首《くび》は見《み》る間《ま》に短《みじか》くなり、もとの人間《にんげん》サイズに戻《もど》って窓下《まどした》から手《て》を振《ふ》り、立《た》ち去《さ》った。図書室《としょしつ》の中《なか》は、ひっそりと静《しず》まり返《かえ》っている。本《ほん》たちが噂話《うわさばなし》を中断《ちゅうだん》してわたしたちを固唾《かたず》を飲《の》みながら見守《みまも》っているみたい。

「で、僕《ぼく》はなんで呼《よ》び出《だ》されたのかな？」

沈黙《ちんもく》を破《やぶ》ったのは、雄一《ゆういち》だった。

「塾《じゅく》に今夜《こんや》やりたい大事《だいじ》なプリントを置《お》いてあるから取《と》ってこないとって言《い》って家《いえ》を抜《ぬ》けてきたんだ。あんまり長《なが》い時間《じかん》は……」

「わかってるわよ。もちろんあなたに愛《あい》の告白《こくはく》をするためなんかに呼《よ》び出《だ》したわけじゃないわ」

「……わ、わかってるよ」

ならどうして顔《かお》を赤《あか》らめるわけ？　まあいいけれども。

「あなた、恐竜《きょうりゅう》のこと詳《くわ》しいでしょ。生痕学《せいこんがく》にも詳《くわ》しい？」

「詳《くわ》しくはない。でも、考古学以上《こうこがくいじょう》に興味《きょうみ》はあるよ。将来《しょうらい》はそっちに進《すす》もうかなって」

「やっぱり」

「どうしてわかったの？」

「以前《いぜん》、学校《がっこう》のウサギがお腹《なか》を壊《こわ》したときに、その糞《ふん》を嫌《いや》がらずに触《さわ》って、しかもビニール素材《そざい》のものを食《た》べてしまったことを発見《はっけん》したことがあったでしょ？」

「よく覚《おぼ》えてるね、そんな昔《むかし》のこと。あれ、小四《しょうよん》とかだよ」

雄一《ゆういち》は嬉《うれ》しそうに顔《かお》を上気《じょうき》させる。

「糞《ふん》に平気《へいき》で触《さわ》ってる男子《だんし》なんて初《はじ》めて見《み》たからインパクト絶大《ぜつだい》だったのよ。あなたは糞《ふん》に触《さわ》る系男子《けいだんし》として記憶《きおく》されたってわけ」

「糞《ふん》に触《さわ》る系男子《けいだんし》……何《なん》だよそれ。で、何《なに》が問題《もんだい》なの？」

「ティラノサウルスがディロフォサウルスを食《た》べることがあるかどうか調《しら》べてもらいたいの」

「どうかな……ないと思《おも》うけどね。だってディロフォサウルスっておいしくないと思《おも》うし、あと、もうひとつ言《い》っておくと、ティラノサウルスも魚肉食《ぎょにくしょく》だった可能性《かのうせい》が出《で》てきてるんだよね」

「ティラノサウルスが魚肉食《ぎょにくしょく》？　イメージ崩《くず》れるからやめて」

「そう言《い》われてもね……」と言《い》いつつ、雄一《ゆういち》は書棚《しょだな》を見回《みまわ》し、覚悟《かくご》を決《き》めたようにうなずいた。

「よし、とにかく調《しら》べてみよう」

「そうこなくっちゃ」

2

とはいえ――二人《ふたり》で調《しら》べ出《だ》したものの、わたしは開始五分《かいしごふん》で音《ね》を上《あ》げてしまった。眠《ねむ》たい。活字《かつじ》を追《お》うには、それなりの睡眠《すいみん》が必要《ひつよう》なのね。思《おも》うに、今日《きょう》は朝《あさ》から動《うご》きっぱなしで、しかもたくさんの恐竜《きょうりゅう》に遭遇《そうぐう》するなんてふつうじゃないことばかり体験《たいけん》している。

そんなわけでわたしのほうは体力《たいりょく》の限界《げんかい》だったんだけど、雄一《ゆういち》は自宅《じたく》でちょっと眠《ねむ》ったらしく元気《げんき》に調《しら》べものを進《すす》めてくれたので、助《たす》かった。彼《かれ》は恐竜関係《きょうりゅうかんけい》の本《ほん》の中《なか》から生痕学《せいこんがく》に関《かん》する本《ほん》だけをうまく選《よ》り分《わ》けて調《しら》べているみたいだった。けれど、これといった資料《しりょう》にはなかなか行《い》き当《あ》たらない。

「んん、やっぱそう都合《つごう》よくは見《み》つからないな……ティラノがディロフォサウルスを食《た》べたかどうかなんて資料《しりょう》。でもよほど切羽詰《せっぱつ》まっていればあるかもね。食糧難《しょくりょうなん》とか……」

「いまの東京《とうきょう》ってティラノサウルスにとっては食糧調達《しょくりょうちょうたつ》がむずかしい時代《じだい》だと思《おも》う？」

「知《し》らないよ。現代《げんだい》に恐竜《きょうりゅう》が生《い》きてるなんてこれまで考《かんが》えたこともないし。どういうことなの？　これってやっぱり今日《きょう》のフーコさまの手下《てした》みたいな人《ひと》たちとの件《けん》と関係《かんけい》していること？」

もはやこの少年《しょうねん》に隠《かく》し事《ごと》は無理《むり》か。失神前《しっしんまえ》に彼《かれ》らの会話《かいわ》を聞《き》いてしまったんだもの。

「フーコさまがティラノサウルスに食《た》べられた可能性《かのうせい》を考《かんが》えていたの」

「ううむ。あんな集団《しゅうだん》で凶暴化《きょうぼうか》する奴《やつ》らを、いくら無敵《むてき》とはいえ、ティラノがわざわざ狙《ねら》うかな？　僕《ぼく》のイメージするティラノはもうちょっと知能犯《ちのうはん》だからなぁ。狙《ねら》うにしても、もっと都合《つごう》のいい獲物《えもの》を狙《ねら》う気《き》がするんだよね」

「じゃあ、ティラノがディロフォサウルスを狙《ねら》ったとは考《かんが》えにくい？」

「通常《つうじょう》はないと思《おも》うんだよね。ディロフォサウルスって、映画《えいが》とは違《ちが》ってサイズ大《おお》きいしね。ここからは、僕《ぼく》の推測《すいそく》なんだけど――」

「ふむふむ」

「ティラノサウルスがディロフォサウルスを狙《ねら》ったとしたら、怒《いか》りに駆《か》られた場合《ばあい》じゃないかという気《き》がするんだ。たとえば、ティラノサウルスは子煩悩《こぼんのう》だから、卵《たまご》だとか子《こ》どもに何《なに》かされた場合《ばあい》、怒《いか》りに駆《か》られて――ってことは考《かんが》えられるんじゃないかなと思《おも》う」

映画《えいが》の『ロストワールド／ジュラシック・パーク』でそんな場面《ばめん》があったのを思《おも》い出《だ》す。

「なるほど！　名探偵《めいたんてい》！　でかした！」

ぎゅっと抱《だ》きつくと雄一《ゆういち》は大慌《おおあわ》てで身体《からだ》を離《はな》した。変《へん》な奴《やつ》。わたしの信愛《しんあい》の情《じょう》を拒否《きょひ》するとは。

しかしなかなかいい推理《すいり》じゃない？

ティラノサウルスが怒《いか》りのあまりに想定外《そうていがい》の行動《こうどう》をとることは実際《じっさい》にあったのだろうし、そこまで怒《おこ》るのは、自分《じぶん》の子《こ》どもが絡《から》んでいるときなのかも。

問題《もんだい》は、ティラノはどこに住《す》んでるのか。

そして、もしもフーコさまがまだ生《い》きているなら、ティラノのもとから救《すく》い出《だ》す方法《ほうほう》はあるのかどうか。

この辺《あた》りは、トオルさんに聞《き》くしかないかな……でも家《いえ》に帰《かえ》れないし、どうしたらいい？　そんなことをあれこれと考《かんが》えていたら、とつぜん、電気《でんき》がついた。

わたしはまぶしさに咄嗟《とっさ》に目《め》を細《ほそ》め、雄一《ゆういち》は悲鳴《ひめい》を上《あ》げて「ごめんなさい！」と叫《さけ》んだ。

「何《なに》をしてるんだ？　こんな時間《じかん》に」

その声《こえ》は――。

「白亜《はくあ》さんに雄一《ゆういち》くん。学校《がっこう》の図書室《としょしつ》の利用時間《りようじかん》はとっくに過《す》ぎているよ。それに今日《きょう》は明日《あした》が卒業式《そつぎょうしき》っていう大事《だいじ》な日《ひ》じゃないか」

そう言《い》いながらも、それほど怒《おこ》った声《こえ》じゃない。

よかった。わたしは胸《むね》を撫《な》で下《お》ろした。

入《はい》ってきたのは、イノセンだった。

イノセンは変《か》わり者《もの》だから生徒指導《せいとしどう》のムーランみたいに理不尽《りふじん》に激怒《げきど》したりはしない。くわえて、恐竜《きょうりゅう》のことを調《しら》べていたとでも言《い》えば、むしろ「古生物《こせいぶつ》に興味《きょうみ》があるとは感心《かんしん》！」とか言《い》い出《だ》すかもしれない。

案《あん》の定《じょう》、イノセンはわたしたちが手《て》にしている本《ほん》を見《み》ると嬉《うれ》しそうな顔《かお》になった。

「まあ、勉強熱心《べんきょうねっしん》なのはいいことだ。大丈夫《だいじょうぶ》、内緒《ないしょ》にしておいてあげるよ。でもすぐに帰《かえ》ったほうがいい。夜《よる》の中野《なかの》は危険《きけん》がいっぱいだからね」

イノセンは立《た》ち去《さ》ろうとした。そこで、わたしは閃《ひらめ》いた。この教師《きょうし》には科学《かがく》の豊富《ほうふ》な知識《ちしき》がある。雄一《ゆういち》の推理《すいり》もなかなかだったけれど、理科《りか》の教師《きょうし》が語《かた》る恐竜推理《きょうりゅうすいり》のほうが一般的《いっぱんてき》に考《かんが》えれば、数倍頼《すうばいたよ》れるというものだ。

「じつは、ちょっと相談《そうだん》に乗《の》ってほしいことがあるの」

「何《なん》だろう？」

「恐竜《きょうりゅう》のこと」

「恐竜《きょうりゅう》？」

イノセンは怪訝《けげん》そうな顔《かお》になり、眉間《みけん》に皺《しわ》を寄《よ》せながら、わたしの向《む》かいの椅子《いす》に腰《こし》かけた。

「詳《くわ》しく聞《き》かせてもらおうか」

わたしは、フーコさまのことは伏《ふ》せ、仮定《かてい》の話《はなし》として、ディロフォサウルスとティラノサウルスの追跡劇《ついせきげき》について語《かた》った。ティラノがディロフォサウルスを襲《おそ》う可能性《かのうせい》はあるか、襲《おそ》ったとしたら、動機《どうき》は何《なん》なのか。そして、そんなティラノをおびき出《だ》す方法《ほうほう》はあるのか、ないのか。

「まさか君《きみ》たちが恐竜《きょうりゅう》のことで悩《なや》んでいたとはね。最近《さいきん》いろんな都市伝説《としでんせつ》が流行《はや》ってるみたいだけど、あの男子《だんし》たちが話《はな》しているドラゴンなんて……」

「それはわかってるわ」

たぶん、彼《かれ》はわたしが例《れい》のドラゴンの話《はなし》を真《ま》に受《う》けているとでも思《おも》ったのだろう。

「あのドラゴンの噂《うわさ》とはまったく関係《かんけい》ないことなの。でもとても真剣《しんけん》に悩《なや》んでいるの」

「ふむ……まず、ティラノサウルスが卵《たまご》を狙《ねら》われたからディロフォサウルスを襲《おそ》うというのは考《かんが》えられる。でもどうかな、ディロフォサウルスは、君《きみ》も言《い》っていたとおり、腐肉食恐竜《ふにくしょくきょうりゅう》だ。となると、ディロフォサウルスがティラノサウルスの卵《たまご》を食《た》べたという説《せつ》は、かなり考《かんが》えにくいという気《き》がするね」

「じゃあほかにディロフォサウルスが行方《ゆくえ》を消《け》す理由《りゆう》は何《なに》かありますか？」と雄一《ゆういち》が尋《たず》ねた。

「近年《きんねん》、ディロフォサウルスの骨《ほね》で面白《おもしろ》いものが発見《はっけん》されて話題《わだい》を呼《よ》んだ。これまでに発見《はっけん》された化石《かせき》のなかでも、もっともひどい怪我《けが》をしていた。複数《ふくすう》の骨《ほね》が折《お》れていたにもかかわらず、その状態《じょうたい》で長《なが》いこと生《い》きながらえたようなんだよ。そこから何《なに》がわかると思《おも》う？」

「……何《なに》？　じらさないで教《おし》えてよ」

「ひとつはディロフォサウルスは生命力《せいめいりょく》が強《つよ》いこと。もうひとつは、ディロフォサウルスの骨《ほね》を砕《くだ》くような天敵《てんてき》がいたってことだね。それだけの大《おお》きさとなると、ティラノサウルスやスピノサウルスは有力《ゆうりょく》な候補《こうほ》になるだろうな」

「じゃあやっぱり……」

「攻撃対象《こうげきたいしょう》にはなったんだね。でも、それだけの重傷《じゅうしょう》を負《お》わせながら食《た》べていないから、餌《えさ》にはならないんだろう」

「じゃあ、見《み》つかる可能性《かのうせい》も？」

「あるね。怪我《けが》はしてるかもだけど」

「生《い》きて見《み》つかるかしら……」

「生《い》きて？　おかしなことを言《い》うね」

しまった。不用意《ふようい》なことを言《い》ってしまった。イノセンが興味《きょうみ》を引《ひ》かれたようだった。

「あ、いや、何《なん》でもない」とわたしはごまかした。

「ふむ。生《い》きて見《み》つかるのはどうかな。化石《かせき》だからね」

そうね、ふつうはそうよ。

「ひとつ聞《き》いていいかい？　そんなことを調《しら》べるために、わざわざこんな時間《じかん》に図書室《としょしつ》を訪《おとず》れるのは不自然《ふしぜん》だよ。その問題《もんだい》がよほど切実《せつじつ》なものでないかぎりは、ね」

たしかに、恐竜《きょうりゅう》の失踪《しっそう》の原因《げんいん》を解明《かいめい》するために、すでに校門《こうもん》の閉《し》まっている学校《がっこう》に潜入《せんにゅう》して調《しら》べものをするなんて正気《しょうき》の沙汰《さた》とは思《おも》われない。

こうなったら、話《はな》すか。どうせイノセンは実験《じっけん》マニア。こんな秘密《ひみつ》を話《はな》したからといって、周《しゅう》囲《い》に言《い》いふらすとも思《おも》えない。

「じつは、いま話《はな》した失踪《しっそう》したディロフォサウルスというのは——」

わたしの服《ふく》の裾《すそ》を雄一《ゆういち》がぐいと引《ひ》っ張《ぱ》る。言《い》うなよ、という意味《いみ》だろうか。生意気《なまいき》な。いつも震《ふる》えてるだけのくせに。わたしは構《かま》わず続《つづ》けた。

「出口風子《でぐちふうこ》先生《せんせい》のことなの」

馬鹿《ばか》にされるかと思《おも》った。あるいは、こちらの頭《あたま》を心配《しんぱい》されるのでは、と。

でも、イノセンはそうではなかった。

「なるほど。君《きみ》は恐竜《きょうりゅう》が人間《にんげん》に擬態《ぎたい》して現在《げんざい》も生《い》き延《の》びているという学説《がくせつ》をどこかで知《し》ったわけか」

「え、そんな学説《がくせつ》があるの……？」

「あるとも。まだ古生物学界隈《こせいぶつがくかいわい》では本気《ほんき》にされていないが、アメリカのピーター・ビカランという教授《きょうじゅ》なんか恐竜《きょうりゅう》が人間《にんげん》に擬態《ぎたい》している可能性《かのうせい》は九十《きゅうじっ》パーセント以上《いじょう》だと言《い》っているくらいさ」

「そうなんですか……」

ここ最近《さいきん》、自分《じぶん》が味《あじ》わっているあまりにファンタスティックすぎて他人《たにん》に言《い》えないような体験《たいけん》に考古学上《こうこがくじょう》の根拠《こんきょ》があるなどと言《い》われると妙《みょう》に安心《あんしん》してしまう。

「なるほどなるほど、つまり君《きみ》たちは出口先生《でぐちせんせい》を観察《かんさつ》した結果《けっか》、彼女《かのじょ》がディロフォサウルスなのではないかと見当《けんとう》をつけたわけだ。すごいな。大《たい》した脳《のう》みそだ」

「いや、そんな大袈裟《おおげさ》なことでは……」

じつは居候探偵《いそうろうたんてい》のヴェロキラプトルに教《おし》えてもらったなどと言《い》うわけにもいかない。

「謙遜《けんそん》することはない。君《きみ》たちの推理《すいり》はとても素晴《すば》らしいよ。そうだね、たしかに彼女《かのじょ》にはディロフォサウルスを疑《うたが》うべきところがいくつもあった。あのトサカを思《おも》わせる勝《か》ち気《き》な性格《せいかく》とかね。どうして気《き》づかなかったかな……」

ふつう気《き》づかないだろ、というツッコミは控《ひか》えておく。こんな話《はなし》を理科《りか》の教師《きょうし》がまともに受《う》け止《と》めてくれることの奇跡《きせき》に甘《あま》んじたほうがいい。これまでオタクっぽいとか思《おも》っていたことを申《もう》し訳《わけ》なく思《おも》ったくらいだった。

「しかし、出口先生《でぐちせんせい》の失踪《しっそう》となれば、あらゆる手《て》を尽《つ》くさなくてはならないね。いまの段階《だんかい》では原因《げんいん》をひとつに絞《しぼ》れるわけではないし。そう考《かんが》えると、さっき君《きみ》の言《い》った、ティラノサウルスに襲《おそ》われた説《せつ》というのも、視野《しや》に含《ふく》めたほうがいいかな。実験《じっけん》というのは、すべての可能性《かのうせい》を数値《すうち》化《か》していくことだからね」

「どんな実験《じっけん》をすればいいの？」

「そうだな……いや、これは危険《きけん》だから……」

イノセンは何事《なにごと》か言《い》いかけて、ためらうそぶりを見《み》せた。

「大丈夫《だいじょうぶ》よ。わたしはいま、ディロフォサウルスの一味《いちみ》に出口先生《でぐちせんせい》を殺《ころ》した犯人《はんにん》と疑《うたが》われて逃《に》げているの。どうせとっても危険《きけん》な状況《じょうきょう》なの。だから、どんな実験《じっけん》でもやりたい」

「え、そうだったの？」

事情《じじょう》をくわしく知《し》らなかった雄一《ゆういち》はびっくりしたようだった。

「探偵《たんてい》たるもの秘密《ひみつ》を抱《かか》えているものなのよ」

「な、なに言《い》ってんだよ……」

ほんと、なに言《い》ってるんだろう、わたし。命《いのち》が危険《きけん》にさらされてるってときに。

「君《きみ》たちの置《お》かれた状況《じょうきょう》はよくわかった。しかし、やはりかなり危険《きけん》な実験《じっけん》になるからなぁ……」

イノセンは頭《あたま》を抱《かか》えた。教師《きょうし》としての倫理《りんり》に反《はん》するとでも考《かんが》えているのかもしれない。たしかに危険《きけん》な実験《じっけん》をしてわたしたちが怪我《けが》でもすれば、教師《きょうし》として責任《せきにん》を問《と》われることになるだろう。

「かまわないわ。イノセンに言《い》われてしたとは絶対誰《ぜったいだれ》にも言《い》わないから」

「食《た》べられてしまっても、かい？」

イノセンが不安《ふあん》そうに、わたしたちを見《み》やった。

4

「それは……」さすがに食《た》べられてもいいとまでは言《い》えない。わたしだって命《いのち》は惜《お》しい。でも、せっかくだし、実験《じっけん》の内容《ないよう》くらい聞《き》いてみたい。

「とりあえず、実験《じっけん》の内容《ないよう》を教《おし》えてよ」

「うむ。簡単《かんたん》な実験《じっけん》なんだ。ティラノサウルスを直接《ちょくせつ》おびき寄《よ》せて捕獲《ほかく》する。そうすれば、その胃袋《いぶくろ》を直接調《ちょくせつしら》べることもできるし、出口先生《でぐちせんせい》の行方《ゆくえ》もわかるだろう。ティラノサウルスもやはり人間《にんげん》に擬態《ぎたい》できるんだろうか」

「できると思《おも》われます」

「よし、ティラノが人間《にんげん》に擬態《ぎたい》できるということは、交渉次第《こうしょうしだい》では出口先生《でぐちせんせい》を助《たす》け出《だ》せる可能性《かのうせい》も、わずかながら出《で》てきたな」

「人質交渉《ひとじちこうしょう》ですか……」

「ティラノサウルスは死肉《しにく》を食《た》べる腐肉食恐竜《ふにくしょくきょうりゅう》だったかもしれないんだ。そうなると、出口先生《でぐちせんせい》を傷《きず》つけてもしばらくは息《いき》のあるまま放《ほう》っておく可能性《かのうせい》は大《おお》いにあると思《おも》うんだ」

あまり想像《そうぞう》したくない光景《こうけい》だった。

「わかったわ。で、ティラノサウルスを直接《ちょくせつ》おびき寄《よ》せる方法《ほうほう》なんだけど、どうやってやるの？」

イノセンは、わたしを見《み》た。

それから、わたしの頭《あたま》のあたりに手《て》で線《せん》をつくった。

「君《きみ》は小学生《しょうがくせい》にしてはわりと背《せ》が高《たか》いほうだね」

「気《き》にしているの。ご指摘《してき》ありがとう」

「気《き》にすることはない。どうせもうすぐ中学生《ちゅうがくせい》だ。それより、君《きみ》が出口先生《でぐちせんせい》とほぼ同《おな》じ身長《しんちょう》だってことが重要《じゅうよう》なんだよ。つまり、君《きみ》は出口先生《でぐちせんせい》の身代《みが》わりになれる」

「身代《みが》わりに？」

聞《き》くからに危険《きけん》な香《かお》りがする。

「だって、ティラノがすでにフーコさまを捕獲《ほかく》しているなら、わたしがフーコさまではないことは明白《めいはく》じゃない？」

「恐竜《きょうりゅう》は鼻《はな》がいい。逆《ぎゃく》に、においだけで誤《あやま》った判断《はんだん》を下《くだ》すこともあるのでは？」

「あ！」すっかり恐竜《きょうりゅう》の嗅覚《きゅうかく》のことを失念《しつねん》していた。

「出口先生《でぐちせんせい》はディロフォサウルスだから捕獲《ほかく》されたのか、人間《にんげん》に擬態《ぎたい》していたから捕獲《ほかく》されたのか。僕《ぼく》は人間《にんげん》に擬態《ぎたい》して人間《にんげん》らしいにおいをさせていたからじゃないかと思《おも》うね。ティラノサウルスといえど、腐肉食恐竜《ふにくしょくきょうりゅう》のディロフォサウルスを好《この》んで狙《ねら》ったとは考《かんが》えにくい。そうなると、外見《がいけん》が人間《にんげん》だったときに襲《おそ》ったと考《かんが》えたほうがまだ納得《なっとく》できる気《き》がするんだ。人間《にんげん》の生肉《なまにく》や腐肉《ふにく》がおいしいかどうかは知《し》らないが、腐肉食恐竜《ふにくしょくきょうりゅう》よりはマシなんじゃないかという気《き》がする」

「なるほど。たしかに、ディロフォサウルスよりはマシなのかもしれませんが……」と雄一《ゆういち》が言《い》う。

ちょっと待《ま》ちたまえ。思《おも》わずわたしは雄一《ゆういち》を睨《にら》む。あなた、わたしが餌《えさ》になっていいと思《おも》ってるの？　わたしの無言《むごん》の圧力《あつりょく》に、雄一《ゆういち》の目《め》が泳《およ》いだ。

イノセンは続《つづ》けた。

「だから、どうだろう、たとえば出口先生《でぐちせんせい》の持《も》ち物《もの》を身《み》につけて、屋外《おくがい》に立《た》ってみるというのは。たしかに危険《きけん》な作戦《さくせん》だし、僕《ぼく》からやろうとは言《い》えない。でも、もし君《きみ》がこの作戦《さくせん》に乗《の》るなら、全力《ぜんりょく》でサポートする。それこそ、絶対《ぜったい》に君《きみ》を死《し》なせないようにね」

「おとり……でもティラノから身《み》を守《まも》るなんてできるの？」

それが問題《もんだい》だ。おとりになるのはいいが、そのまま食《た》べられてしまうのは勘弁《かんべん》してほしい。すると、イノセンはしばらくじっと考《かんが》えてから首《くび》を横《よこ》に振《ふ》った。

「わからない。でも、もしも君《きみ》が疑惑《ぎわく》を晴《は》らせる可能性《かのうせい》があるとしたら、おとり作戦《さくせん》しかないだろう」

なんて無責任《むせきにん》な……。それが教師《きょうし》の言《い》う台詞《せりふ》か！

「だ、だいたい、フーコさまの服《ふく》なんかどこに……」

すると、イノセンがにやりと笑《わら》った。

「彼女《かのじょ》は学校《がっこう》に何着《なんちゃく》か着替《きが》えを用意《ようい》しているんだ。帰《かえ》りに着替《きが》えられるようにね。たしか、今日《きょう》見《み》たときにも一着《いっちゃく》は置《お》いてあったはず。急《きゅう》な出張《しゅっちょう》にでも備《そな》えておくつもりだったのかもね。それを着《き》てみたらいいよ」

衣装《いしょう》まで用意《ようい》されてはステージに立《た》たないわけにはいかない。弱《よわ》ったことになったわね。

「おとりはいつやるの？」

「善《ぜん》は急《いそ》げという。今夜《こんや》はどうだろう？」

「……わかった」

「服《ふく》は彼女《かのじょ》のロッカーにあるはずだ。二十分後《にじっぷんご》に理科室《りかしつ》に集合《しゅうごう》だ。僕《ぼく》はティラノサウルスを捕獲《ほかく》するための準備《じゅんび》をする」

本当《ほんとう》にそんなことができるのだろうか。

でも、イノセンの目《め》はらんらんと輝《かがや》いていた。実験《じっけん》マニアのこの男《おとこ》なら、もしかしたら何《なに》か策《さく》があるのかもしれない。イノセンを信《しん》じてみよう。

わたしたちは職員室《しょくいんしつ》のほうへと歩《ある》き出《だ》した。仄暗《ほのぐら》い廊下《ろうか》は、心細《こころぼそ》いわたしの気持《きも》ちそのままに頼《たよ》りない光《ひかり》を湛《たた》えていた。命《いのち》の保証《ほしょう》のないおとりになる。それで、ディロフォサウルスたちからの疑《うたが》いが晴《は》れるかもしれないのだ。これは、孤独《こどく》な探偵《たんてい》に課《か》せられた、宿命《しゅくめい》みたいなもの。

わたしは強《つよ》くたくましくなるのだ。

自分《じぶん》に着《き》せられた汚名《おめい》は自分《じぶん》ひとりの力《ちから》で、何《なん》とかしてみせる。誰《だれ》にも迷惑《めいわく》はかけない。

深呼吸《しんこきゅう》をひとつしてから、早足《はやあし》で歩《ある》き出《だ》した。

第七章《だいななしょう》　おどり作戦《さくせん》

1

捕獲場所《ほかくばしょ》を運動場《うんどうじょう》にしようと言《い》ったのは、イノセンだった。理科室《りかしつ》から、イノセンがアーチェリーで麻酔《ますい》を塗《ぬ》った矢《や》を射《う》ち込《こ》むのだそうだ。

「そもそもその麻酔《ますい》、ティラノサウルスに効《き》くの？」

「通常《つうじょう》の、何百倍《なんびゃくばい》もの効果《こうか》がある。僕《ぼく》が大型生物捕獲用《おおがたせいぶつほかくよう》に開発《かいはつ》したものだから間違《まちが》いないよ」

「大型生物捕獲用《おおがたせいぶつほかくよう》に開発《かいはつ》って……イノセン何《なに》をやる気《き》だったのよ」

「ときどき地方《ちほう》の友人《ゆうじん》に頼《たの》まれるのさ。イノシシやクマをラクに捕獲《ほかく》したいってね。それで開発《かいはつ》した。超強力《ちょうきょうりょく》な麻酔薬《ますいやく》。人間《にんげん》に射《さ》したら、間違《まちが》いなくあの世行《よい》き」

「え、それわたしに間違《まちが》って当《あ》たったらどうするの？」

「大丈夫《だいじょうぶ》さ。僕《ぼく》は大学時代《だいがくじだい》、アーチェリー部《ぶ》にいたからね。命中力《めいちゅうりょく》はたしかなもんだよ」

いやたしかなもんだよって言《い》われてもね……。そんなロビン・フッドみたいなことができるのか。いささか不安《ふあん》になってきた。でも、たとえマシンを使《つか》って命中《めいちゅう》の精度《せいど》を上《あ》げたところで、リアリティに欠《か》ける作戦《さくせん》に聞《き》こえるのは変《か》わらないだろう。というか、そもそもティラノサウルス捕獲《ほかく》という時点《じてん》でだいぶリアリティはないのよね。

〈ジュラシック・パーク〉シリーズでもティラノサウルスの捕獲作業《ほかくさぎょう》はすべて失敗《しっぱい》に終《お》わっている。あれだけの科学技術《かがくぎじゅつ》でもってしても制御《せいぎょ》できないティラノサウルスを、アーチェリーの腕《うで》でどうにかしようっていうのが、日本《にほん》のCG技術力並《ぎじゅつりょくな》みに頼《たよ》りない。しかし、これも自分《じぶん》でやりますと腰《こし》を上《あ》げた作戦《さくせん》なんだからと腹《はら》をくくるしかない。とにかくイノセンを信《しん》じてみよう。

フーコさまの服《ふく》は、自分《じぶん》の服《ふく》を下《した》に着込《きこ》んでいたからか、ぴったりとわたしの身体《からだ》にフィットしていた。でもこれちょっとセクシーすぎない？　わたしが着《き》ているのは、例《れい》のワニ革《がわ》のワンピースだった。これ、困《こま》ったことに丈《たけ》が短《みじか》すぎる。お陰《かげ》で中《なか》の自分《じぶん》のスカートの裾《すそ》を折《お》り曲《ま》げてピン止《ど》めしなくてはならなかった。まあ運動場《うんどうじょう》だし、誰《だれ》が見《み》てるってわけでもないからいいけど、見《み》た瞬間《しゅんかん》、雄一《ゆういち》は鼻血《はなぢ》が出《で》るとか言《い》ってティッシュで鼻《はな》を押《お》さえだすし、本当《ほんとう》にやめてくれと思《おも》った。

そんな衣装《いしょう》に袖《そで》を通《とお》し、待《ま》つこと十五分《じゅうごふん》。徐々《じょじょ》に風《かぜ》は冷《つめ》たくなり、わたしの頬《ほお》をすり抜《ぬ》けていく。ふと、大地《だいち》に微《かす》かな揺《ゆ》れを感《かん》じた。運動場《うんどうじょう》を二方向《ふたほうこう》から照《て》らすライトが、その揺《ゆ》れを受《う》けて大《おお》きくゆらめいている。そのライトの揺《ゆ》れによって、自分《じぶん》の感《かん》じた揺《ゆ》れが気《き》のせいではないとわかった。

揺《ゆ》れは、徐々《じょじょ》に大《おお》きくなっていった。校舎《こうしゃ》の窓《まど》がカタカタと揺《ゆ》れ、運動場《うんどうじょう》を囲《かこ》う網《あみ》を吊《つ》るしているワイヤーまでもが揺《ゆ》れはじめた。

やがて——網《あみ》の裂《さ》けた部分《ぶぶん》から、一人《ひとり》の男《おとこ》が入《はい》り込《こ》んできた。彼《かれ》はすぐにわたしを見《み》つけた。

チェックの服《ふく》、縁《ふち》なし眼鏡《めがね》、その色素《しきそ》の薄《うす》い顔《かお》、すべてに見覚《みおぼ》えがあった。それもそのはず、そこに立《た》っていたのは、わたしの推《お》しメン、区立図書館司書《くりつとしょかんししょ》の零楠《れいなん》さんだったのだ。

2

零楠《れいなん》さんは、まっすぐこちらに向《む》かって歩《ある》いてくる。

っていうか、なぜいまこの人《ひと》が運動場《うんどうじょう》に現《あらわ》れたの？

しかも——零楠《れいなん》さんの足音《あしおと》が、地響《じひび》きと連動《れんどう》している。ウソでしょ？　どういうこと？

え、つまり……零楠《れいなん》さんが、ティラノサウルスだったの？

全身《ぜんしん》に緊張《きんちょう》が走《はし》る。見《み》た目《め》が人間《にんげん》でも、ただ擬態《ぎたい》しているだけかもしれない。ここから一気《いっき》に巨大《きょだい》に変身《へんしん》することはじゅうぶん考《かんが》えられた。

けれど、零楠《れいなん》さんは、わたしの姿《すがた》を見《み》て一言《ひとこと》こう尋《たず》ねた。

「君《きみ》はいつも図書館《としょかん》に来《き》ている……たしか、樹《じゅ》羅野白亜《らのはくあ》さん、じゃないですか。ここで何《なに》をしているんです？」

彼《かれ》はいつもどおり丁寧《ていねい》な口調《くちょう》だった。それもわたしに向《む》かって。やっぱり、恐竜《きょうりゅう》じゃないよね？

「こんな時間《じかん》に、何《なに》か大切《たいせつ》なご用事《ようじ》でも？」

もう一度《いちど》零楠《れいなん》さんは尋《たず》ねた。

「それは……」

わたしは雄一《ゆういち》がいるはずの花壇《かだん》のほうを見《み》た。でも、雄一《ゆういち》は臆病《おくびょう》にも、顔《かお》を引《ひ》っ込《こ》めてパンジーの陰《かげ》に隠《かく》れてしまった。

理科室《りかしつ》を見上《みあ》げた。理科室《りかしつ》の電気《でんき》はすでに消《き》えている。電気《でんき》がついていると、ティラノサウルスの標的《ひょうてき》になるという考《かんが》えからだったが、イノセンはその窓《まど》からこちらを見《み》ているはず。何《なに》か言《い》

ってよ。でも、窓《まど》は開《あ》かない。

仕方《しかた》ない。わたしはしょうじきに話《はな》した。

「フーコさまを……出口風子《でぐちふうこ》先生《せんせい》を返《かえ》してほしいだけなの」

「ん？　何《なん》のお話《はなし》をしているんです？」

「わたしたちの学校《がっこう》の先生《せんせい》よ」

「あ、そうなんですか？　なんだかよくわかりませんが。いえ、じつは僕《ぼく》はここの卒業生《そつぎょうせい》なのですよ。前《まえ》を通《とお》ったら懐《なつ》かしくなってしまいましてね。そうしたら、よく図書館《としょかん》でお見《み》かけするお嬢《じょう》さんがいたというわけです。狭《せま》い街《まち》とはいえ、奇遇《きぐう》ですね」

零楠《れいなん》さんは場《ば》にそぐわないほど爽《さわ》やかに微笑《ほほえ》んだ。わたしは場《ば》にそぐわないほど頬《ほお》を赤《あか》らめねばならなかった。何《なに》やってんだ、わたし。

「そ……そうですね」

「また春休《はるやす》みには図書館《としょかん》にお越《こ》しくださいね。いい本《ほん》を紹介《しょうかい》させていただきます。それでは、僕《ぼく》は失礼《しつれい》します。もう暗《くら》いですから、白亜《はくあ》さんもお早《はや》めにお帰《かえ》りになったほうがいいですよ」

それだけ言《い》い残《のこ》すと、零楠《れいなん》さんは回《まわ》れ右《みぎ》をして、入《はい》ってきたときのように網《あみ》の裂《さ》け目《め》から出《で》て行《い》ってしまった。

あれ——？　やっぱりティラノサウルスじゃなかった？

勘違《かんちが》いか……。緊張《きんちょう》した身体《からだ》にどっと疲労感《ひろうかん》が押《お》し寄《よ》せてくる。救《すく》われた。けれど、なぜかまだ震動《しんどう》は去《さ》らない。零楠《れいなん》さんは遠《とお》ざかったけれど、震動《しんどう》はむしろ、近《ちか》づいていた。

うそ——。

今度《こんど》こそティラノサウルスだろうか。

わたしは全身《ぜんしん》に力《ちから》を入《い》れた。

イノセン、お願《ねが》い、確実《かくじつ》に仕留《しと》めて。そうすれば、わたしの汚名《おめい》は返上《へんじょう》できるはず。

やがて、校門《こうもん》の向《む》こうから、大《おお》きな黒《くろ》い影《かげ》が現《あらわ》れた。

あの影《かげ》は——。

ヴァアアアアアアアアアアアア
鼻《はな》からとも口《くち》からとも知《し》れず、巨大生物《きょだいせいぶつ》が息《いき》を吐《は》く音《おと》が闇夜《やみよ》に響《ひび》く。

照明《しょうめい》の逆光《ぎゃっこう》で、まだシルエットしか見《み》えないけれど、そのかたちから、すでに校舎《こうしゃ》の三階《さんがい》くらいの高《たか》さがあることはだいたいわかった。ティラノサウルスの体長《たいちょう》は大《おお》きいもので七《なな》メートルあまり。１階《かい》あたりの天井《てんじょう》までの高《たか》さが三《さん》メートル程度《ていど》と考《かんが》えると、校舎三階分《こうしゃさんかいぶん》までの大《おお》きさって、いくらなんでも大《おお》きすぎじゃない……？

それに――。

「えさ、いる、しゅうううう、えさ、いる、しゅうううう」

その生《い》き物《もの》は人間《にんげん》と動物《どうぶつ》のあいだのような声《こえ》でそうしゃべったのだ。

ダズン
また一歩《いっぽ》、こっちへ近《ちか》づいてくる。

ダズン
食《た》べる気《き》なんだ。

わたしを頭《あたま》からむしゃむしゃと食《た》べてしまう気《き》なのだろう。

そこに「なんで？」も「どうして？」もない。

こいつはディロフォサウルスとは違《ちが》う。

人《ひと》を襲《おそ》うのに、何《なに》も動機《どうき》なんて持《も》ち合《あ》わせていないんだわ。

っていうか、何《なん》なの？

そもそも――体《からだ》、長《なが》すぎない？

視界《しかい》が遮《さえぎ》られたのは、そのときだった。

「シンスケに聞《き》いた。ずいぶん馬鹿《ばか》をしたね。一人《ひとり》で何《なに》もかもできるなんて思《おも》っちゃダメだ」

目《め》の前《まえ》に背《せ》を向《む》けて、トオルさんが立《た》っていた。

「だってできるだけ一人《ひとり》で……」

「そう、できるだけ、ね。身《み》の丈《たけ》を知《し》らなくちゃならない。目《め》の前《まえ》にいる奴《やつ》は、君《きみ》の手《て》に負《お》える相手《あいて》か？　何者《なにもの》なのかもわからない怪物《かいぶつ》なんだぞ？」

トオルさんの声《こえ》にかぶせるようにして怪物《かいぶつ》がまた騒《さわ》ぎ出《だ》した。

「えさ、えさ、いる、いる、しゅううううううう、しゅうううううううう」

さあ早《はや》く、イノセン、麻酔《ますい》を射《う》ち込《こ》んじゃって。わたしはイノセンのいるはずの理科室《りかしつ》の窓《まど》を見《み》た。ところが、窓《まど》は一向《いっこう》に開《あ》く気配《けはい》がない。

どういうこと？　もしかして——逃《に》げた？　え、ちょっと待《ま》ってよ。それはなしでしょ。でも仕方《しかた》ないのか。まさかここまで大《おお》きな恐竜《きょうりゅう》が来《く》るなんて夢《ゆめ》にも思《おも》わないだろうし。

「あれはティラノサウルス？」

まだ逆光《ぎゃっこう》のせいで、シルエットしかわからないけれど、わたしの知《し》っているティラノサウルスの感《かん》じとはだいぶちがう生《い》き物《もの》に見《み》える。

「ちがう……何《なん》だろうな……テリズィノサウルスに形《かたち》が似《に》ていなくもないが、漂《ただよ》ってくるにおいは奴《やつ》よりもだいぶ獰猛《どうもう》だ」

テリズィノサウルスは大型恐竜《おおがたきょうりゅう》だけれど、草食類《そうしょくるい》だからそれほど恐《おそ》ろしい相手《あいて》ではないだろう。たしかにやたら首《くび》や尻尾《しっぽ》が長《なが》くて、そのくせ二足歩行《にそくほこう》しているところは、テリズィノサウルスに通《つう》じるところがある。体高《たいこう》が三階建《さんがいだて》の校舎《こうしゃ》と等《ひと》しいのも、ちょうど同《おな》じ感《かん》じだ。

けれど、さっきから奴《やつ》が言《い》っている台詞《せりふ》を聞《き》くだけでも草食類《そうしょくるい》の恐竜《きょうりゅう》でないのは明《あき》らか。

「ギガノトサウルスとかカルカロドントサウルスはどう？」

ギガノトサウルスやカルカロドントサウルスも相当大《そうとうおお》きい。ティラノサウルスの二倍《にばい》はあると言《い》われているし、肉食類《にくしょくるい》だ。知名度《ちめいど》はちょっと下《さ》がるけどね。

「たしかに肉食類《にくしょくるい》でいえば、それくらいのデカさはある。でも、こいつらのシルエット、これはどう見《み》ても、ディプロドクス類《るい》だ」

「ディプロドクス類《るい》……つまり草食類系《そうしょくるいけい》ってこと？」

たしかに、あまりに首《くび》が長《なが》く、さっきから尻尾《しっぽ》がだらりと左右《さゆう》に動《うご》いているのも気《き》になる。

トオルさんはわたしを抱《だ》きかかえた。

「つかまっていろ」

トオルさんは駆《か》け足《あし》で校舎《こうしゃ》に向《む》かって運動場《うんどうじょう》の左側《ひだりがわ》へと移動《いどう》した。いつの間《ま》にか、その外見《がいけん》は人間《にんげん》からヴェロキラプトルに変《か》わっていた。怪物《かいぶつ》はぴったりと後《あと》をついてくる。振《ふ》り返《かえ》った。ライトの当《あ》たり具合《ぐあい》が変《か》わり、その顔《かお》が明《あき》らかになった。

何《なに》これ……図鑑《ずかん》でも映画《えいが》でも、見《み》たことない。ずいぶん長《なが》い体《からだ》。まるで、巨大《きょだい》な蛇《へび》みたい。挙《あげ》句《く》に、翼《つばさ》まである！　そのうえ顔《かお》は爬虫類《はちゅうるい》をできるかぎり人間《にんげん》に近《ちか》づけたような奇妙《きみょう》な代物《しろもの》。おまけに髪《かみ》と髭《ひげ》まで生《は》えているなんて！　キモッ！　何《なに》より気色悪《きしょくわる》いのは、その目《め》だ。

それは――カエルの目《め》だった。

4

トオルさんはわたしを抱《だ》いたまま職員専用玄関《しょくいんせんようげんかん》のドアを開《あ》けて校舎《こうしゃ》に入《はい》り込《こ》んだ。そのすぐ脇《わき》にある一階《いっかい》の保健室《ほけんしつ》に入《はい》ってすぐに内側《うちがわ》から鍵《かぎ》をかける。

でも、あんな怪物相手《かいぶつあいて》に鍵《かぎ》なんか意味《いみ》あるのかな……。

窓《まど》の外《そと》から巨大《きょだい》な目《め》が保健室《ほけんしつ》を覗《のぞ》いている。鼻息《はないき》がかかり、窓《まど》が白《しろ》くなる。うわああ死《し》ぬ、もう絶対死《ぜったいし》ぬじゃんこれ、確実《かくじつ》に死《し》ぬ。それしか頭《あたま》に浮《う》かんでこない。

「あれは何者《なにもの》だ……あんなの見《み》たことがない……」

さすがのトオルさんの口調《くちょう》にも戸惑《とまど》いが見《み》られる。

「恐竜《きょうりゅう》は環境《かんきょう》によっていろんな進化《しんか》を辿《たど》ったんでしょ？　今《いま》のはそのひとつじゃないの？」

「だとしたら、初《はじ》めて見《み》る進化《しんか》だ。ていうか、君《きみ》の服《ふく》、それ、フーコのだろ」

「うん、そう」

「たぶん、彼女《かのじょ》は自《みずか》らの恐竜臭《きょうりゅうくさ》さを消《け》すために、麝香系《じゃこうけい》の香水《こうすい》をつけてたみたいだ。麝香《じゃこう》というのは、本来《ほんらい》ジャコウネコやジャコウジカの糞《ふん》から取《と》れる。今《いま》では本物《ほんもの》の麝香《じゃこう》を使《つか》わずにそれらの匂《にお》いをつくり出《だ》せるけどね」

「たしかにそういえば、甘《あま》い匂《にお》いが……」

今《いま》まで緊張《きんちょう》で匂《にお》いにまで考《かんが》えが及《およ》ばなかったけれど、これはけっこうキツいにおいじゃない

の。困《こま》ったな、服脱《ふくぬ》いでも身体《からだ》に沁《し》みつきそう……。

「そんな匂《にお》いがしたら、ふつうの恐竜《きょうりゅう》なら鼻《はな》が曲《ま》がって逃《に》げ出《だ》す。つまり、奴《やつ》は恐竜《きょうりゅう》じゃない」

「そんな……じゃあ一体《いったい》……」

校庭《こうてい》に通《つう》じた保健室《ほけんしつ》の勝手口《かってぐち》が無理《むり》やり押《お》し開《ひら》かれたのはそのときだった。巨大《きょだい》な怪物《かいぶつ》の頭部《とうぶ》が保健室《ほけんしつ》のなかに入《はい》り込《こ》み、カーテンに目隠《めかく》しをされて苦《くる》しんでいた。わたしたちはその隙《すき》に保《ほ》健室《けんしつ》の鍵《かぎ》を開《あ》けてふたたび廊下《ろうか》に逃《に》げ出《だ》した。

ところが、そいつは首《くび》をぐぐっと伸《の》ばして、廊下《ろうか》まで追《お》ってきたのだ。蛇《へび》のごとくそいつはどこまでも入《はい》り込《こ》むことができるらしい。

「屋上《おくじょう》へ向《む》かおう」

「わかった。でもそこから先《さき》は？」

トオルさんはポケットからスマホを取《と》り出《だ》して電話《でんわ》をかけた。

「もしもし俺《おれ》だ。学校《がっこう》にいる。とんでもない野郎《やろう》がいるんだ」

それだけ言《い》うと、トオルさんは電話《でんわ》を切《き》った。

「誰《だれ》に電話《でんわ》をしていたの？」

「長年《ながねん》のお友《とも》だちってやつだ。いいかい、白亜《はくあ》ちゃん。俺《おれ》はたった一人《ひとり》で戦《たたか》っている。でも、自《じ》分《ぶん》に無理《むり》なことは一人《ひとり》では抱《かか》え込《こ》まない。助《たす》けを求《もと》める。そういうときのために友《とも》だちがいる。俺《おれ》も友《とも》だちからの頼《たの》みがあれば、断《ことわ》らない。いつもべったり一緒《いっしょ》にいたり、つるんで行動《こうどう》する必《ひつ》要《よう》なんかない。ただいざというときには互《たが》いを助《たす》け合《あ》う。それが本当《ほんとう》の友《とも》だちってやつさ」

これまで、トオルさんに友《とも》だちがいるなんて思《おも》わなかった。でも、シンスケさんといい今電話《いまでんわ》をかけた相手《あいて》といい、トオルさんにも仲間《なかま》はいる。天涯孤独《てんがいこどく》のハードボイルドな人《ひと》だと思《おも》っていたけれど、そうじゃないんだ……。わたしは、トオルさんについての認識《にんしき》を改《あらた》めた。

三階《さんがい》まで進《すす》んだところで理科室《りかしつ》のほうへと目《め》を向《む》けた。やっぱり電気《でんき》は消《き》えているみたい。人《ひと》の気配《けはい》もないし、きっとイノセンは逃《に》げ出《だ》したのね。なんてだらしないのかしら。もしもトオルさんが助《たす》けに来《き》ていなかったら、と考《かんが》えると、腹《はら》を立《た》てまいと思《おも》いつつも腹《はら》は立《た》った。

雄一《ゆういち》は大丈夫《だいじょうぶ》かな？　まあ校庭《こうてい》にいるから、今《いま》のうちに逃《に》げてくれれば問題《もんだい》ないだろうけど。

階段《かいだん》の背後《はいご》からはすぐにあの怪物《かいぶつ》がやってきていて、こちらに噛《か》みつこうとする。わたしは危《あや》うく足《あし》を食《く》いちぎられそうになるのをよけた。

「えさ、えさ、えさっさっさっさ」

グロテスクな外見《がいけん》で、言葉《ことば》をしゃべっているところがすごくキモい。頭部《とうぶ》はカエル、肢体《したい》はヘビ、下半身《かはんしん》はサギかペリカン。たしかに、こんな恐竜見《きょうりゅうみ》たことがない。

いや、待《ま》って。

これってもしかして——ドラゴン？

そうだ、男子《だんし》たちが言《い》っていたドラゴンは、ヘビみたいに長《なが》くて、空《そら》を飛《と》ぶって話《はなし》だった。

わたしたちを食《た》べようとしている怪物《かいぶつ》は、まさにその男子《だんし》の話《はな》していたドラゴンの特徴《とくちょう》にドンピシャだった。本当《ほんとう》にいたのね。いや、そんな馬鹿《ばか》な……。だってドラゴンって幻獣《げんじゅう》でしょ？

恐竜《きょうりゅう》とはちがうんじゃないの？

屋上《おくじょう》になんとか着《つ》いた。でも、もう逃《に》げられない。

ここからどう動《うご》けばいいの？

トオルさんは暢気《のんき》に話《はなし》をつづけた。

「その服《ふく》は、誰《だれ》がどこで調達《ちょうたつ》してくれたんだい？」

「イノセン……あ、理科《りか》の嘉納先生《かのうせんせい》っていうんだけど。彼《かれ》が職員室《しょくいんしつ》にフーコさまの服《ふく》があるって」

「おかしいだろ。あの晩《ばん》、フーコが放課後《ほうかご》に着替《きが》えた服《ふく》が、なぜ学校《がっこう》に置《お》いてあるんだ？　これは、失踪《しっそう》したときの服《ふく》じゃないか」

「あ、そっか……」

服《ふく》が常備《じょうび》されていたわけじゃない。毎日《まいにち》アフターファイブ用《よう》の服《ふく》を持《も》ってきていたんだ。

そして、それをあの晩《ばん》は着《き》て帰《かえ》り、そのまま失踪《しっそう》した。

仮《かり》に学校《がっこう》に彼女《かのじょ》の服《ふく》があるとしても、日中《にっちゅう》に着《き》ていた地味《じみ》な服《ふく》のほうでなくてはならないってことか。

つまり――どういうこと？

そのとき、怪物《かいぶつ》が、屋上《おくじょう》の扉《とびら》を突《つ》き破《やぶ》って現《あらわ》れた。

「えさ、えさ、えさっさっさ。えさ、いる、いる、しゅううううううう」

トオルさんは怪物《かいぶつ》に笑《わら》いかけた。

何者《なにもの》かがわたしたちの肩《かた》をつかんだのは、その最中《さなか》のことだった。肩《かた》にわずかな圧迫感《あっぱくかん》を感《かん》じたかと思《おも》ったら、そのまま、足《あし》が屋上《おくじょう》の地面《じめん》から離《はな》れて浮《う》き上《あ》がった。

「うわ……わわわわわ」

わたしたちは、空《そら》を飛《と》んでいた。

「すまんのう、ちぃと迷子《まいご》になったんや」

低《ひく》い声《こえ》でそう言《い》いながらわたしたちをつかんでいたのは、イカした蝶《ちょう》ネクタイをしたプテラノドンだった。

第八章《だいはっしょう》　一生《いっしょう》の不覚《ふかく》

1

プテラノドンの飛行《ひこう》はダイナミックでいて、ふんわりとした綿菓子《わたがし》みたいに柔《やわ》らかだった。

ドラゴンはどういうわけかわたしたちを追《お》いかけることなく、屋上《おくじょう》から校庭《こうてい》に戻《もど》って自分《じぶん》の尻《しっ》尾《ぽ》を追《お》い回《まわ》していた。なぜかしら？　本当《ほんとう》は飛《と》べないとか？

そこへ、電話《でんわ》がかかってきた。雄一《ゆういち》からだった。わたしは空《そら》に浮《う》いたまま電話《でんわ》に出《で》た。

「は、白亜《はくあ》さん！　逃《に》げきれた？」

「うん、いま空《そら》の上《うえ》」

「そらのうえ？　え？」

「雄一《ゆういち》は？」

「大丈夫《だいじょうぶ》。さっきの、うまかったろ？」

「さっきの？」

「ウサギの糞《ふん》を校庭《こうてい》にばら撒《ま》いたんだ。そうしたら、アイツ、強烈《きょうれつ》なにおいのせいで何《なに》を追《お》えばいいのかわからなくなったみたい」

そういうことだったのか。さすが理科少年《りかしょうねん》。

「サンキュー、雄一《ゆういち》。助《たす》かった」

えへへ、と電話《でんわ》の向《む》こうで照《て》れている声《こえ》が聞《き》こえる。

「じゃあまた何《なに》かあったら連絡《れんらく》するから」

「え、僕《ぼく》もそっち行《い》くよ」

「ううん。いざというときのために家《いえ》で待機《たいき》していて。だいたい、そろそろ戻《もど》らないとママに怪《あや》しまれるわよ？」

「チェッ……わかったよ。でも約束《やくそく》して。無茶《むちゃ》はしないって」

「……やってみる」

電話《でんわ》を切《き》った。何《なに》はともあれ、助《たす》かった。けれど安堵《あんど》のため息《いき》をつける状況《じょうきょう》でもない。何《なに》し

ろ、空《そら》を飛《と》んでいるんだもの。足元《あしもと》には何《なに》もない。いつ落《お》ちて死《し》んでもおかしくない感《かん》じ。

でも、下《した》さえ見《み》なければ、プテラノドンの飛行自体《ひこうじたい》は見事《みごと》だった。

トオルさんはそのわけをこう教《おし》えてくれた。

「プテラノドンはあんまり羽《はね》を動《うご》かさないから、グライダーに近《ちか》い乗《の》り心地《ごこち》なんだ。だから揺《ゆ》れるも揺《ゆ》れないも風任《かぜまか》せさ。春《はる》のこの時期《じき》なら、とても安定《あんてい》した飛翔《ひしょう》になる」

「ご説明《せつめい》おおきに。まあ、根《ね》がナマケモノやさかい、あんま羽《はね》、動《うご》かしたないわけよ」

プテラノドンは、関西弁《かんさいべん》でそのように自己分析《じこぶんせき》をした。

「まあその代《か》わり、あんまり長時間《ちょうじかん》は飛《と》べへんからな、そろそろ下《お》ろすで」

「助《たす》かったよ」とトオルさんが応《おう》じる。

「礼《れい》は酒《さけ》でかまわんで」

プテラノドンは、わたしたちを八百屋《やおや》〈かみなり〉の前《まえ》で下《お》ろした。

「ほな、またな。ちゅーか、トオル、おまえ人間《にんげん》の子《こ》ぉがおるならそう言《い》えや。俺《おれ》まで会則違反《かいそくいはん》になってもうたやないかい」

「もう遅《おそ》いさ。内密《ないみつ》にな」トオルさんはわたしのほうに向《む》き直《なお》ると、プテラノドンを示《しめ》した。

「彼《かれ》はこのあたりのプテラノドンを牛耳《ぎゅうじ》っているマルイ営業部長《えいぎょうぶちょう》の寺野《てらの》だ」

「よろしゅうな。ショッピングはマルイをどうぞごひいきに」

まさかの宣伝《せんでん》をしながら去《さ》っていく。よく見《み》ると首《くび》につけてるアクセサリーとか超《ちょう》オシャレ。さすがマルイ営業部長《えいぎょうぶちょう》……。

「さて、ここからどうする？　自宅《じたく》には戻《もど》れない。とうぶんディロフォサウルスたちの目《め》が光《ひか》っているからな」

「……どうしたらいいの？」

「もうシンスケにも迷惑《めいわく》はかけられない。だろ？」

「うちはダメだぞぉ」とシャッターの向《む》こうから返事《へんじ》が返《かえ》ってくる。「ていうか、そこで立《た》ち話《ばなし》すんなよ。俺《おれ》が疑《うたが》われちまうだろうがよぉ。なんかさっきからヤバいにおいすんだよ」

「わかった。おまえには迷惑《めいわく》かけない」

トオルさんは歩《ある》こう、と言《い》ってわたしの腕《うで》をとり、歩《ある》き出《だ》した。

「振《ふ》り返《かえ》るな。黙《だま》って歩《ある》くんだ」

気《き》がつくと、トオルさんはまた人間《にんげん》の外見《がいけん》に戻《もど》っていた。それは裏《うら》を返《かえ》せば、見《み》られたくない存在《そんざい》がすぐそばにいるということでもあった。

やがて、背後《はいご》から足音《あしおと》が近《ちか》づいてくる。

そして、わたしたちの目《め》の前《まえ》にも、複数《ふくすう》の男《おとこ》たちが。なんて日《ひ》なの。ツイてなさすぎる。

「しゃあああああ。フーコさまはどこだ」

わたしたちを取《と》り囲《かこ》んでいたのは、ディロフォサウルスの一味《いちみ》だった。

2

トオルさんはわたしを庇《かば》うようにして立《た》ちはだかると、耳元《みみもと》で「逃《に》げろ」って囁《ささや》いた。

「でも……トオルさんは？」

「俺《おれ》なら何《なん》とかなる。とにかく逃《に》げるんだ」

「……わかったわ」

わたしはトオルさんの元《もと》から離《はな》れて走《はし》りだそうとした。えっと、ちょっと待《ま》って。

これ――前《まえ》からも後《うし》ろからも敵《てき》が来《き》ているのに、どっちへ走《はし》ればいいの？

ぶちゅっと嫌《いや》な音《おと》がして、同時《どうじ》に、トオルさんの呻《うめ》き声《ごえ》が聞《き》こえた。

「うっ……目《め》が……目《め》が……」

あろうことか、トオルさんは目《め》を押《お》さえて膝《ひざ》をついた。ウソでしょ……激《げき》ヤバじゃないですか。トオルさんはディロフォサウルスの毒《どく》の体液《たいえき》をまともに浴《あ》びてしまったみたい。

そこへ——一台《いちだい》の車《くるま》が現《あらわ》れた。

赤《あか》いスポーツカーはアクセルをふかしてこちらにやってくると、ディロフォサウルスたちを蹴《け》散《ち》らすように停車《ていしゃ》した。

「逃《に》げろ！　逃《に》げろ！」

ディロフォサウルスたちはいっせいにばらばらの方角《ほうがく》へと走《はし》り去《さ》っていった。

赤《あか》い車《くるま》は、わたしたちにライトを向《む》けたまま停車《ていしゃ》している。運転席《うんてんせき》の窓《まど》が開《ひら》いた。

「大丈夫《だいじょうぶ》だったかい、君《きみ》たち」

車《くるま》から降《お》りて来《き》たのは、イノセンだった。

「さっきはすまなかった。助《たす》けに行《い》くタイミングを見計《みはか》らっていたら、そちらの彼《かれ》が先《さき》に現《あらわ》れたので出《で》て行《い》けなくなったんだ。それに、しょうじき、さっきの怪物《かいぶつ》の登場《とうじょう》も想定外《そうていがい》だった。あれはティラノサウルスじゃなかったね」

逃《に》げたわけじゃなかったって言《い》いたいわけね。たぶん本当《ほんとう》なんでしょう。でなければ、いまこうしてわたしたちを助《たす》けるわけがないもの。でもおかげで死《し》にかけたってことは忘《わす》れないでほしいわ。なんとかわたしはその気持《きも》ちを抑《おさ》えた。そんなことを言《い》っている場合《ばあい》じゃなかったから。

「早《はや》く乗《の》りたまえ」

言《い》われるままにトオルさんを連《つ》れ立《だ》ってイノセンの車《くるま》の後部《こうぶ》シートに乗《の》り込《こ》んだ。

「これからどこへ？」

「まずは治療《ちりょう》をする必要《ひつよう》があるだろう。研究室《けんきゅうしつ》に行《い》こう。あそこなら、いくらでも手当《てあ》てできる」

研究室《けんきゅうしつ》というのは理科室《りかしつ》のとなりにある準備室《じゅんびしつ》のことだろう。いつもイノセンがいるから、生徒《せいと》たちはみんなあそこをイノセンの研究室《けんきゅうしつ》と呼《よ》んでいる。

「ありがとうございます……」

わたしは、目《め》の痛《いた》みに苦《くる》しむトオルさんの横顔《よこがお》を見《み》た。ひどく苦《くる》しそうに見《み》えた。

「白亜《はくあ》ちゃん」トオルさんは小《ちい》さい声《こえ》でわたしに話《はな》しかけた。

「何《なに》？　トオルさん」

「もし僕《ぼく》の目《め》が見《み》えなくなったときのために言《い》っておく。万一《まんいち》のことがあれば、そのときはこれのロックを外《はず》して僕《ぼく》から十《じゅう》メートル以上離《いじょうはな》れてから赤《あか》いボタンを押《お》してくれ。いいね」

トオルさんが手渡《てわた》してきたのは、車《くるま》のオートキーくらいのサイズの四角《しかく》い代物《しろもの》だった。真《ま》ん中《なか》に、恐竜《きょうりゅう》をかたどった赤《あか》いボタンがひとつついている。

「……何《なん》の機器《きき》？」

「いいから、約束《やくそく》してくれ。その際《さい》、敵《てき》をなるべく俺《おれ》に接近《せっきん》させて」

トオルさんは目《め》を押《お》さえたままだったけれど、その口調《くちょう》が真剣《しんけん》なことはわかった。そして、ボタンを押《お》したらどんなことが起《お》こるのかも、だいたい想像《そうぞう》がついた。

「そんなこと、わたしにはできないよ……」

「君《きみ》にしかできない」

わたしは返事《へんじ》ができなかった。いまトオルさんはわたしに命《いのち》を預《あず》けた。そうでしょ？　このボタンを押《お》せば、きっとトオルさんの身体《からだ》がすべて粉々《こなごな》になるような爆破《ばくは》が起《お》こるんでしょ？

わたしは泣《な》きじゃくっていた。まだ何《なに》も起《お》こっていないのに。ぜんぶ、何《なに》もかも自分《じぶん》のせいだと思《おも》った。ただ退屈《たいくつ》から抜《ぬ》け出《だ》したいと思《おも》って始《はじ》めたことが、こんなたいへんなことになってしまうなんて。

わたしは馬鹿《ばか》だ。大馬鹿《おおばか》だ。泣《な》きじゃくるわたしを、トオルさんの手《て》が静《しず》かに撫《な》でた。

そのとき、車《くるま》は学校《がっこう》の前《まえ》を通過《つうか》した。

「……あれ、イノセン、学校通《がっこうとお》りすぎちゃっ

たよ？」

「研究室《けんきゅうしつ》と言《い》ったでしょう？　自宅《じたく》に大《おお》きなラボがあるんだ。薬品《やくひん》も何《なん》でもそろってる」

胸騒《むなさわ》ぎがした。経験的《けいけんてき》にこういう胸騒《むなさわ》ぎって当《あ》たる。だからわたしは全身《ぜんしん》に力《ちから》を入《い》れた。いつ、何《なに》が起《お》こっても、すぐに動《うご》けるように。

3

イノセンのラボは、学校《がっこう》から車《くるま》で五分《ごふん》ほどの場所《ばしょ》にあった。かなり高円寺寄《こうえんじよ》りの奥《おく》まった住宅《じゅうたく》地《ち》に車《くるま》が停《と》まった。

「一時期《いちじき》、この土地《とち》の地価《ちか》が大幅《おおはば》に下《さ》がったことがあってね。その時期《じき》に、うちの親父《おやじ》が大量《たいりょう》に買《か》い占《し》めたんだ。そして親父《おやじ》は死《し》に、息子《むすこ》の俺《おれ》が残《のこ》された」

嘉納邸《かのうてい》は、そこらへんではいちばん大《おお》きな家《いえ》だったけれど、何《なん》の化粧《けしょう》っ気《け》もない、地味《じみ》な建物《たてもの》でもあった。まるで貸倉庫《かしそうこ》か廃工場《はいこうじょう》みたいに見《み》えた。これが自宅兼《じたくけん》ラボ？　ある意味《いみ》、想像《そうぞう》どおりだった。無駄《むだ》なところにお金《かね》をかけないイノセンらしいという気《き》もした。

「こっちだよ」

イノセンはわたしたちを中《なか》へと案内《あんない》した。

その貸倉庫《かしそうこ》みたいな殺風景《さっぷうけい》な建物《たてもの》の中《なか》は、入口付近《いりぐちふきん》に植物《しょくぶつ》が所狭《ところせま》しと並《なら》んでいた。ひとつひとつにビニールがかぶせられ、熱心《ねっしん》にイノセンが世話《せわ》をしている感《かん》じが伝《つた》わる。どれもこれも、ふだんそこらへんでは見《み》ない種類《しゅるい》のシダ植物《しょくぶつ》ばかり。

だだっ広《ぴろ》い空間《くうかん》には、それ以外《いがい》の物《もの》が置《お》かれている様子《ようす》はなかった。もっとも、ライトが暗《くら》くてその奥《おく》のほうには何《なに》があるのか見《み》えないんだけどね。

「ここで待《ま》っていてくれ。いま薬《くすり》を取《と》ってくる」

イノセンがわたしたちをその場《ば》に残《のこ》して、奥《おく》の暗《くら》がりへと消《き》えていった。

その刹那《せつな》、トオルさんがぎゅっとわたしの手《て》を握《にぎ》りしめた。

「いやなにおいがする」

まだトオルさんは目《め》をハンカチで押《お》さえたままだった。視界《しかい》が閉《と》ざされているから、余計《よけい》に嗅《きゅう》覚《かく》が敏感《びんかん》になっているのだろうか。でも、わたしはトオルさんほど鼻《はな》がいいわけではない。

「……そう？　薬品《やくひん》のにおいかな……」

「ちがう。ディロフォサウルスのにおいだ」

「え……まさか、イノセンもディロフォサウルス？」

だとしたら、ディロフォサウルス一味《いちみ》の計略《けいりゃく》に見事《みごと》に引《ひ》っかかったことになる。でも、それなら何《なに》も仲間《なかま》を車《くるま》で追《お》い払《はら》う必要《ひつよう》なんかなかったのでは、という気《き》もした。

「それはないだろう。あれはただの人間《にんげん》だ。人間《にんげん》のにおいがする。だが——」

ダズン、ダズン、ダズン
足音《あしおと》が近《ちか》づいてくる。それは、さっき運動場《うんどうじょう》で聞《き》いたあの特徴的《とくちょうてき》な足音《あしおと》だった。

そして、とうとう奴《やつ》が現《あらわ》れた。

さっきと同様《どうよう》、カエルみたいに真《ま》ん丸《まる》の目《め》をして、こちらを見《み》ている。口元《くちもと》が笑《わら》っているように見《み》えるのは、そういう形《かたち》だからなのか、本当《ほんとう》に笑《わら》っているのか。

羽《はね》をばたばたと動《うご》かし、にょろにょろと体《からだ》をくねらせながら進《すす》んでくる。まるで進《すす》み方《かた》をちゃんと教《おし》えてくれる者《もの》がいなかったみたいに、生《い》き物《もの》としていささか不自然《ふしぜん》な進《すす》み方《かた》だった。

なんで……。

なんで、あいつが、ここにいるの？

「何《なに》がいる？」トオルさんが尋《たず》ねた。

「さっきの、あいつよ……」

「なるほど。わかったぞ」トオルさんは静《しず》かにそう言《い》うと、笑《わら》った。「愚《おろ》かなことを考《かんが》える奴《やつ》がいるもんだ」

「どういうこと？」

「あれは、恐竜《きょうりゅう》じゃない。作《つく》られたクリーチャーだ」

「くりーちゃー……ああ、マッドサイエンティストがよく作《つく》るやつね」

いま目《め》の前《まえ》にいるのは、映画《えいが》のなかのどんな怪物《かいぶつ》よりもずっとかっこ悪《わる》くて、不気味《ぶきみ》で、何《なん》ともいえずクレイジーな代物《しろもの》だった。映画《えいが》のCGだとすれば、かぎりなく低予算《ていよさん》で作《つく》られたB級映画《きゅうえいが》のモンスター。

まっすぐに向《む》かってくることすら難《むずか》しいらしく、口《くち》からの涎《よだれ》さえ自分《じぶん》では押《お》さえられないようだ。いろいろとまだ発展段階《はってんだんかい》にありそうな姿《すがた》だった。

「がふうううばるぶぶぶべべべべ、えさ、えさ、えっさっさっさっさぁああああああ」

怪物《かいぶつ》は意味不明《いみふめい》な叫《さけ》び声《ごえ》を上《あ》げて近《ちか》づいてきた。そのとき、頭上《ずじょう》から声《こえ》がした。

暗《くら》がりのなかで目《め》を凝《こ》らすと、十《じゅう》メートルほどの高《たか》さにぐるりと回廊《かいろう》がめぐらされているのが見《み》えた。

そして、その上《うえ》に立《た》ってこちらを眺《なが》めている白衣《はくい》の男《おとこ》。

イノセンの姿《すがた》を見《み》つけた。

「気《き》に入《い》ってもらえるかな。イノウィッツドラコサウルス。イノウィッツというのは、僕《ぼく》のあだ名《な》をドイツ語《ご》っぽくしてみたんだ」

イノセンはそんなことを言《い》ってひっくひっくと引《ひ》きつった笑《わら》い声《ごえ》を立《た》てた。

「えさ、えさたべる。おいしいおいしいをたべる」

イノウィッツドラコサウルスは上機嫌《じょうきげん》で涎《よだれ》を垂《た》らし続《つづ》けていた。

イノセンが、高《たか》みの見物《けんぶつ》といったふうに笑《わら》った。

「やっと餌《えさ》が引《ひ》っかかった。君《きみ》はこいつの餌《えさ》になる最初《さいしょ》の人間《にんげん》なんだ。光栄《こうえい》だろ？」

「だましたのね……」

「人聞《ひとぎ》きのわるいことを言《い》わないでくれ。僕《ぼく》はただ治療《ちりょう》をすると言《い》ったんだ。誰《だれ》のための治療《ちりょう》かなんて言《い》っていない。このイノウィッツドラコサウルスは少々《しょうしょう》怪我《けが》をしているが、栄養《えいよう》を与《あた》えれば、怪我《けが》の治《なお》りも早《はや》くなる。つまり、こいつの治療《ちりょう》は、食事《しょくじ》なんだ」

「はじめからこのつもりだったのね……」

「そうだよ」

「フーコさまもあなたが？　だからこの服《ふく》を持《も》っていたのね？」

「……彼女《かのじょ》は僕《ぼく》の研究《けんきゅう》に気《き》づいた。だからドラゴンに殺《ころ》せと命《めい》じた。彼女《かのじょ》はわずかに負傷《ふしょう》しているんだ。いま独房《どくぼう》にいて、ちょっとずつ弱《よわ》りはじめている。イノウィッツドラコサウルスの殺《ころ》し方《かた》はとても邪悪《じゃあく》なんだ。ちょっとだけ歯《は》で傷《きず》つけて、あとはしぜんに死《し》ぬのを待《ま》つ。そして、しばらく時間《じかん》を置《お》いてから食《た》べる。腐肉《ふにく》が大好物《だいこうぶつ》らしくてね。だから君《きみ》の順番《じゅんばん》は二番目《にばんめ》」

まったくの他人《ひと》ごとといった様子《ようす》でイノセンは言《い》った。

「こいつは、現代《げんだい》によみがえったドラゴンさ。ただ、自分《じぶん》で作《つく》っておいて言《い》うのも何《なん》だけど、しょうじき餌代《えさだい》が馬鹿《ばか》にならなくてね。でも助《たす》

かったよ。そんなときに君《きみ》たちが来《き》てくれたから。いまから腐《くさ》らせれば、十日後《とおかご》には食《た》べ頃《ごろ》だろう。こいつは人間《にんげん》は食《た》べたがらないんだが、なぜか君《きみ》のことは食《た》べたいみたいだな。さあドラコ、思《おも》う存分《ぞんぶん》痛《いた》めつけるがいい」

イノウィッツドラコサウルスはまるで主人《しゅじん》の言《い》うことを忠実《ちゅうじつ》に実行《じっこう》しようとでもするかのように、俊敏《しゅんびん》な動《うご》きで飛《と》びかかってきた。

4

真正面《ましょうめん》から見《み》ると、そのカエルのような目《め》はいっそう気色悪《きしょくわる》く見《み》えた。

だけど、わたしは目《め》を閉《と》じたりはしなかったし、叫《さけ》び声《ごえ》も上《あ》げなかった。いま、トオルさんはまだ治療《ちりょう》が受《う》けられず、敵《てき》の姿《すがた》すら確《たし》かめられていないんだもの。わたしがトオルさんの目《め》にならなくては。

「逃《に》げろ」

トオルさんが握《にぎ》っていたわたしの手《て》を無理《むり》やり突《つ》き放《はな》した。

「え？」

「あいつが俺《おれ》を口《くち》にくわえたら、同時《どうじ》にさっき渡《わた》した機器《きき》の赤《あか》いボタンを押《お》せ」

やっぱりあの怪物《かいぶつ》もろとも爆破《ばくは》してしまおうという考《かんが》えなのね。

自分《じぶん》の判断《はんだん》で、自分自身《じぶんじしん》を犠牲《ぎせい》にすることさえいとわないなんて……それが探偵《たんてい》なの？

それとも、恐竜《きょうりゅう》だから？　ヴェロキラプトルだからできる非情《ひじょう》な決断《けつだん》なの？

それならわたしは、どうあがいても探偵《たんてい》になんかなれない。

「早《はや》く行《い》け」

「いやだ、トオルさんと離《はな》れたくない」

「このままじゃ薫《かおる》さんに合《あ》わす顔《かお》がない。俺《おれ》は薫《かおる》さんに約束《やくそく》したんだ。どんなことがあっても、白亜《はくあ》ちゃんを守《まも》るとね」

「パパと？」

「だから行《い》け。君《きみ》たち家族《かぞく》のおかげで、恐竜《きょうりゅう》にしては、平和《へいわ》すぎる人生《じんせい》だった。感謝《かんしゃ》している」

それだけ言《い》い残《のこ》すと、トオルさんは怪物《かいぶつ》に向《む》かっていった。

目《め》は閉《と》じたまま、けれどまっすぐに怪物《かいぶつ》の口《くち》に。

「トオルさん！　やめて！」

「俺《おれ》の死《し》を無駄《むだ》にするな」

ところが、ドラゴンはトオルさんを蹴飛《けと》ばした。

トオルさんは壁《かべ》に激突《げきとつ》して、どうにか体《からだ》を起《お》こそうとするも、そのまま意識《いしき》を失《うしな》った。

「えさ、えさ、えっさっさっさ」

ドラゴンはまっすぐにわたしを狙《ねら》っていたのだ。

わたしは走《はし》って逃《に》げだした。後《うし》ろを振《ふ》り向《む》いている余裕《よゆう》なんてなかった。

とにかく、脇《わき》にある階段《かいだん》を見《み》つけるとそれを上《のぼ》りはじめた。

なんでわたしを？　人間《にんげん》だから？

いや――ちがう。匂《にお》いだ。

こいつ、フーコさまの匂《にお》いを記憶《きおく》してるのね……。

だから、フーコさまの香水《こうすい》が沁《し》み込《こ》んだ服《ふく》を着《き》たわたしを見《み》て、もうすぐ餌《えさ》になるはずのフーコさまが逃《に》げてきたと思《おも》っているんだわ。

チェーンのような紐《ひも》が天井《てんじょう》からだらりとぶら下《さ》がっているのに気《き》づいたのはそのときのこと。

恐《おそ》らく、このチェーンを引《ひ》くことで、このドラゴンへの餌《えさ》のような重《おも》たいものを運《はこ》んだりしていたのにちがいない。

わたしはそのチェーンを手《て》に巻《ま》き付《つ》けた。

ドラゴンは、こちらに牙《きば》を向《む》けて飛《と》びかかってきた。飛《と》び方《かた》がわかっていないからか、飛《と》びか

かり方《かた》ひとつをとっても不格好《ぶかっこう》で、不格好《ぶかっこう》だからこそいびつで身《み》の毛《け》がよだった。うう
キモい。
わたしは巻《ま》き付《つ》けたチェーンを命綱《いのちづな》に、ターザンよろしく回廊《かいろう》から飛《と》び降《お》りた。チェーンは放《ほう》
物線《ぶつせん》を描《えが》きながら反対側《はんたいがわ》の回廊《かいろう》へとわたしを運《はこ》んだ。
けれど、着地《ちゃくち》するタイミングを逃《のが》しちゃった。
チェーンは無慈悲《むじひ》にもわたしを対岸《たいがん》から引《ひ》き離《はな》し、回廊《かいろう》のもといた場所《ばしょ》へ戻《もど》そうとした。で
も、もとの場所《ばしょ》に戻《もど》るには勢《いきお》いが弱《よわ》かったのよね。
ドラゴンはわたしの動《うご》きをとらえきれず、何度《なんど》もがぶりと噛《か》みついては空振《からぶ》りを繰《く》り返《かえ》してい
た。けれど、そんなことで優越感《ゆうえつかん》を抱《いだ》けるような楽観的《らっかんてき》な状況《じょうきょう》じゃない。
ドラゴンは、わたしのつかまっている命綱《いのちづな》自体《じたい》にかじりついた。歯《は》を使《つか》ってそのチェーンを解《かい》
体《たい》する気《き》みたい。
マジで……？　ちょっと勘弁《かんべん》してよ。
「やめて！　ちぎらないで！」
無茶《むちゃ》なことを叫《さけ》んでいる自覚《じかく》はあったけど、叫《さけ》ばずにはいられないでしょ。
「さあ、おまえも助《たす》けを求《もと》めてみろ。出口先生《でぐちせんせい》がそうしたようにするんだ！」
フーコさまの仲間《なかま》たちからわたしが狙《ねら》われなくなるためには、わたしがこのモンスターを倒《たお》し

てフーコさまを彼《かれ》らのもとへ連《つ》れ戻《もど》すしかない。そうすることで、かろうじて秩序《ちつじょ》は元《もと》に戻《もど》るかもしれない。

ドラゴンはチェーンの解体《かいたい》を諦《あきら》めるや、突然奇声《とつぜんきせい》を上《あ》げてふたたびわたしに飛《と》びかかった。

その背中《せなか》に――何《なに》かがくっついていた。

5

ドラゴンの背中《せなか》にしがみついていたのは、トオルさんだった。意識《いしき》を取《と》り戻《もど》したのだ。

「ボタンを押《お》せ！　早《はや》く！」

ごめん、トオルさん。わたしは首《くび》を横《よこ》に振《ふ》る。わたしにはこのボタンを押《お》すことはできない。

それよりも――。

わたしは身体《からだ》を左右《さゆう》に揺《ゆ》らし、振《ふ》り子《こ》の原理《げんり》で回廊《かいろう》にどうにか着地《ちゃくち》すると、イノセンに向《む》かって走《はし》り出《だ》した。イノセンがコントロールしてるんだから、イノセンを先《さき》に片《かた》づけちゃえばきっとドラゴンは混乱《こんらん》するはず。イノセンのいる場所《ばしょ》まで、回廊《かいろう》を伝《つた》って走《はし》っていけば一直線《いっちょくせん》でたどり着《つ》ける。途中《とちゅう》でドラゴンに食《た》べられさえしなければ――。

わたしは全力疾走《ぜんりょくしっそう》した。

「き、きみ……いったい何《なに》を……」
イノセンの声《こえ》なんかぜんぜん耳《みみ》に入《はい》らなかった。全力《ぜんりょく》で行《い》かせてもらうよ。イノセン。

「うぉおおおおおおりゃあああああああああ」

イノセンめがけてアクセル全開《ぜんかい》。もうどうなろうと知《し》ったこっちゃない。
ところが――邪魔《じゃま》が入《はい》った。最悪《さいあく》。ドラゴンに気《き》づかれたんだもの。奴《やつ》は背中《せなか》のトオルさんを振《ふ》り落《お》とすと、わたし目《め》がけてもう一度《いちど》飛《と》びかかってきた。
今度《こんど》こそ終《お》わりか――それでもわたしは足《あし》を止《と》めなかった。諦《あきら》めない。絶対《ぜったい》に。それこそが、探偵《たんてい》の道《みち》なのだから。わたしにはわたしの意地《いじ》がある。たとえドラゴンにパクリとやられてしまうことになるとしても。
目《め》を閉《と》じた。何《なに》が起《お》こっても、怖《こわ》くないように。とにかくまっすぐ進《すす》んで体当《たいあ》たり。
けれど――結論《けつろん》から言《い》えば、ドラゴンはわたしを食《た》べることはできなかった。
べつの刺客《しかく》が現《あらわ》れたせいで。

第九章《だいきゅうしょう》　大恐竜激突《だいきょうりゅうげきとつ》と忘《わす》れられていた例《れい》の謎《なぞ》

1

目《め》を強《つよ》く瞑《つぶ》っている間《あいだ》に考《かんが》えていたのは、お腹《なか》が空《す》いているわたしが食《た》べられるなんて何《なん》だかおかしいってことだった。人間《にんげん》、あまりに怖《こわ》い体験《たいけん》をすると、ちょっとおかしなことを考《かんが》え出《だ》すらしい。お腹《なか》が空《す》いてるんだから、わたしが食《た》べなきゃいけないのに食《た》べられるなんて笑《わら》っちゃう。ぜんぜん笑《わら》えないけど笑《わら》っちゃう。うそ、笑《わら》えない。もう怖《こわ》い、いやだ。

ところが、何《なに》か岩《いわ》を砕《くだ》くような凄《すさ》まじい音《おと》がしたかと思《おも》うと、今度《こんど》はあのドラゴンの悲鳴《ひめい》が聞《き》こえる。どういうこと？　どうして襲《おそ》いかかるほうが叫《さけ》ぶわけ？　その前《まえ》のすごい音《おと》は何《なに》？

よし、ひとまず目《め》を開《あ》けてみよう。わたしは足《あし》を止《と》めて、ゆっくり目《め》を開《あ》けた。

目《め》にしたのは――。

「これ……まじ……？」

イノウィッツドラコサウルスの長《なが》い首《くび》に、ティラノサウルスが噛《か》みついていた。

見間違《みまちが》えるはずがない。図鑑《ずかん》や映画《えいが》で何度《なんど》も見《み》てきたあのティラノサウルスがそこにいた。

巨大生物《きょだいせいぶつ》の一大対決《いちだいたいけつ》。ここに雄一《ゆういち》がいたらきっと狂喜乱舞《きょうきらんぶ》しただろうな。

けれども、ドラゴンの首《くび》から口《くち》を放《はな》したそのティラノサウルスが存外《ぞんがい》にイケボイスで「大丈夫《だいじょうぶ》

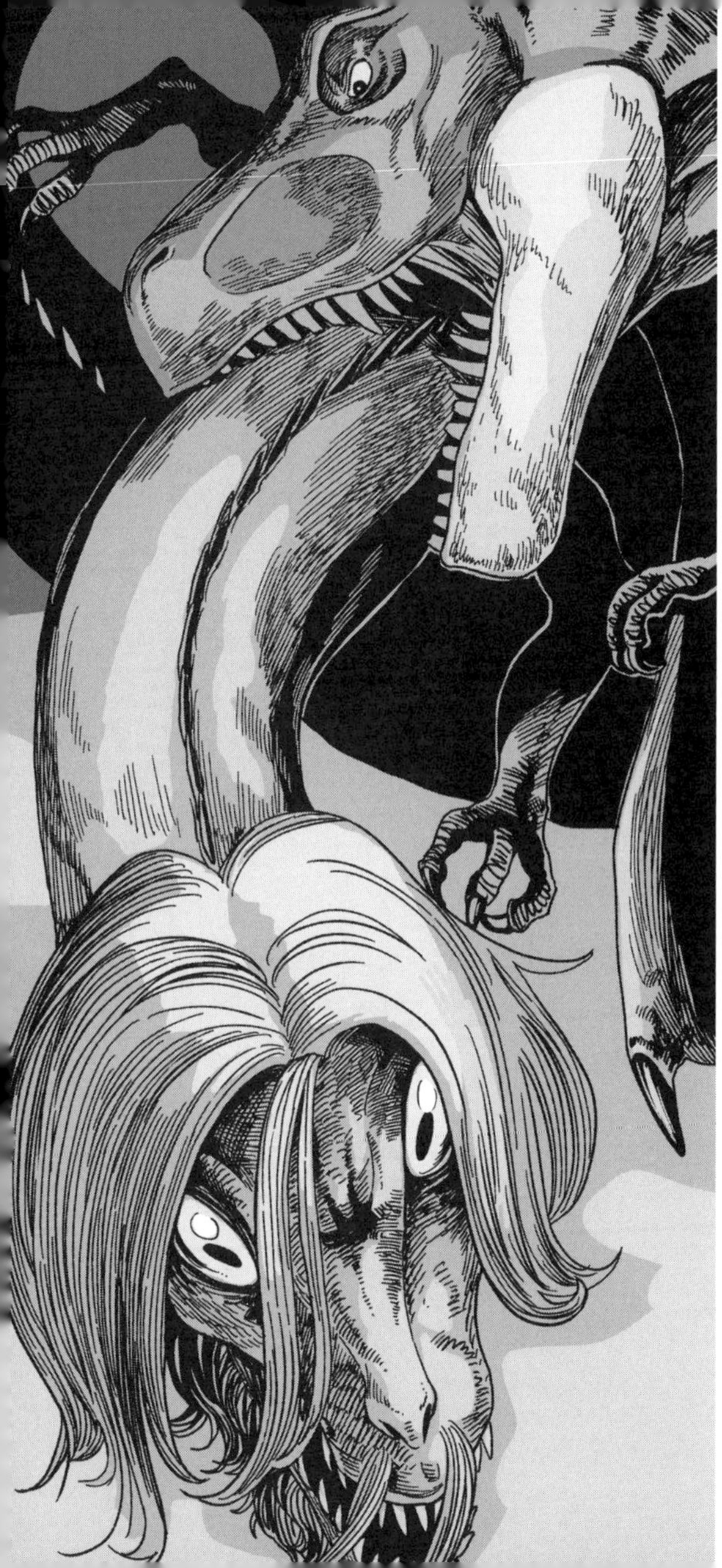

ですか、お嬢《じょう》さん」なんて言《い》ったときにはさすがにリアリティが完全《かんぜん》に打《う》ち砕《くだ》かれた。驚《おどろ》いたのを通《とお》り越《こ》して腰《こし》を抜《ぬ》かしたし、ついつい返事《へんじ》だってしてしまった。

「あの、はい、ええと、大丈夫《だいじょうぶ》……です」

でもなんかどこかで聞《き》いたことのある声《こえ》……。

「ここは僕《ぼく》にお任《まか》せください」

そう言《い》うなり、ティラノサウルスは低《ひく》い唸《うな》り声《ごえ》を上《あ》げてイノウィッツドラコサウルスにダメージを食《く》らわせようと向《む》かっていった。でも、ドラゴンは飛《と》べる。その攻撃《こうげき》を舞《ま》い上《あ》がってすんなりよけてティラノの背後《はいご》に回《まわ》った。ヤバい、やられちゃう！

ティラノサウルスはすぐに体勢《たいせい》を整《ととの》えようとする。だけど、スピードではいまのところドラゴンが上《うえ》。やっぱりあの体型《たいけい》で早《はや》く動《うご》くのは無理《むり》が――とそう思《おも》いかけたとき、ティラノがそれまでの動《うご》きからは想像《そうぞう》できない速《はや》さで急《きゅう》に低《ひく》くかがんだ。

そして、頭突《ずつ》き。ふぉおお。思《おも》わずわたしまで興奮《こうふん》して変《へん》な声《こえ》を出《だ》しそうになってしまう。

この攻撃《こうげき》にはドラゴンも不意《ふい》を衝《つ》かれたのか、軽《かる》いめまいを起《お》こしたようで、うまく立《た》てずにしばらくめちゃくちゃに飛《と》び回《まわ》った。イノセンはその様子《ようす》にパニックを起《お》こした。

「何《なに》をやってるんだ！　しっかりしろ！　おまえは俺《おれ》の作《つく》り出《だ》したヒーローだ！　そうだろ！」

イノセンは怒鳴《どな》ってドラゴンを鼓舞《こぶ》した。

でも、めまいを起《お》こしたのは、ドラゴンだけじゃなかった。ティラノサウルスもまた、めまいを起《お》こしていた。足《あし》をふらつかせたかと思《おも》うと、ティラノはゆっくりと横《よこ》に倒《たお》れた。せっかく現《あらわ》れた救世主《きゅうせいしゅ》がここでダウン。ウソでしょ。立《た》って。ほら、もう少《すこ》し頑張《がんば》ってよ……。

でもわたしの内心《ないしん》の励《はげ》ましにもこたえず、ティラノは白目《しろめ》をむいている。

「それ、今《いま》だ！　とっととやれ！　おい、ノロマドラゴン！　早《はや》くやるんだ！」

もはやイノセンは完全《かんぜん》に愛《あい》のない創造主《そうぞうしゅ》になり果《は》てていた。

「ふぐふぐふぐふぐふぐ、おこやえゆのきやい」

「……何《なん》だと？」

「ふぐふぐふぐふぐふぐふぐふぐ！」

イノウィッツドラコサウルスは主人《しゅじん》に対《たい》してしきりに怒《いか》りを表《あらわ》していた。そうよ、君《きみ》にだって怒《おこ》る権利《けんり》はあるわ。飼《か》い主《ぬし》からの理不尽《りふじん》な要求《ようきゅう》なんてはねのけたらいいのよ。

そのとき――。

ヘウフ、ヘウフ
奇妙《きみょう》な音色《ねいろ》が室内《しつない》に響《ひび》いた。

2

奇妙《きみょう》な声色《こわいろ》を使《つか》ったのはトオルさんだった。そして、その音《おと》に反応《はんのう》して、ドラゴンも同《おな》じ音《おと》を出《だ》した。もしかして、話《はな》してる？　どうやら、ドラゴンとヴェロキラプトルのなかにある共通言語《きょうつうげんご》みたいなものを見《み》つけたみたい。

「そっか……」

トオルさんの説得《せっとく》に応《おう》じたのか、急《きゅう》にイノウィッツドラコサウルスは体勢《たいせい》を変《か》えた。

ドラゴンはイノセンを見《み》ていた。

「おい、何《なに》を見《み》ている！　早《はや》くそいつをやれ！」

「おこやえゆの、きやい。おこやえゆの、きやい」

「な、何《なに》を言《い》ってるんだ、こら、飼《か》い主《ぬし》の言《い》うことを聞《き》……ああああああああああ！」

ドラゴンは突如《とつじょ》イノセンに飛《と》びかかり、その襟首《えりくび》を前歯《まえば》で引《ひ》っかけると、そのままティラノサウルスが入《はい》ってきたときに突《つ》き破《やぶ》った壁《かべ》から飛《と》び去《さ》っていった。

イノウィッツドラコサウルスは、遥《はる》か上空《じょうくう》へ舞《ま》い上《あ》がり、イノセンは豆粒《まめつぶ》みたいに小《ちい》さく見《み》えた。

「やめろ！　やめろ！　下《お》ろせ！　いや、下《お》ろすな！　下《お》ろすなぁあああああ！」

けれど、ドラゴンはイノセンをぽとりと落《お》とした。

悲鳴《ひめい》とともに、イノセンは夜空《よぞら》から落下《らっか》した。

叫《さけ》び声《ごえ》が響《ひび》く。

でも一度《いちど》樹《き》にぶつかったみたいだから、多少《たしょう》は衝撃《しょうげき》がやわらいだはず。

「足《あし》がぁああ！　うあああああ！　だ、誰《だれ》かぁああああ！」

どうにか死《し》んではいないみたい。骨《ほね》でも折《お》れたのかしら。かわいそうに。救急車《きゅうきゅうしゃ》ぐらい呼《よ》んでおいてあげよう。わたしはスマホで１１９を押《お》し、救急車《きゅうきゅうしゃ》を手配《てはい》した。

トオルさんは人間《にんげん》の姿《すがた》に戻《もど》ると、懐《ふところ》から例《れい》の塗《ぬ》り薬《ぐすり》を取《と》り出《だ》して自分《じぶん》の目《め》に塗《ぬ》った。イノセンの正体《しょうたい》を探《さぐ》るべく怪我《けが》に苦《くる》しむふりをしていたため、薬《くすり》を塗《ぬ》るタイミングを逃《のが》していたらしい。

数秒《すうびょう》のち、トオルさんはゆっくり目《め》を開《ひら》いた。

「ドラゴンを手懐《てなず》けるなんて、さすがトオルさん……」

「ふふ、言《い》ったろ？　能《のう》あるヴェロキラプトルは爪《つめ》を隠《かく》すって」

その決《き》め台詞《ぜりふ》だけはよくわからないけれど、そうは言《い》わずにうなずいた。

トオルさんはティラノサウルスのもとに近《ちか》づくと、その口《くち》に何《なに》か薬《くすり》を与《あた》えた。すると、見《み》る間《ま》にティラノサウルスの身体《からだ》は縮《ちぢ》まっていく。

「いま食《た》べさせたのは……」

「古植物《こしょくぶつ》のクックソニアを使《つか》った薬品《やくひん》だ。副交感神経《ふくこうかんしんけい》の興奮《こうふん》を鎮《しず》めてくれる。副交感神経《ふくこうかんしんけい》って大《だい》事《じ》なんだよ。こいつが興奮《こうふん》してると、俺《おれ》たち恐竜《きょうりゅう》は見境《みさかい》なく攻撃《こうげき》をしかけたくなる」

ティラノサウルスの身体《からだ》はあっという間《ま》に縮《ちぢ》まり——人間《にんげん》のサイズに戻《もど》った。眼鏡《めがね》をかけた色《しき》素《そ》の薄《うす》い男《おとこ》の人《ひと》、背高《せいたか》のっぽの図書館司書《としょかんししょ》の零楠《れいなん》さんだ。

「え……零楠《れいなん》さん……！」

あの穏《おだ》やかな外見《がいけん》をした完全草食系男子《かんぜんそうしょくけいだんし》みたいな零楠《れいなん》さんがティラノサウルスだったなんて！

「しかも裸《はだか》……！　きゃぁ！」

わたしは顔《かお》を背《そむ》けた。トオルさんは笑《わら》いながら零楠《れいなん》さんの身体《からだ》に自分《じぶん》のコートをかけた。

「零楠《れいなん》と俺《おれ》は、そのむかし、一緒《いっしょ》に『ジュラシック・パーク』を観《み》に行《い》って、自分《じぶん》たちの出番《でばん》の回数《かいすう》を競《きそ》い合《あ》った仲《なか》でね」

どんな仲《なか》だ。

「お互《たが》い、困《こま》ったときにはこうやって助《たす》け合《あ》う。だから今回《こんかい》もコイツに、ＬＩＮＥ《ライン》を入《い》れてお願《ねが》いしたわけだ」

いまや恐竜《きょうりゅう》がＳＮＳを使《つか》いこなす時代《じだい》らしい。

「た……す……け……」

わたしたちの会話《かいわ》を遮《さえぎ》るようにして、倉庫《そうこ》の奥《おく》からくぐもった声《こえ》がした。女性《じょせい》の声《こえ》だった。

わたしたちは、急《いそ》いでそっちのほうへ向《む》かった。

そこにいたのは、ディロフォサウルスの姿《すがた》になっているフーコさまだった。

彼女《かのじょ》は弱《よわ》り切《き》っていた。身体《からだ》に負《お》った傷《きず》が深《ふか》いみたい。香水《こうすい》のにおいもすでにとれている。

彼女《かのじょ》の背後《はいご》に回《まわ》ってその首《くび》が動《うご》かないように固定《こてい》してから、包帯《ほうたい》を巻《ま》いた。彼女《かのじょ》はすぐさまわたしのほうに飛《と》びかかってこようとしたけれど、それをトオルさんが牽制《けんせい》した。

「恩人《おんじん》を殺《ころ》す気《き》か？　ほら、食《た》べろよ」

トオルさんは例《れい》の薬《くすり》を渡《わた》した。

「クックソニアだ。治癒《ちゆ》の効果《こうか》もある」

フーコさまは、まだしゃあああっと声《こえ》を上《あ》げていたが、その薬《くすり》を飲《の》み込《こ》む。

「おまえの仲間《なかま》たちが、この子《こ》を血眼《ちまなこ》になって捜《さが》している。なぜかわかるか？　この子《こ》があんたを殺《ころ》したと思《おも》ってるんだ」

「は？　ワタクシがこの子《こ》に殺《ころ》された？」

フーコさまは腹《はら》を抱《かか》えて笑《わら》い出《だ》した。

「もし本当《ほんとう》にそう思《おも》われてるなら、ワタクシもナメられたものね。どやしつけてやらなくちゃ」

それからフーコさまはわたしを見《み》た。

「あなたがコイツらの仲間《なかま》だとは知《し》らなかったわ。恐竜界《きょうりゅうかい》は秘密主義《ひみつしゅぎ》だから。ヴェロキラプトルの世界《せかい》ではどうなの？」

「俺《おれ》たちの世界《せかい》では割《わ》り切《き》ってる。人間《にんげん》と友《とも》だちになるなとも言《い》われてないし、秘密《ひみつ》を漏《も》らすなとも言《い》われていない。ただひとつ、信頼《しんらい》できるファミリーを作《つく》れってことだけさ。信頼《しんらい》できるのなら、種族《しゅぞく》は問《と》わない。合理的《ごうりてき》だろ？」

「そうね。この国《くに》の人間《にんげん》よりよほど合理的《ごうりてき》かもしれない。ワタクシたちディロフォサウルスには、そこまでの寛容《かんよう》さはないのよ。だからワタクシたちは人間《にんげん》の仲間《なかま》は一切《いっさい》作《つく》れない。知《し》られた以上《いじょう》、本当《ほんとう》は殺《ころ》さなくてはならないんだけれど……一方《いっぽう》であなたはヴェロキラプトル族《ぞく》からファミリーと認識《にんしき》されている。難《むずか》しいところね。解決《かいけつ》する方法《ほうほう》はひとつ。ワタクシはあなたのことはいち生徒《せいと》である以外《いがい》何《なに》も知《し》らないし、あなたもワタクシがディロフォサウルスだなんて知《し》らない。そういうことにする。それでいい？」

言《い》いながら、フーコさまは人間《にんげん》の姿《すがた》に擬態《ぎたい》した。

けれど、何《なに》も服《ふく》を着《き》ていないので、それはだいぶセクシー度《ど》の高《たか》い感《かん》じになってしまった。まあ、ここにはわたしのほかに人間《にんげん》がいないから関係《かんけい》ないけれど。

「……わたしはフーコさまがディロフォサウルスだなんて知《し》らない」

「いいわ。あと、服《ふく》を返《かえ》して」

「え、あ、これ……そうだったそうだった……」

下《した》に自分《じぶん》の服《ふく》を着《き》たままだったから、その場《ば》で脱《ぬ》いで返《かえ》すのに何《なん》の不自由《ふじゆう》もなかった。フーコさまはその場《ば》でそれを身《み》につける。

「それから、そのフーコさまって呼《よ》び方《かた》、やめて。クラスメイトにも言《い》っておいて」

「言《い》っておくわ。やめないと思《おも》うけど」

フーコさまは無表情《むひょうじょう》でわたしを凝視《ぎょうし》していたけれど、やがて諦《あきら》めたようにフッと笑《わら》った。

「ところで、あの赤《あか》いつけ爪《づめ》、先生《せんせい》のじゃないんだよね？」

わたしは梅《うめ》の木《き》の根元《ねもと》にあった赤《あか》いヒールとつけ爪《づめ》の話《はなし》をした。そもそもはこの小《ちい》さな謎《なぞ》から始《はじ》まった騒動《そうどう》だった。フーコさまは怪訝《けげん》そうな顔《かお》をした後《あと》で言《い》った。

「赤《あか》は一《いっ》か所《しょ》、このトサカだけでじゅうぶんよ」

ふだんは艶《あで》やかな黒髪《くろかみ》が、今《いま》は赤《あか》く輝《かがや》いている。彼女《かのじょ》はくるりと踵《きびす》を返《かえ》した。

「お礼《れい》くらい言《い》ったらどうだ？」とトオルさんが後《うし》ろから言《い》った。

「礼《れい》を言《い》う文化《ぶんか》がないのよ。残念《ざんねん》ね」

フーコさまは颯爽《さっそう》と歩《ある》き出《だ》した。スタイルのいいひとだ。

そして、やっぱりあの服装《ふくそう》は彼女《かのじょ》にこそ合《あ》っている。まあ次《つぎ》に学校《がっこう》で会《あ》ったら、また地味《じみ》な服《ふく》装《そう》に戻《もど》っているんだろうけれど。

「これからどこへ？」

「落《お》とし前《まえ》をつけるわ。このワタクシを餌《えさ》にしようと監禁《かんきん》していた男《おとこ》にね」

イノセンに何《なに》かする気《き》なのだ。どうしよう。これから救急車《きゅうきゅうしゃ》が来《く》るのに。

「人間《にんげん》にそういうことはしないのが俺《おれ》たちの世界《せかい》の原則《げんそく》だろう」

トオルさんが冷静《れいせい》に止《と》めた。

「心配《しんぱい》しないで。命《いのち》をどうこうって話《はなし》じゃないわ。ちょっと恐《おそ》ろしい目《め》に遭《あ》わせてあげるだけ」

それだけ言《い》うと、フーコさまは今度《こんど》こそ本当《ほんとう》に行《い》ってしまった。

「やれやれ。厄介《やっかい》な女《おんな》だな、あれは」

トオルさんが呆《あき》れ返《かえ》っていると、意識《いしき》を取《と》り戻《もど》したらしい零楠《れいなん》さんが欠伸《あくび》まじりに言《い》った。

「大集団《だいしゅうだん》の頭《かしら》ともなったら、あれくらいでないともたないでしょう」

「しかしこれで一件落着《いっけんらくちゃく》だな。恐竜《きょうりゅう》の世界《せかい》を探《さが》しても犯人《はんにん》が見《み》つからなかったのも道理《どうり》だ。犯人《はんにん》は人間《にんげん》でも恐竜《きょうりゅう》でもないドラゴンだったんだ。そして、犯人《はんにん》は飛《と》び立《た》っていった」

すべてはこれで一件落着《いっけんらくちゃく》……。

「いやいや……赤《あか》いつけ爪《づめ》と赤《あか》いハイヒールの謎《なぞ》は結局《けっきょく》どうなっちゃうわけ？」

最初《さいしょ》の謎《なぞ》の答《こた》えは、まだわからないままじゃないの。

わたしは何《なに》をしていたんだか。ずっと関係《かんけい》ない騒動《そうどう》に巻《ま》き込《こ》まれていたってわけね。

トオルさんは帽子《ぼうし》を目深《まぶか》にかぶると、言《い》った。

「ひとつ言《い》えることがある。俺《おれ》たち恐竜《きょうりゅう》には、梅《うめ》の木《き》の根元《ねもと》にハイヒールやつけ爪《づめ》を置《お》く理由《りゆう》も必要《ひつよう》もないってことだ。そういうわけのわか

らんことをするのは、たいてい人間《にんげん》さ」

3

翌朝《よくあさ》、学校《がっこう》に着《つ》くと、まずランドセルを教室《きょうしつ》に置《お》いてからすぐにわたしは保健室《ほけんしつ》へと向《む》かった。芳江《よしえ》ちゃんは、何《なに》か日誌《にっし》のようなものをつけているところだった。

昨夜《ゆうべ》、ドラゴンに無理矢理《むりやり》解錠《かいじょう》された勝手口《かってぐち》のドアは何食《なにく》わぬ様子《ようす》で閉《と》ざされている。雄一《ゆういち》が閉《し》めたのだろうか。

芳江《よしえ》ちゃんは、わたしの足音《あしおと》だけで誰《だれ》かわかったようだった。

「あら白亜《はくあ》さん、おはよう。ずいぶん朝早《あさはや》いのね」

それからしげしげとわたしを見《み》た。

「ずいぶんあちこちに擦《す》り傷《きず》を作《つく》っているみたいね」

「ちょっといろいろあったの」

「何《なに》があったのか聞《き》いても、話《はな》してはくれないのよね？」

「うん、こればっかりはね」

「あなたの歳《とし》ぐらいから、子《こ》どもは大人《おとな》にいろいろと隠《かく》すようになる。自分《じぶん》もそうだったからよくわかるわ。それはひとつの成長段階《せいちょうだんかい》なのよね。ウソもつけない子《こ》どもは、まともな大人《おとな》にはなれないかもしれない、とまで言《い》ったら言《い》いすぎかしら」

「言《い》いすぎよ。本当《ほんとう》はウソをつかずに生きられればそれがいちばんだもの」

「それもそうね」芳江《よしえ》ちゃんは微笑《ほほえ》んだ。「何《なに》かわたしに話《はなし》があって来《き》たみたいね」

「ええ。芳江《よしえ》ちゃん、いまの話《はなし》だけど、ウソにも種類《しゅるい》がいくつかあると思《おも》うの。単《たん》に言《い》わないというだけのウソもあれば、意図的《いとてき》につかれたウソもある。相手《あいて》のためを思《おも》ってつくウソも、自分《じぶん》を守《まも》るためのウソもある。芳江《よしえ》ちゃんがついたのは、どのウソ？」

「……何《なん》のこと？」

わたしは後《うし》ろ手《で》に持《も》っていた赤《あか》いヒールを一足取《いっそくと》り出《だ》して芳江《よしえ》ちゃんの机《つくえ》の上《うえ》に置《お》き、なかに入《い》れておいた赤《あか》いつけ爪《づめ》をぜんぶで十個《じっこ》、並《なら》べて見《み》せた。

芳江《よしえ》ちゃんはわたしの顔《かお》をじっと見《み》つめていた。

「これがどうかしたの？　謎《なぞ》が解《と》けたの？」

わたしは芳江《よしえ》ちゃんに顔《かお》を近《ちか》づけた。

「この赤《あか》いヒールもつけ爪《づめ》も、フーコさまのものじゃない。芳江《よしえ》ちゃんのものよ」

「ふうん。どうして、出口先生《でぐちせんせい》のじゃないとわかるの？」

「彼女《かのじょ》は赤《あか》にこだわりがあるの。だから、身体《からだ》に一《いっ》か所《しょ》しか赤《あか》は入《い》れない。だからヒールとつけ爪《づめ》両方《りょうほう》を同時《どうじ》に使《つか》うことはない。となると、この学校《がっこう》でつけ爪《づめ》をしそうな人《ひと》は、一人《ひとり》だけ。やっぱり芳江《よしえ》ちゃんということになるの」

「生徒《せいと》かもしれないわ」

「子《こ》どもじゃ無理《むり》よ。あんな高価《こうか》そうなハイヒールは買《か》えないし、だいいちわたしより足《あし》の大《おお》きい女子《じょし》なんかうちの生徒《せいと》にはいない」

悲《かな》しいかな、これが現実《げんじつ》。わたしは校内一《こうないいち》ジャンボな女子生徒《じょしせいと》なんだもの。

「それに、日中《にっちゅう》に臥竜梅《がりょうばい》の根元《ねもと》にあんな目立《めだ》つハイヒールがあれば、昼休《ひるやす》みや体育《たいいく》のときに生徒《せいと》が気《き》づいたと思《おも》うの。ということは、あそこにヒールが置《お》かれたのは放課後《ほうかご》。つまり、教師《きょうし》の誰《だれ》か。芳江《よしえ》ちゃんは自分《じぶん》を候補《こうほ》から外《はず》すために結婚《けっこん》していることをわたしに告白《こくはく》したけど、それは考《かんが》えてみれば犯行《はんこう》の不可能性《ふかのうせい》を示《しめ》す証拠《しょうこ》としては弱《よわ》い。むしろ、早《はや》めに大胆《だいたん》な告白《こくはく》をすることで、わたしの目《め》をあざむく狙《ねら》いがあったのでは、と」

彼女《かのじょ》は静《しず》かに笑《わら》うと、眼鏡《めがね》をはずした。

「でも実際《じっさい》、わたしは放課後《ほうかご》は家《いえ》にまっすぐ帰《かえ》るわ。だからあんな派手《はで》なハイヒールもつけ爪《づめ》も使《つか》う機会《きかい》がない。それは事実《じじつ》よ」

「それはきっとそうなんでしょうね。考《かんが》えられるのは、これは芳江《よしえ》ちゃんのものだけど、芳江《よしえ》ちゃんが自分《じぶん》のために買《か》ったものではないということ。じつは、ひとつ思《おも》い至《いた》ったことがあるの」

「……なに？」

「臥竜梅《がりょうばい》の根元《ねもと》に置《お》いてあったってこと。臥竜梅《がりょうばい》は、竜《りゅう》が横《よこ》たわっている姿《すがた》に似《に》ているからそう呼《よ》ばれるらしいわ。あの梅《うめ》の木《き》を、梅《うめ》の木《き》ではなくドラゴンだと思《おも》うと、赤《あか》いハイヒールと赤《あか》いつけ爪《づめ》があった理由《りゆう》がわかる気《き》がしたの。それは、わたしが小説家《しょうせつか》、樹羅野薫《じゅらのかおる》の娘《むすめ》だからわかったことでもあるんだけど——こう言《い》えば、芳江《よしえ》ちゃんにもわかるわよね？　そう、つまり『竜《りゅう》とルベウス』のヒロイン、ルベウスが、城《しろ》から抜《ぬ》け出《だ》すときに身《み》につけるのが、赤《あか》い靴《くつ》と赤《あか》いつけ爪《づめ》。その色《いろ》が、ドラゴンがルベウスを飼《か》い主《ぬし》だと見分《みわ》けるポイントになるのよ」

まさかパパの小説《しょうせつ》がこんな形《かたち》で関《かか》わっていようとは思《おも》わなかった。そのことに昨夜寝《ゆうべね》る間際《まぎわ》に気《き》づいたときはぞくりとしたものだった。

ようやく芳江《よしえ》ちゃんは両手《りょうて》でお手上《てあ》げのポーズを作《つく》ってみせた。

「そうよ、わたしが置《お》いたの。そして、白亜《はくあ》さんの想像《そうぞう》どおり、『竜《りゅう》とルベウス』の王女《おうじょ》ルベウスのファッションに見立《みた》てたの。そして、これも想像《そうぞう》どおり、私《わたし》のために買《か》ったものではないわ」

「じゃあ、誰《だれ》のために？　なぜあの臥竜梅《がりょうばい》だったの？」

「妹《いもうと》の約束《やくそく》を果《は》たしてあげるためよ」

「妹《いもうと》さんの……？」

「わたしの妹《いもうと》は、小学一年《しょうがくいちねん》の冬《ふゆ》の終《お》わりに交通事故《こうつうじこ》で亡《な》くなったの。今《いま》から、十四年《じゅうよねん》も前《まえ》のことよ。生《い》きていれば、今年《ことし》でちょうど二十歳《はたち》。わたしは当時《とうじ》、小学六年《しょうがくろくねん》だったわ。事故《じこ》のあった日《ひ》、わたしは卒業式《そつぎょうしき》で妹《いもうと》より早《はや》く家《いえ》を出《で》たの。考《かんが》えてみれば、あの子《こ》が一人《ひとり》で通学《つうがく》したのはあの日《ひ》が初《はじ》めてだった。もっと前《まえ》もって注意《ちゅうい》しておくべきだったのよ」

その頃《ころ》の後悔《こうかい》がよみがえったように、芳江《よしえ》ちゃんはきゅっと強《つよ》く目《め》を瞑《つぶ》った。

「何度《なんど》悔《く》やんでも、時間《じかん》は決《けっ》して帰《かえ》ってこない。だから、妹《いもうと》がある男《おとこ》の子《こ》とした約束《やくそく》を果《は》たすことくらいしかわたしにはできないのよね」

「……どんな約束《やくそく》なの？」

「わたしの同級生《どうきゅうせい》の男子《だんし》に、妹《いもうと》をすごくかわいがってくれてた子《こ》がいてね。彼《かれ》も妹《いもうと》も『竜《りゅう》とルベウス』のファンだった。彼《かれ》は理科《りか》が得意《とくい》で、将来《しょうらい》はドラゴンを実際《じっさい》に創《つく》ってみせるって――できっこないのに、そんなことを言《い》っていたわ。幼《おさな》かった妹《いもうと》はそれを信《しん》じたのね。そして、そうしたら自分《じぶん》は王女《おうじょ》の恰好《かっこう》をしてくるからドラゴンの背中《せなか》に乗《の》せてほしいって。その約束《やくそく》を交《か》わしたのが、あの臥竜梅《がりょうばい》で遊《あそ》んでいたときだったのよ。男《おとこ》の子《こ》は約束《やくそく》したの。『大人《おとな》になったら梅《うめ》の咲《さ》く頃《ころ》にドラゴンに乗《の》って迎《むか》えに行《い》ってあげるよ』」

なぜだか、目頭《めがしら》が熱《あつ》くなって、知《し》らずに涙《なみだ》が頬《ほお》を伝《つた》った。どう反応《はんのう》したらいいのかわからなかった。そんな事情《じじょう》があったなんて、思《おも》いも寄《よ》らなかったから。そんなつもりもなかったのに、わたしは泣《な》き出《だ》してしまった。泣《な》かずにはいられなかった。

「ごめんなさい、わたしぜんぜん知《し》らなくて……」

芳江《よしえ》ちゃんは微笑《ほほえ》むと、首《くび》を横《よこ》に振《ふ》り、わたしの頭《あたま》を優《やさ》しく撫《な》でた。

「いいのよ。病院《びょういん》に運《はこ》ばれてから、息《いき》を引《ひ》き取《と》るまでのわずかな時間《じかん》、ほとんど意識《いしき》のないなかで妹《いもうと》が一言《ひとこと》だけ言《い》ったのが、『王女《おうじょ》は赤《あか》い爪《つめ》でなくっちゃね』だったの。そのときは意味《いみ》がわからなかったわ。でも、あとあと、妹《いもうと》がうちのクラスのある男子《だんし》と『竜《りゅう》とルベウス』の話《はなし》で盛《も》り

上《あ》がって、大人《おとな》になったらドラゴンに乗《の》せてもらうって約束《やくそく》してたのを嬉《うれ》しそうに教《おし》えてくれたことを思《おも》い出《だ》して……」

「それで、赤《あか》いハイヒールと、つけ爪《づめ》を？」

わたしが生《う》まれるより遡《さかのぼ》ること二年前《にねんまえ》、パパは『竜《りゅう》とルベウス』を書《か》いた。その本《ほん》のイメージが、少年《しょうねん》と今《いま》は亡《な》き少女《しょうじょ》の約束《やくそく》をつないだ。

王女《おうじょ》の名《な》は、ルベウス。ルビーの語源《ごげん》になった言葉《ことば》で、ラテン語《ご》で「赤《あか》」を意味《いみ》している。ルベウスは、赤《あか》が大好《だいす》きだけれど、城《しろ》の中《なか》では白《しろ》い服《ふく》を着《き》ることを強制《きょうせい》されている。

でも、耐《た》えきれずに赤《あか》いハイヒールに赤《あか》いつけ爪《づめ》をつけてドラゴンのもとに駆《か》け付《つ》ける。

パパが、その赤《あか》にどんな意味《いみ》をこめたかまでは、芳江《よしえ》ちゃんの妹《いもうと》は知《し》らなかっただろう。

じつは、あの本《ほん》は、パパがママにプロポーズするために書《か》いた本《ほん》だった。

育《そだ》ちのいいママは、親《おや》に決《き》められた見合《みあ》い結婚《けっこん》をしようとしていた。

それを、パパが気持《きも》ちに素直《すなお》になってくれという意味《いみ》で、ヒロインに赤《あか》いハイヒールとつけ爪《づめ》を纏《まと》わせた。

パパはその本《ほん》に、ルビーの指輪《ゆびわ》を添《そ》えてママに渡《わた》した。

「少《すこ》し、あなたに似《に》ているのよ。うちの妹《いもうと》」

「わ、わたしに？」

「勝《か》ち気《き》な冒険家《ぼうけんか》で、いつもちょっと退屈《たいくつ》そうで……ね、そっくりでしょ？」

芳江《よしえ》ちゃんは目《め》の前《まえ》に妹《いもうと》さんが見《み》えているみたいな顔《かお》で微笑《ほほえ》んだ。

「もしよかったら、そのつけ爪《づめ》とハイヒール、あなたにあげるわ。そのほうが、妹《いもうと》も喜《よろこ》ぶ気《き》がするもの」

「……え、そんな、困《こま》るわ……」

「いいのよ。妹《いもうと》のためにも受《う》け取《と》って。憧《あこが》れていた作家先生《さっかせんせい》の娘《むすめ》さんに使《つか》ってもらえたら、妹《いもうと》は本望《ほんもう》だと思《おも》うわ。それよりも、心配《しんぱい》なのは嘉納先生《かのうせんせい》」

「え、イノセン……どうかしたの？」

イノセンは、今日《きょう》は学校《がっこう》に来《き》ていない。

表向《おもてむ》きは足《あし》を複雑骨折《ふくざつこっせつ》して入院《にゅういん》ということなんだけれど、それだけなら松葉《まつば》づえをついてでも来《こ》られそうなものだ。

それができないのは、たぶんフーコさまが脅《おど》かしすぎたのだろう。

「理由《りゆう》はわからないけれど、何《なん》でも身体《からだ》と心《こころ》の両方《りょうほう》を病《や》んでしまったらしいわ」

「な、なにがあったのかな……。でも、それをどうして芳江《よしえ》ちゃんが心配《しんぱい》するの？　ふだんあんまり話《はな》してるところ見《み》たことないけど……」

「じつはね、さっき話《はな》した、妹《いもうと》にドラゴンを創《つく》ってみせるって約束《やくそく》をしたわたしのクラスメイトって嘉納先生《かのうせんせい》のことなの」

「ええぇ！　うっそぉおおお！　同《おな》い年《どし》に見《み》えない！」

「え、驚《おどろ》きはそこなの？」

イノセンが老《ふ》け顔《がお》すぎるのがいけない。でも、イノセンにもそんな少年期《しょうねんき》があったのか。かわいがっていた女《おんな》の子《こ》が交通事故《こうつうじこ》で亡《な》くなったとき、イノセンはどんな気持《きも》ちだったんだろう？

「彼《かれ》ね、真《ま》っ先《さき》にお墓参《はかまい》りをしてくれて、妹《いもうと》に『絶対《ぜったい》ドラゴンに乗《の》せてやるからな』って泣《な》きながら言《い》ってた。なんか、見《み》てるこっちまで胸《むね》が痛《いた》んだわね。妹《いもうと》が死《し》んでから、私《わたし》よりも嘉納《かのう》クンの人生《じんせい》が大《おお》きく狂《くる》ってしまった気《き》がするわ。夢《ゆめ》に囚《とら》われてしまったのよ。今《いま》でも彼《かれ》、人付《ひとづ》き合《あ》いをほとんどしないっていうし、ちょっと心配《しんぱい》してるの」

「そうだったんですね……でも大丈夫《だいじょうぶ》ですよ、きっと」

イノセンはあの後《あと》、病院《びょういん》に運《はこ》ばれる前《まえ》にトオルさんに約束《やくそく》をさせられた。

二度《にど》とおかしな実験《じっけん》はしないこと。

それと――今後《こんご》は科学《かがく》の力《ちから》を恐竜《きょうりゅう》の救命《きゅうめい》のために役立《やくだ》てること。

今《いま》はまだショックを受《う》けているだろうけど、イノセンの将来《しょうらい》は、少《すく》なくとも恐竜《きょうりゅう》たちによって保障《ほしょう》されている。

そのときだった。校庭《こうてい》で誰《だれ》かが叫《さけ》んだ。

「ドラゴンだ！　ドラゴンが飛《と》んでる！」

窓《まど》から見上《みあ》げると、昨日《さくじつ》、大騒動《だいそうどう》を起《お》こしたドラゴンが、優雅《ゆうが》に空《そら》をたゆたっていた。

その影《かげ》が、臥竜梅《がりょうばい》に重《かさ》なった。二匹《にひき》の竜《りゅう》が並《なら》んでいるみたいだ。

その背中《せなか》に、わたしは赤《あか》いハイヒールを履《は》き赤《あか》いつけ爪《づめ》をつけた小《ちい》さな王女《おうじょ》を思《おも》い描《えが》いてみた。見《み》たことのない芳江《よしえ》ちゃんの妹《いもうと》が微笑《ほほえ》み、わたしに手《て》を振《ふ》った気《き》がした。

「驚《おどろ》いたわね……妹《いもうと》に会《あ》いに来《き》てくれたのかしらね」

芳江《よしえ》ちゃんは、そう言《い》って微笑《ほほえ》んだ。芳江《よしえ》ちゃんにも、妹《いもうと》が見《み》えているにちがいない。

「今日《きょう》は、卒業式《そつぎょうしき》——あの子《こ》の命日《めいにち》だものね」

卒業式《そつぎょうしき》……そうか。そうだった。わたしは、赤《あか》いハイヒールとつけ爪《づめ》を抱《かか》えた。

「芳江《よしえ》ちゃん、わたしもう行《い》くね。本当《ほんとう》のこと話《はな》してくれてありがとう」

「わたしも誰《だれ》かに聞《き》いてほしかったのかも」

芳江《よしえ》ちゃんが美《うつく》しい理由《りゆう》は、過去《かこ》を大事《だいじ》にとってあるからかもしれない。わたしはふとそんなことを考《かんが》えたのだった。
それから、保健室《ほけんしつ》を出《で》た。もうみんな体育館《たいいくかん》へ移動《いどう》している頃《ころ》だろう。急《いそ》がなきゃ。
廊下《ろうか》を駆《か》けながら、思《おも》った。
一人《ひとり》の少女《しょうじょ》のための夢《ゆめ》から始《はじ》まったドラゴンは、これからどこへ飛《と》び立《た》つ気《き》かしら？

エピローグ

どんな映画《えいが》にも終《お》わりはある。恐竜映画《きょうりゅうえいが》の終《お》わりは、往々《おうおう》にして恐竜《きょうりゅう》たちの争《あらそ》いから人間《にんげん》たちが命《いのち》からがら逃《に》げたところで幕引《まくひ》きとなるもの。もっとほかの展開《てんかい》はないの、と思《おも》わないでもないけれど、結局恐竜映画《けっきょくきょうりゅうえいが》が伝《つた》えたいのって、恐竜《きょうりゅう》は自然《しぜん》の存在《そんざい》で、それを叩《たた》き起《お》こした人間《にんげん》こそが本当《ほんとう》の怖《こわ》い存在《そんざい》ってことなんだろな。それはコナン・ドイルの『失《うしな》われた世界《せかい》』のクライマックスが、恐竜関係《きょうりゅうかんけい》なしの猿人対人間《えんじんたいにんげん》の対決《たいけつ》になった頃《ころ》から変《か》わっていないかも。

科学《かがく》が敗《やぶ》れて、愚《おろ》かな人間《にんげん》たちが悲惨《ひさん》な目《め》に遭《あ》ったところで幕《まく》。言《い》ってみれば、人間《にんげん》という悪《あく》代官退治《だいかんたいじ》の壮大《そうだい》な物語《ものがたり》なのよねぇ。

そういえば、最近《さいきん》パパが言《い》ってたっけ。

「パパはな、ある日《ひ》、とある生《い》き物《もの》が人間《にんげん》の仕掛《しか》けたらしいネズミ捕《と》りの罠《わな》に足《あし》を引《ひ》っかけて苦《くる》しんでいるのを見《み》つけたんだ。どう考《かんが》えても、ネズミを捕《と》るためじゃなくて猫《ねこ》を捕《と》るために仕掛《しか》けられたものだった。仕掛《しか》けた人間《にんげん》が、身勝手《みがって》な正義《せいぎ》で猫《ねこ》を懲《こ》らしめようとしていたんだ。愚《おろ》かな考《かんが》えさ。結果《けっか》、その生《い》き物《もの》とパパはとてもいい友《とも》だちになれたけどね」

それが、トオルさんのことだというのは、尋《たず》ねなくても明《あき》らかだった。パパもママも、トオルさんが恐竜《きょうりゅう》なことは知《し》っていたんだよね。毎晩《まいばん》決《き》まった食事《しょくじ》が出《だ》されるのは、グルテンを混《ま》ぜたハンバーグが、肉食類《にくしょくるい》のトオルさんが唯一好《ゆいいつこの》んで食《た》べられる植物性《しょくぶつせい》の食品《しょくひん》だから。きっとトオルさんは、パパたちと友《とも》だちになったときに肉食《にくしょく》である自分《じぶん》をやめようと決《き》めたのね。食後《しょくご》に出《だ》される薬《くすり》も、何《なに》か欲求《よっきゅう》を抑《おさ》えるためのものに違《ちが》いない。

何《なに》はともあれ、わたしの初《はじ》めての冒険《ぼうけん》は、これでおしまい。けれど、退屈《たいくつ》も終《お》わった。退屈《たいくつ》な毎日《まいにち》って、自分《じぶん》が面白《おもしろ》いほうに動《うご》かないから生《う》まれるんだってことがわかったから。もうわたしに退屈《たいくつ》はない。

最近《さいきん》、わたしは映画監督《えいがかんとく》になりたいと思《おも》っている。思《おも》っているばかりで何《なに》も考《かんが》えてないけどね。たとえ自分《じぶん》が映画監督《えいがかんとく》になっても、スピルバーグみたいな凄腕《すごうで》になれる自信《じしん》はないし、円谷《つぶらや》英二《えいじ》みたいにもなれない。ギレルモ・デル・トロ？　無理無理無理無理《むりむりむりむり》。

でも、そういう偉《えら》い人《ひと》たちの作品《さくひん》を目指《めざ》さなくていいんだよね。なぜなら、その人《ひと》たちの作品《さくひん》は、その人《ひと》たちがすでに作《つく》っているんだもの。わたしはまったくべつのところで頑張《がんば》ればいい。

たとえば——そうだ！　恐竜探偵《きょうりゅうたんてい》のワトソン役《やく》を務《つと》める女《おんな》の子《こ》が主人公《しゅじんこう》の映画《えいが》はどうかな？

これなら、まだ誰《だれ》もやっていないかも。あ、でもこれはノンフィクションになっちゃうか。

オホン、何《なに》を隠《かく》そう、あの日以来《ひいらい》、わたしは一人《ひとり》で危険《きけん》な行動《こうどう》をとらないことを条件《じょうけん》にトオルさんの正式《せいしき》な助手《じょしゅ》となってしまったのだ。そして、自動的《じどうてき》に雄一《ゆういち》も助手《じょしゅ》の助手《じょしゅ》になった。

恐竜《きょうりゅう》の世界《せかい》は、信《しん》じられないくらい毎日《まいにち》いろいろ事件《じけん》が起《お》こっている。

昨夜《ゆうべ》は、ガリミムスの三村《みむら》さんが卵《たまご》を盗《ぬす》まれたと相談《そうだん》してきた。犯人《はんにん》も見当《けんとう》はついているけれど、しらばっくれられているし、自分《じぶん》より狂暴《きょうぼう》な相手《あいて》だから文句《もんく》が言《い》えない、と。それで、卵奪《たまごだっ》還《かん》の任務《にんむ》をトオルさんとわたしが遂行《すいこう》することになった。

またひと騒動起《そうどうお》こりそうね。でも頑張《がんば》らなきゃ。恐竜《きょうりゅう》のためにも、中野区《なかのく》の平和《へいわ》のためにもね。

東京都中野区《とうきょうとなかのく》あるいはジュラシック区《く》。

この街《まち》で、今日《きょう》もわたしは探偵見習《たんていみなら》いを続《つづ》けている。

あ、もちろん、放課後限定《ほうかごげんてい》だけど。

何《なに》か身近《みぢか》な恐竜《きょうりゅう》のことで困《こま》ったことがあったら、いつでも連絡《れんらく》してね。すぐにクールなヴェロキラプトルと一緒《いっしょ》に駆《か》け付《つ》けるから。

樹羅野《じゅらの》・白亜《はくあ》の恐竜映画《きょうりゅうえいが》ガイド

恐竜映画《きょうりゅうえいが》のない人生《じんせい》なんて、人生《じんせい》じゃない！　というわけで、超大作《ちょうたいさく》からお宝B級《たからビーきゅう》まで必見《ひっけん》の恐竜映画《きょうりゅうえいが》を紹介《しょうかい》するよ！　君《きみ》は何作《なんさく》知《し》ってるかな？

『知《し》られざる大陸《たいりく》』（一九五七年《ねん》）
監督《かんとく》／ヴァージル・W・ヴォーゲル　主演《しゅえん》／ジャック・マホニー

南極探検隊《なんきょくたんけんたい》が不時着《ふじちゃく》してしまったのは、深《ふか》い霧《きり》に包《つつ》まれた地下一千《ちかいっせん》メートルの地底《ちてい》。そこでは、今《いま》なお熱帯原始生物《ねったいげんしせいぶつ》が躍動《やくどう》していた……！　隊員《たいいん》たちは無事《ぶじ》に生還《せいかん》することができるのか？

地底《ちてい》って見《み》えないからこそロマンがある。そこは滅《ほろ》びたからこそロマンのある恐竜《きょうりゅう》と似《に》てるよね。てなわけで、地底《ちてい》×恐竜《きょうりゅう》の二大《にだい》ワクワクを掛《か》け合《あ》わせた本作《ほんさく》は怪《あや》しさ満点《まんてん》なところも含《ふく》めてお勧《すす》め。モノクロ映像《えいぞう》だけど、物語《ものがたり》がリアルで、細部《さいぶ》も丁寧《ていねい》で素敵《すてき》！

『ザ・ロストワールド　失《うしな》われた世界《せかい》』（一九六〇年《ねん》）
監督《かんとく》／アーウィン・アレン　主演《しゅえん》／マイケル・レニー

動物学者《どうぶつがくしゃ》のチャレンジャー教授《きょうじゅ》は恐竜《きょうりゅう》が今《いま》なお絶滅《ぜつめつ》していないと学会《がっかい》で発表《はっぴょう》して、それを証明《しょうめい》するべく探検隊《たんけんたい》とアマゾンの奥地《おくち》へと向《む》かう。そこは古生物《こせいぶつ》たちが暮《く》らす〈失《うしな》われた世界《せかい》〉だった。やがて仲間《なかま》が誘拐《ゆうかい》されて……！　彼《かれ》らは脱出《だっしゅつ》できるのか？　原作《げんさく》はアーサー・コナン・ドイル。何度《なんど》か映《えい》画化《がか》されているけれど、個人的《こじんてき》に好《す》きなのはアーウィン・アレン監督《かんとく》が六〇年《ねん》に作《つく》った本作《ほんさく》。さすがに古《ふる》さは否《いな》めないけど、今《いま》では貴重《きちょう》な「トカゲ特撮《とくさつ》」を拝《おが》めるのも面白《おもしろ》いよ。

『ジュラシック・パーク』（一九九三年《ねん》）
監督《かんとく》／スティーヴン・スピルバーグ　主演《しゅえん》／サム・ニール

考古学者《こうこがくしゃ》グラント博士《はかせ》は、富豪《ふごう》のハモンドから資金援助《しきんえんじょ》の代償《だいしょう》に開園予定《かいえんよてい》の〈ジュラシック・パーク〉への視察《しさつ》を求《もと》められる。怪《あや》しい事業《じぎょう》と思《おも》っていたら、待《ま》っていたのは蚊《か》から採取《さいしゅ》したDNAで甦《よみがえ》った本物《ほんもの》の恐竜《きょうりゅう》！　そこへ不測《ふそく》の事態《じたい》が起《お》こり……！

恐竜《きょうりゅう》が今生《いまい》きてたらヤバいって思《おも》ったことあるよね？　九三年公開《ねんこうかい》の本作《ほんさく》は初《はじ》めて恐竜映画《きょうりゅうえいが》に必要《ひつよう》な「ヤバさ」を再現《さいげん》した作品《さくひん》。当時《とうじ》の最先端《さいせんたん》CGを駆使《くし》した映《えい》像《ぞう》は、二十五年前《にじゅうごねんまえ》とは思《おも》えないくらい今見《いまみ》てもヤバい！

『REX　恐竜物語《きょうりゅうものがたり》』（一九九三年《ねん》）
監督《かんとく》／角川春樹《かどかわはるき》　主演《しゅえん》／安達祐実《あだちゆみ》

恐竜生存《きょうりゅうせいぞん》を確信《かくしん》する古生物学者《こせいぶつがくしゃ》・立野《たての》は、娘《むすめ》・千恵《ちえ》と一緒《いっしょ》に向《む》かった北海道《ほっかいどう》の洞窟《どうくつ》で光る卵《たまご》を見《み》つけ持《も》ち帰《かえ》る。やがて生《う》まれた恐竜《きょうりゅう》は千恵《ちえ》にREX《レックス》と名付《なづ》けられ……。恐竜《きょうりゅう》と人間《にんげん》の交流《こうりゅう》を描《えが》くファンタジーロマン。恐竜映画《きょうりゅうえいが》って聞《き》くと、ハラハラドキドキ感《かん》を求《もと》めがちだけど、違《ちが》うアプローチもいいかも。本作《ほんさく》はヒヨコ感覚《かんかく》で恐竜《きょうりゅう》の卵《たまご》を孵化《ふか》させたら、恐竜《きょうりゅう》が女《おんな》の子《こ》に懐《なつ》いちゃうまさにヒヨコ設定《せってい》。でも鳥類《ちょうるい》が恐竜《きょうりゅう》の子《し》孫《そん》って考《かんが》えるとあながち間違《まちが》ってないかも？

『ロストワールド／ジュラシック・パーク』（一九九七年《ねん》）
監督《かんとく》／スティーヴン・スピルバーグ　主演《しゅえん》／ジェフ・ゴールドブラム

〈ジュラシック・パーク事件《じけん》〉以降閉鎖《いこうへいさ》されて四年《よねん》、生息環《せいそくかん》境《きょう》にないはずの恐竜《きょうりゅう》たちが孤島《ことう》でまだ繁殖《はんしょく》している？　富豪《ふごう》ハモンドは事件《じけん》の時《とき》の視察団《しさつだん》メンバーだった数学者《すうがくしゃ》マルコムに実態調査《じったいちょうさ》を依頼《いらい》する。でもそれは第二《だいに》の悪夢《あくむ》の幕開《まくあ》けだった……。言《い》うまでもなく〈ジュラシック・パークシリーズ〉第二弾《だいにだん》。

個人的《こじんてき》にはこのノリが大好《だいす》きな白亜《はくあ》です。まあマルコム役《やく》のジェフ・ゴールドブラム推《お》しってのもあるけど、後半《こうはん》のゴジラオマージュな展開《てんかい》とか胸熱《むねあつ》！

『ジュラシック・パークⅢ』（二〇〇一年《ねん》）
監督《かんとく》／ジョー・ジョンストン　主演《しゅえん》／サム・ニール

グラント博士《はかせ》はカービー夫妻《ふさい》に頼《たの》まれ、閉鎖《へいさ》された〈ジュラシック・パーク〉の島《しま》を飛行機《ひこうき》で上空《じょうくう》から案内《あんない》することに。だが、グラントの制止《せいし》を振《ふ》り切《き》り飛行機《ひこうき》は着陸《ちゃくりく》を試《こころ》みる……。〈ジュラシック・パークシリーズ〉第三弾《だいさんだん》だけど監督《かんとく》はスピルバーグから『ジュマンジ』のジョー・ジョンストンになりスピーディーに展開《てんかい》。見《み》どころは、1、2では描《えが》かれなかったプテラノドンの巣《す》！　お久《ひさ》しぶりグラント博士《はかせ》も嬉《うれ》しい。スピノサウルスは魚《さかな》しか食《た》べないなんて気《き》にしちゃダメよ。

『ジュラシック・プラネット　恐竜《きょうりゅう》の惑星《わくせい》』（二〇〇七年《ねん》）
監督《かんとく》／ゲーリー・ジョーンズ　主演《しゅえん》／スティーブン・バウアー

二十一世紀後半《にじゅういっせいきこうはん》、地球《ちきゅう》が人間《にんげん》の住《す》めない環境《かんきょう》になったために新《あたら》しい住処《すみか》を求《もと》めた科学者《かがくしゃ》たちが、とある惑星《わくせい》からSOS

信号《しんごう》を受信《じゅしん》して調査《ちょうさ》に乗《の》り出《だ》すことに。でも、そこにはすでに知的生命体《ちてきせいめいたい》が！　しかも彼《かれ》らの家畜《かちく》は牛《うし》や豚《ぶた》じゃなくて人《ひと》喰《く》い恐竜《きょうりゅう》……。
　別《べつ》の星《ほし》にだってきっと恐竜《きょうりゅう》はいる！　そんな発想《はっそう》から生《う》まれたのが本作《ほんさく》。ＣＧの完成度《かんせいど》といいツッコミどころは多《おお》いけど、そ、それも映画《えいが》と思《おも》って！

『マーシャル博士《はかせ》の恐竜《きょうりゅう》ランド』（二〇〇九年《ねん》）
監督《かんとく》／ブラッド・シルバーリング　主演《しゅえん》／ウィル・フェレル

　科学者《かがくしゃ》マーシャル博士《はかせ》の研究《けんきゅう》はタイムワープ。周《まわ》りからはバカにされているけれど、若《わか》い研究者《けんきゅうしゃ》ホリーの助《たす》けもあってタイムワープ装置《そうち》が完成《かんせい》！　でも二人《ふたり》が迷《まよ》い込《こ》んだのは、世《よ》にも奇妙《きみょう》な世界《せかい》で……。恐竜《きょうりゅう》に会《あ》いたいなら、じつはＤＮＡ蘇生《そせい》よりタイムワープのほうがわかりやすいよね。この映画《えいが》は、タイムワープ装置《そうち》で恐竜《きょうりゅう》やトカゲ人間《にんげん》がいる変《へん》な世界《せかい》に迷《まよ》い込《こ》むっていう……え、素直《すなお》に恐竜時代《きょうりゅうじだい》にタイムワープしろ？　それは言《い》いっこなし。Ｂ級感《ビーきゅうかん》を愉《たの》しむのも映画《えいが》よ。

『ウォーキング with ダイナソー』（二〇一三年《ねん》）
監督《かんとく》／ニール・ナイチンゲール　主演《しゅえん》（声《こえ》）／ジャスティン・ロング

　舞台《ぶたい》は七千万年前《ななせんまんねんまえ》のアラスカ。主人公《しゅじんこう》はパキリノサウルスの子《こ》どものパッチ。パッチの仲間《なかま》たちは食糧難《しょくりょうなん》のため、新天《しんてん》地《ち》を求《もと》めて大移動《だいいどう》をすることに。ところが、パッチは群《む》れからはぐれて迷子《まいご》になり……。仲間《なかま》を探《さが》すため、危険《きけん》な旅《たび》を続《つづ》けて大人《おとな》になっていく姿《すがた》が涙《なみだ》ぐましい！　恐竜《きょうりゅう》が言葉《ことば》をしゃべることに抵抗《ていこう》がなければ本作《ほんさく》はいいかも。結構《けっこう》、時代考証《じだいこうしょう》とかしっかりしているので、感情移入《かんじょういにゅう》のできる恐竜図鑑《きょうりゅうずかん》だと思《おも》って観《み》るのも面白《おもしろ》そう。

『ジュラシック・ワールド』（二〇一五年《ねん》）
監督《かんとく》／コリン・トレボロウ　主演《しゅえん》／クリス・プラット、ブライス・ダラス・ハワード

　〈ジュラシック・パーク事件《じけん》〉から二十二年《にじゅうにねん》。あの施設《しせつ》が新《あら》たな企業《きぎょう》に買《か》い取《と》られて大型《おおがた》テーマパーク〈ジュラシック・ワールド〉として開園《かいえん》！　何《なに》それ、行《い》きたい！　え、施設《しせつ》の目玉《めだま》として創造《そうぞう》されたティラノ以上《いじょう》に獰猛《どうもう》な新種《しんしゅ》の恐竜《きょうりゅう》が脱《だっ》走《そう》した？　やめときます！　もう〈ジュラシック・パークシリーズ〉は過去《かこ》のもの……なんて諦《あきら》めかけた頃《ころ》に現《あらわ》れた第四《だいよん》弾《だん》はウルトラ大傑作《だいけっさく》だった！　これを見《み》なくちゃ恐竜映画《きょうりゅうえいが》は語《かた》れない！

PHPジュニアノベル　も-2-1

●著／森　晶麿（もり・あきまろ）
2011年、ミステリー作家としてデビュー。幼年期より恐竜図鑑が好きで中学生の時に「ジュラシック・パーク」の洗礼を浴びる。将来の夢は映画監督になって怪物映画を撮ること。さいあく、来世の実現でも可。

●イラスト／田中寛崇（たなか・ひろたか）
新潟市出身。多摩美術大学卒業後、イラストレーターとして活動。
幼少時は恐竜の化石とエジプトの秘宝が大好きで博物館に通いつめていた。

●参考文献
『よみがえる恐竜図鑑　超ビジュアルCG版』スティーブ・ブルサット著　北村雄一監修　椿正晴訳（SBクリエイティブ）『小学館の図鑑NEO　新版　恐竜』冨田幸光監修（小学館）『恐竜探偵足跡を追う――糞、嘔吐物、巣穴、卵の化石から』アンソニー・J・マーティン著　野中香方子訳（文藝春秋）『大人の恐竜図鑑』北村雄一著（ちくま新書）

●推薦恐竜図書一覧
『ジュラシック・パーク　上・下』マイクル・クライトン著　酒井昭伸訳（ハヤカワ文庫NV）『ロスト・ワールド／ジュラシック・パーク2』マイクル・クライトン著　酒井昭伸訳（ハヤカワ文庫NV）『失われた世界』アーサー・コナン・ドイル著　伏見威蕃訳（光文社古典新訳文庫）『さらば、愛しき鉤爪』エリック・ガルシア著　酒井昭伸訳（ヴィレッジブックス）『地底獣国（ロスト・ワールド）の殺人』芦辺拓著（講談社文庫）
※作中に登場したピーター・ビカランという学者は実在しません。また、クックソニアは実在した古植物ですが、作中の効能はフィクションです。

※作中で描写されている恐竜たちの生態については一部、映画や小説からも着想を得ており、学術的な諸説と異なる場合があります。

●デザイン
株式会社サンプラント
東郷猛

●組版
株式会社RUHIA

●プロデュース
伊丹祐喜（PHP研究所）

放課後《ほうかご》のジュラシック
赤《あか》い爪《つめ》の秘密《ひみつ》

2018年10月18日　第1版第1刷発行

著　者　森　晶麿
イラスト　田中寛崇
発行者　後藤淳一
発行所　株式会社PHP研究所
東京本部　〒135-8137　江東区豊洲5-6-52
児童書出版部　TEL 03-3520-9635（編集）
普及部　TEL 03-3520-9630（販売）
京都本部　〒601-8411　京都市南区西九条北ノ内町11
PHP INTERFACE　https://www.php.co.jp/
印刷所・製本所　図書印刷株式会社

ISBN978-4-569-78806-7

NDC913　223P　18cm